장자몽 新무협 판타지 소설
FANTASTIC ORIENTAL HEROES

불량무사 2

장자몽 新무협 판타지 소설

초판 1쇄 찍은 날 § 2008년 2월 13일
초판 1쇄 펴낸 날 § 2008년 2월 23일

지은이 § 장자몽
펴낸이 § 서경석

편집장 § 문혜영
편집 § 최하나 · 이환진

펴낸곳 § 도서출판 청어람
등록번호 § 제1081-1-89호
등록일자 § 1999. 5. 31
어람번호 § 제2-1422호

주소 § 경기도 부천시 원미구 심곡1동 350-1 남성B/D 3F (우) 420-011
전화 § 032-656-4452 팩스 § 032-656-4453
http://www.chungeoram.com
E-mail § eoram99@chollian.net

ⓒ 장자몽, 2008

ISBN 978-89-251-1185-8 04810
ISBN 978-89-251-1183-4 (세트)

※ 파본은 구입하신 서점에서 교환하여 드립니다.
※ 저자와 협의하여 인지를 붙이지 않습니다.
※ 이 책은 도서출판 청어람과 저작자의 계약에 의해 출판된 것이므로,
  무단 전재 및 유포 · 공유를 금합니다.

장자몽 新무협 판타지 소설
FANTASTIC ORIENTAL HEROES

2

不良武士

불량무사

취래와공산(醉來臥空山) 불가별적우(不可別敵友)
술에 취해 빈산에 누우니, 벗은 누구이고 원수는 누구인가

도서출판 청람

目次

第一章	7
第二章	69
第三章	105
第四章	149
第五章	207
第六章	241

不良武士

第一章

不良武士
불량무사

옥단풍이 황급히 몸을 움직여 홍화의 장력을 피하며 사마추의 옆으로 한 걸음 다가섰다.
 역시 용호권의 일식이었는데……
 찌이익!
 옷자락이 찢겨 나가는 소리와 함께 옥단풍의 겨드랑이 어림이 얼얼해졌다.
 놀랍게도 홍화의 장력은 옥단풍이 몸을 움직이는 순간 마치 쇠붙이를 따라가는 자석처럼 둥그런 호선을 그리며 따라붙었던 것이다.

아슬아슬하게 비켜 맞아 옷자락이 찢기는 정도에 그쳤지만 그 여파로 마치 둔중한 쇠망치로 겨드랑이를 한 대 얻어맞은 듯 얼얼해 옥단풍은 한동안 팔을 들지도 못할 지경이었다.

옥단풍이 눈을 휘둥그렇게 뜨고 홍화를 쳐다보았다.

강호에 나온 이래 옥단풍이 누군가의 공격을 받고 이처럼 놀란 적은 없었다.

난생처음 보는 수법이었다.

"흥!"

홍화가 일장이 빗나가자 냉랭한 코웃음을 날리며 재차 두 손을 연이어 떨치며 삼장을 날려왔다.

우르릉! 우르릉!

은은한 뇌성이 고막을 울렸다. 일종의 양강한 장력이었다.

옥단풍이 더 이상 방심하지 못하고 사마추의 앞을 가로막아 서며 용추호망의 자세를 취했다.

팡팡팡!

옥단풍이 내민 주먹에 홍화의 세 가닥 장력이 모두 막히며 연이어 파공성이 터져 나왔다.

그 여파로 홍화가 뒤로 연이어 세 걸음을 물러났다.

홍화가 눈을 동그랗게 치뜨고 옥단풍을 새삼스럽게 쳐다보았다.

놀라기는 여인도 마찬가지였다.

그녀는 느긋한 자세로 침상에 앉아 있다가 옥단풍이 홍화의 삼장을 간단하게 봉쇄해 버렸을 뿐 아니라 홍화를 뒤로 물러서게까지 하는 모습을 보고 크게 놀란 것이다.

옥단풍은 한차례 홍화의 장력과 부딪치며 그녀가 결코 만만치 않은 상대임을 직감으로 느꼈다. 비록 전력을 발휘할 수 있는 상황은 아니었지만 설사 자유로운 상황이었어도 홍화는 결코 만만한 상대가 아님을 직감한 것이다.

그 순간 옥단풍이 홍화를 물러서게 할 수 있었던 것은 역설적으로 용추호망에 담긴 변화의 힘 덕분이었다.

용호권의 변화라는 것이 기실 무림인들이 듣는다면 기가 막혀 말이 안 나올 지경일 터이니 지금 눈앞에서 벌어지고 있는 일들이 어느 것 하나 놀랍지 않은 일이 없는 것이었다.

그러나 옥단풍이 용호권 하나만을 얼마나 오랫동안 수련해 왔는지 알게 된다면 얘기는 전혀 달라질 수도 있는 문제였다.

옥단풍은 숨을 고르며 빠르게 생각을 굴렸다.

필시 홍화는 이들 무리의 우두머리로 보이는 여인을 측근에서 모시는 시비쯤으로 보였는데, 시비의 무공 수위가 이런 정도라면 여인의 무공 수위가 어느 정도일지는 보지 않고도 짐작하기 어려운 일이 아니었다.

그 외에도 이 방의 밖에는 또 얼마나 많은 고수들이 포진하고 있을지 알 수 없는 노릇이었다.

옥단풍은 오늘 이곳을 빠져나가는 것이 매우 험난한 일이 될 것임을 직감했다. 더군다나 사마추를 대동하고 빠져나간다는 것은…….

홍화가 다시 빠르게 장력을 날려왔다.

이번엔 혼신의 힘을 다한 듯 장력이 발출되자 고막을 찢을 듯한 강력한 파공성이 터져 나왔다.

빠지직!

변화로 위력을 감소시키는 것은 한계가 있다.

그보다도 홍화의 장력은 이런저런 생각을 할 겨를을 주지 않고 빠르게 엄습하고 있었다.

옥단풍이 용호권의 용미과호(龍尾過虎)를 펼쳐 상체를 기울여 횡으로 회전했다.

용미과호는 초식명 그대로 마치 용의 꼬리가 호랑이를 휩쓰는 형국의 초식이다.

말은 그럴싸하지만 자세는 엉성하고 격식 같지도 않은 격식에 치우쳐 상체를 숙이며 발로 상대의 두 다리를 쓸어내는 동작이 엄청 크고 느렸다.

그렇지 않다면 어찌 용호권이겠는가?

그러나 그와 같은 말들은 모두 일반적으로 강호에서 사용

하는 용호권에 대한 설명일 뿐이다. 옥단풍이 지금 용미과호를 펼치는 순간 그것은 필경 모양은 용호권이었으나 그 변화와 힘의 강약, 그리고 그 안에 담긴 위력을 보자면 결코 용호권이라고 할 수가 없다.

일반적인 용호권과 옥단풍의 용호권은 결코 서로 다른 초식은 아니다. 변화가 가지는 투로나 순서의 차례 또한 똑같다. 다만 각 변화의 간격과 매 동작이 가지는 힘의 비중, 그리고 펼쳐지는 속도가 극히 미세하고 미묘하게 차이가 난다.

그런 사실 또한 일반 강호인들은 쉽사리 간파하지 못하는 점이기도 했다.

옥단풍의 상체가 횡으로 기울며 장력의 방향을 흩뜨리자 홍화의 장력이 호선을 그리며 방향을 틀었다. 위맹한 장력이 그대로 옥단풍의 어깨를 향해 쏟아질 즈음 옥단풍의 다리가 횡으로 홍화의 무릎을 쓸고 있었다.

필시 양패구상의 순간 홍화가 대경실색을 하며 풀쩍 허공으로 솟구쳐 올랐다.

용호권의 용미과호임을 알아본 순간 홍화는 속으로 코웃음을 날리고 있었다. 어쩌면 발꿈치가 자신을 향해 채 반도 이르기 전에 자신의 장력이 먼저 옥단풍의 어깨를 스러뜨릴 것이라는 확신이 있었기에 조금도 신경 쓰지 않았다. 그런데 마치 방심하고 있는 사이 허를 찔리듯 옥단풍의 발뒤꿈치가 어느새 자신의 다리를 쓸어오고 있는 것이다. 마치 전혀 예상치 못한 곳에서 불쑥 장애물을 만나듯이.

홍화가 취한 동작은 일반적으로 용호권의 용미과호를 피하는 자세다. 간단한 동작이었지만 허공으로 솟구쳐 오르고서야 홍화는 깨달을 수 있었다.

그렇게 함으로써 옥단풍의 어깨를 향해 쏟아낸 장력의 반이 응집력을 잃고 흐트러지고 있음을.

게다가 더욱 기가 막힌 건 풀쩍 뛰어오름으로써 용호권의 용미과호를 피해냈다고 생각한 것이 홍화의 일방적인 생각이었다는 사실이다.

분명 적절한 순간에 뛰어올라 옥단풍의 다리를 피했다고 생각했는데 강력한 타격이 홍화의 발목을 후려쳤다.

"억!"

홍화가 외마디 비명을 토해내며 허공에서 팽이처럼 한 바퀴 구르며 나가떨어졌다.

그 아주 적절한 타격이 막 옥단풍의 어깨를 으스러뜨리려던 홍화의 장력 나머지를 아슬아슬한 순간에 중심을 잃고 허공에 흐트러지게 만들었다.

옥단풍이 지체없이 사마추를 낚아챘다. 그리고는 쏜살같이 문을 향해 쏘아갔다.

"용호권?"

여인이 어이없다는 얼굴로 벌떡 침상에서 몸을 일으키며 소리쳤다.

그녀는 방금 옥단풍이 홍화의 수법을 무력화시키고 몸을 뽑아 달려나가는 모습에서 용호권의 초식들을 보고는 어이없이 놀라 소리를 지른 것이었다.

그런 까닭에 옥단풍이 사마추를 낚아채며 문밖으로 튀어나가는 것을 두 눈으로 보고 있으면서도 미처 손을 쓸 겨를이 없었다.

홍화가 미간을 찡그리며 몸을 일으켜 세웠다.

비록 발목을 적중당하긴 했지만 옥단풍이 방을 빠져나가는 제이의 동작에 치중한 나머지 그 타격에 큰 힘을 싣지 않았기 때문에 치명적인 타격을 입지는 않았다.

"당장 놈을 잡아! 놈은 죽여도 좋지만 절대로 사마추를 놓치는 일이 있어선 안 된다!"

여인이 싸늘하게 외치자 홍화가 아연 긴장한 얼굴이 되어 머리를 조아렸다.

"명심하겠사옵니다, 영주님. 이미 장원은 쥐새끼 한 마리 빠져나갈 수 없도록 조치해 두었사오니 심려치 마시오소서."

홍화의 말에 어느 정도 수긍이 가는지 여인이 좁혔던 미간을 폈다.

그러고는 어이없다는 듯 피식 실소를 머금으며 홍화를 쳐다보았다.

"용호권? 방금 네가 용호권 따위에 당했단 말이냐?"

홍화가 얼굴을 붉혔다.

돌이켜 보아도 그것은 분명 용호권의 용미과호였다.

용호권의 용미과호가 어떻게 자신의 발목을 격중시키고 달아날 틈을 만들어낼 수 있었는지 곰곰이 생각해 보았지만 도무지 이해할 수가 없었다.

"용호권 비슷한 다른 무공이 아니겠습니까?"

홍화가 조심스럽게 입을 열자 여인이 고개를 갸웃했다.

"그럴지도 모르겠구나. 아무튼 홍화 네가 상대하기에 벅찬 상대이리라고는 상상도 하지 못했구나."

홍화가 다시 머리를 조아리며 입술을 깨물었다.

자신이 모시고 있는 상전에게 한번 신임을 잃으면 그것이 얼마나 회복하기 어려운 일인지 홍화보다 더 잘 아는 사람은 없을 것이다.

옥단풍은 사마추를 옆구리에 끼고 방을 나오자마자 손에 쥐고 있던 금침 하나를 한쪽 구석을 향해 쏘아냈다.

이미 들어오면서 보아두었던 경호무사가 은신하고 있는 위치였다.

금침은 튀어나오며 사마추의 나무 상자에서 급하게 갈무

리한 것이다. 모든 일들은 설명에 비한다면 비교할 수 없을 정도로 짧은 순간에 이루어졌지만 옥단풍은 그 짧은 순간에도 다음에 이어질 행동들에 대해 머릿속으로 명료하게 그리고 있었던 것이다.

신음 소리조차 없이 어두운 복도의 구석 그늘 속에 검은 무복 하나가 쓰러졌다.

금침은 정확히 검은 무복의 인후혈에 꽂혀 있었다.

검은 무복이 채 땅바닥에 머리를 부딪치기도 전에 옥단풍은 복도를 따라 달려나가며 연이어 세 차례에 걸쳐 팔을 휘둘렀다.

그에 따라 금빛을 번득이며 옥단풍의 손에서 금침이 암기가 되어 쏟아져 나갔다.

금침이 가 닿는 곳마다 검은 무복들이 썩은 고목처럼 뻣뻣하게 굳어서 넘어갔다.

옥단풍은 그 틈을 타고 십여 장을 무풍지대를 달리듯 복도를 따라 아무 제지 없이 달릴 수 있었다.

그러나 거기까지였다.

와르르 하는 소리와 함께 옥단풍의 바로 앞 천장이 무너지며 검은 무복들이 쏟아져 내렸다.

검은 무복들은 한결같이 검을 뽑아 들고 있는데 이곳에 오기 전 화양로에서 마주쳤던 검은 무복들과 크게 다르지 않았다.

다만 이들의 몸놀림이나 운신하는 형태로 보아 그들에 비해 한 단계 위의 무공 수위를 지닌 자들임에 분명했다.

옥단풍이 앞을 가로막는 검은 무복 하나의 면상에 주먹을 꽂아 넣었다.

와지끈!

뼈가 부서지는 소리와 함께 검은 무복이 그 자리에 허물어지듯 주저앉았다.

그때 뒤편에서 검날이 바람을 가르는 소리가 엄습해 왔다.

옥단풍은 본능적으로 상체를 숙이며 오른발을 들어 중단을 쓸어 돌렸다.

발뒤꿈치에 묵직하게 체중이 걸리며 검은 무복 하나가 나뒹굴었다.

옥단풍의 손과 발이 펼치는 초식들은 어느 것 하나 용호권법이 아닌 것이 없었다.

좁은 복도의 중간에서 흑의 무복들에 둘러싸인 옥단풍이 낭패한 표정을 지었다.

검은 무복들은 한결같이 죽음조차 두려워하지 않는 기세였다. 앞의 동료가 쓰러지면 그 위를 밟고 빈자리를 채웠다. 게다가 펼치는 검법들은 한결같이 악랄하고 위력적인 공격 초식들이었다.

옥단풍이 너댓 명의 검은 무복을 더 쓰러뜨리는 동안에 아슬아슬하게 옥단풍의 몸을 스치고 지나가는 검날의 숫자가 배로 불어나고 있다는 것만 보아도 검은 무복들이 얼마나 공격적인 자세로 싸움에 임하고 있는지 가늠할 수 있었다.

옥단풍이 연이어 용미과호, 용호지로, 용두호미 등의 용호권 초식들을 펼치며 앞으로 전진하려고 했지만 쉽사리 앞으로 나가지지 않았다.

쓰러지면 뒤에서 빈자리를 채우고 또 쓰러지면 또다시 채우는 차륜전법 때문이었다.

옥단풍은 원래 곧바로 복도를 빠져나가고 나서 들어올 때 눈여겨보아 두었던 안채의 옆 담장을 넘어 길을 뚫을 생각이었지만 이미 그 첫 번째 계획은 벌 떼처럼 덤벼드는 검은 무복들에 의해 수포로 돌아가고 말았다.

비록 검은 무복들이 옥단풍을 단시간 안에 어떻게 할 수는 없었지만 옥단풍으로 하여금 더 이상 현재의 위치에서 벗어나기 어렵도록 만들고 있었다.

옥단풍이 용두호미를 펼쳐 앞의 검은 무복의 중단전을 발끝으로 걷어 올렸다.

"끄윽!"

중단전은 충격을 받게 되면 지독한 고통이 따르는 요혈이다.

검은 무복의 입에서 최초로 억누른 듯한 신음이 터져 나온 것이 결코 이상하지 않았다.

　동시에 옥단풍의 주먹이 좌우의 검은 무복들을 넘어뜨리자 약간의 여유 공간이 생겼다.

　그 공간을 타고 옥단풍이 빠르게 움직여 등을 복도의 벽에 붙였다.

　이제 뒤쪽에서의 공격은 신경 쓰지 않아도 되는 것이다.

　옥단풍의 강력한 공격에 검은 무복들이 일시 주춤거리는 모습을 보였다.

　그들은 한결같이 입술을 굳게 한일자로 다물고 오로지 살기 어린 시선으로 옥단풍의 빈틈을 찾고 있었다.

　사마추는 옥단풍의 품에 안겨 두 눈을 꼭 감고 있었다.

　그녀는 파리한 안색으로 입술을 가늘게 떨고 있었는데, 이와 같은 험악하고 치열한 싸움이 바로 자신의 지척에서 벌어지고 있기 때문에 극도의 두려움을 느끼고 있는 듯했다.

　'고수들은 일선을 막지 않는다. 이자들의 뒤엔 훨씬 뛰어난 고수들이 진을 치고 있을 것이다. 여기서 이렇게 시간을 허비한다면 이자들의 포위망은 더욱 견고해질 텐데…….'

　옥단풍이 순간적으로 방향을 정하며 머리를 굴렸다.

　조금의 위험을 감수하더라도 속전속결로 이 위기를 벗어나지 않으면 위험은 더욱 가중될 것이 뻔했기 때문이다.

옥단풍이 방향을 정하고 몸을 날렸다.

조금은 우스꽝스러워 보이고, 커다랗고 어설픈 용호권의 동작들이 연이어 다섯 번이 펼쳐졌다.

용호권은 원래 근자에 이르러서는 일반인들조차 건강을 위한 체조 삼아 아침저녁으로 시연하기도 할 만큼 쉽고 동작이 크며 느리다.

그런데 지금 옥단풍이 연이어 펼치자 비록 동작이 어설퍼 보이고 어색했지만 그 빠르기는 누가 봐도 그것이 용호권이라고 할 수 없을 정도로 빨랐다.

빠빠빠빠빡!

뼈가 부서지는 격타음이 연이어 울리며 검은 무복들의 일각이 순식간에 무너졌다.

그 순간 옥단풍이 지면을 박차고 뛰어올랐다.

일순간 뒤로 밀렸던 검은 무복들이 일제히 옥단풍의 뒤를 쫓아 뛰어올랐지만 옥단풍은 이미 천장을 뚫고 지붕 위로 올라선 후였다.

지붕 위로 올라선 옥단풍이 빠르게 주위를 둘러보았다.

전각들이 즐비하게 늘어서 있어 지붕을 타고 이동하는 것이 불가능해 보이지는 않았다.

옥단풍이 훌쩍 옆의 전각 지붕 위로 몸을 날렸을 때 아래쪽에서 번쩍하고 섬광이 일었다.

섬광이 일었다 싶은 순간 옥단풍은 한줄기 예리한 빛이 자신의 영태혈을 노리고 쾌속하게 날아드는 것을 느꼈다.
무림에서 대체로 절정고수라고 일컬어지는 사람들에게는 암기나 여타 던져지는 병장기류는 결코 치명적인 위협이 되지 못한다.
간단히 말해, 절정고수들에겐 암기나 던지는 병장기류로 치명적인 타격을 입히기가 어렵다는 뜻이다.
그렇기 때문에 강호에서는 통상 통천팔기(痛天八器), 즉 하늘조차 아프게 할 위협적인 여덟 가지의 암기 수법이라는 이름으로 사천당문의 흑질려(黑蒺藜)를 포함한 여덟 개의 암기를 가장 치명적인 암기로 쳐주는 외에 나머지는 그저 사악한 수단으로 치부할 뿐 그 위력을 인정하지 않는 것이다.
그러나 지금 옥단풍을 향해 날아드는 한줄기 빛은 통천팔기의 그 어느 것과 비교해도, 어쩌면 그 위력과 치명적인 살상력에 있어서는 결코 아래라고 할 수 없는 그런 것이었다.
옥단풍이 만약 나아가는 원래의 움직임을 포기하지 않는다면 그 암기를 피하는 것은 거의 불가능할 정도였다.
그와 같은 판단은 계산이나 혹은 눈에 보이는 어떤 형상으로 인해 생기지 않는다.
그것은 지극히 감각적이고 경험적이다.
옥단풍은 지금 직감으로 그것을 느낀 것이다.

그 암기를 피할 수 있는 유일한 방법은 오로지 천근추의 신법으로 몸을 갑작스럽게 떨어뜨려 지면으로 내려서는 길밖에 없었다.

어쩌면 암기를 던진 상대방의 목적도 그것이었을 것이다.

옥단풍이 지체없이 천근추의 공력을 일으켜 급속도로 아래로 떨어져 내렸다.

스팡!

날카로운 빛이 옥단풍의 뺨을 아슬아슬하게 스치며 섬전처럼 지나갔다.

그 순간 옥단풍은 암기의 종류를 파악하려고 애를 썼지만 암기의 속도가 워낙 빨라 미처 그 형태나 재질을 완전히 파악하지 못했다.

다만 그것이 비수 크기의 반월검(半月劍) 형태를 띠고 있는 독특한 모습이라는 것만 알 수 있었다.

옥단풍이 떨어져 내린 곳은 안채 옆에 넓게 펼쳐진 청석 마당이었다.

청석 마당엔 예의 밀납 같은 안색을 한 황 집장이 뒷짐을 진 채 뇌전 같은 시선을 던지고 있었다. 필경 암기를 던진 자가 분명했다.

옥단풍이 빠르게 주위를 살폈다. 어느새 검은 무복들이 요소요소를 막아서고 있었다.

옥단풍은 황 집장이 결코 만만한 상대가 아니라고 생각했지만, 그보다도 또 얼마나 많은 수의 황 집장이나 혹은 그를 능가하는 고수들이 포진하고 있을지 알 수가 없었다.

"젠장할, 오늘 제대로 임자 만났네."

옥단풍이 태연자약한 얼굴로 중얼거렸다.

어떤 상황에서도 옥단풍의 모습에서 긴장의 빛이나 두려움은 찾아볼 수가 없었다. 그것이 그의 큰 장점이자 어쩌면 단점인지도 몰랐다. 두려움을 모른다는 것은 그만큼 모험을 감행할 확률이 커진다는 의미다. 어떤 경우에든.

"순순히 붙잡혀 준다면 고통은 없을 거라고 장담하마."

황 집장이 냉랭한 음성을 던져 왔다.

옥단풍이 희미하게 웃었다. 누가 봐도 여유작작한 태도였다.

"순순히 보내준다면 더 이상 괴롭히지 않는다고 장담하지."

황 집장의 눈에서 뇌전이 일었다.

"똥인지 된장인지 구분도 못하는 놈."

황 집장이 말을 채 끝맺기도 전에 번쩍하고 몸을 움직였다. 움직였다 싶은 순간 쒜애액 하는 굉음과 함께 날카로운 면장이 옥단풍의 면상을 노리고 날아들었다.

옥단풍이 황급히 용추호망을 시전해 몸을 우측으로 반 걸

음 이동했다. 그러자 황 집장의 날카로운 면장이 옥단풍의 몸놀림에 속절없이 허공을 갈랐다.

그런데 옥단풍이 채 자세를 추스르기도 전에 쐐애액 하는 바람 가르는 소리가 귓전을 울리며 재차 날아들었다.

옥단풍은 기겁을 하며 놀라지 않을 수 없었다.

첫 번째 공격을 피하자마자 이토록 빠른 순간에 재차 공격을 가해온다는 것은 일반 무예의 상식으로는 도저히 설명할 길이 없는 기괴한 일인 것이다.

옥단풍이 재차 용호지로와 용관총운의 용호권 초식을 연이어 펼치며 황급히 두 번째 면장을 피해냈을 때 세 번째 면장이 옆구리를 파고드는 날카로운 파공음이 귓전을 울리고 있었다.

'이런 우라질!'

황 집장의 면장 수법은 일종의 연환장법(連環掌法)일 테지만 중원의 아무리 뛰어난 연환장법도 지금 황 집장의 수법처럼 빠른 간격을 두고 연이어 펼쳐지지 못한다.

옥단풍이 더 이상 피할 엄두를 내지 못하고 일권을 내질러 황급히 마주쳐 갔다.

펑!

가죽 북 터지는 소리가 울려 퍼지며 옥단풍의 몸이 뒤로 주르르 밀려 나갔다.

옥단풍은 한 손으로는 사마추를 안고 있었고, 또한 상대의 상상을 초월하는 연환장의 속도 때문에 본신진력의 육성 이상을 쏟아 넣지 못했지만, 그렇다 해도 한 번의 충돌로 이처럼 뒤로 밀린다는 사실은 상대의 면장 속에 담긴 내공의 힘이 어느 정도인지 충분히 가늠할 수 있게 해줬다.

옥단풍이 미처 채 자세를 추스르기도 전에 싸늘한 황 집장의 냉소가 이어지며 또다시 공기를 가르는 날카로운 장력 소리가 고막을 울렸다.

"가소로운 놈. 얼마나 더 버티는지 어디 두고 보겠다."

날카로운 장력이 옥단풍의 면전을 향해 무서운 기세로 날아들었다.

옥단풍은 마음속으로 크게 놀라지 않을 수 없었다.

황 집장이 펼치고 있는 장법이 생소하면서도 그 위력이 실로 상상을 초월했기 때문이다.

'중원에 이런 자들이 있다는 말은 들어본 적이 없다. 필경 새외에서 온 자들일 것인데, 이자들이 도대체 누구란 말인가?'

옥단풍은 구름처럼 이는 호기심을 애써 누르며 황급히 용호권의 용형호형(龍型虎型)이라는 초식을 펼쳤다.

용호권이 비록 강호의 하류 수법으로 거의 무공이라고 쳐주지도 않는 것이었지만 그 나름대로 초식 내에 쉽고 어려운

우열이 존재했다.

그중 용호권의 아홉 개 초식 중 후반 삼식인 용형호형, 용장호후(龍藏虎吼), 용쟁호투(龍爭虎鬪) 이 세 초식은 그 기괴한 동작과 변화로 실제로는 시전할 수 없는 초식이라고 알려져 있다.

용호권의 후반 삼식은 거의 인간의 육체를 가지고 표현해 낼 수 없는 변화를 포함하고 있었는데, 보통 건강을 위해 용호권을 익히는 사람들은 그런 이유로 후반 삼식을 인간이 움직일 수 있는 범위 내의 동작으로 바꿔서 시전하곤 했다.

통상적으로 익히기 어려운 절기를 만약 제대로 연성해 낸다면 실로 놀라운 위력을 발휘하는 것이 보통이다. 그래서 실제로 인간의 몸으로는 결코 시전할 수 없는 수법으로 치부되는 몇몇 절기들은 그저 몇몇 호기심 많은 호사가들의 화젯거리에 오르는 외에 별 효용이 없다고 결론지어졌지만 여전히 수많은 무림인들에 의해 빈번하게 시도되어지고 있는 것이다.

용호권의 후반 삼식 역시 강호의 호사가들에 의해 실제로 펼쳐진 적이 있었다.

그러나 여타 절기와는 달리 실제로 펼친다 해도 기존 용호권에 비해 크게 다른 위력을 발휘하지도 못할뿐더러 취하기 어려운 동작이 무공의 상식적인 원리에 비추어 크게 잘못되어 있었기 때문에 오히려 위력이 감소되는 결과를 보였다.

용호권이 괜히 하류 수법으로 그저 건강 체조 취급을 받는 게 아니었다. 이미 많은 무림인에 의해 그 묘리나 효용이 형편없는 것임이 증명되었기 때문이다.

그런데 지금 옥단풍이 바로 그 후반 삼식 중 첫 번째인 용형호형을 펼치고 있는 것이다.

옥단풍이 늘 용호권의 초식을 사용해 왔지만 후반 삼식을 펼치는 경우는 매우 드물었다.

옥단풍은 지금 상대인 황 집장이 예사로 상대하다가는 낭패를 당할지도 모르는 뛰어난 고수라는 생각을 하고 있기 때문이었지만 내막을 모르는 사람들 입장에선 오히려 섶을 지고 불속에 뛰어드는 행위나 다름없어 보였다.

안 그래도 허접한 용호권인데, 더군다나 펼치는 것만으로도 진력의 반 이상을 소모하고도 아무런 위력도 보이지 않는 후반 삼 식을 택한 옥단풍의 행위는 자살 행위에 다름 아니었던 것이다.

옥단풍의 상체가 좌측으로 삼십 도가량 기울었다.

그러나 그와 동시에 그의 오른발은 우측을 향해 쭉 뻗어서 한 걸음 반 정도 내밀어졌으며, 옥단풍의 허리는 뒤쪽으로 약 삼십 도가량 회전하는 자세를 취했다.

그야말로 보기에도 우스꽝스럽고, 마치 전신의 관절을 제각각의 방향으로 한껏 움직여서 자칫 연약한 관절을 가진 사람은 탈골되고도 남을 이상하기 짝이 없는 자세였다.

그런데 기묘하게도 그 순간 달려들던 황 집장의 신형이 허공에서 멈칫했다.

그에 따라 연이어 날아들던 황 집장의 면장도 허공에서 주춤하며 중심이 흐트러졌다.

아주 짧은 순간이었지만 옆에서 보는 사람들은 황 집장이 장쾌하게 옥단풍의 면상을 장력으로 뭉개 버릴 수 있는 순간 이해할 수 없게 주춤 뒤로 몸을 물리는 모습으로 보였다.

황 집장의 누렇게 뜬 얼굴이 경악으로 물들었다.

그 순간 옥단풍의 전체 관절이 처음 취했던 자세에서 일제히 반대 방향으로 움직였다.

왼쪽으로 기울였던 상체는 오른쪽으로, 그리고 내밀어졌던 오른발은 다시 거두어지면서 좌측으로 한껏 벌려졌으며, 허리와 둔부는 원래의 방향에서 반대인 전면을 향해 삼십 도 가량 회전했다.

둔하기 짝이 없었고, 아무리 진지하게 보려 해도 웃음부터 터져 나오는 기묘한 자세였다.

그런데 그 순간 한줄기 권풍이 옥단풍으로부터 소리없이 튀어나와 쏜살같이 황 집장의 가슴을 향해 날아갔다.

펑펑!

두 번의 둔중한 격타음이 터져 나오고 놀랍게도 달려들던 황 집장의 신형이 내팽개쳐진 나무 등걸처럼 뒤로 던져져 바닥을 나뒹굴었다.

동시에 황 집장이 쏟아낸 면장이 옥단풍의 어깨를 강타했지만 옥단풍은 한 차례 몸을 들썩했을 뿐 별반 충격을 받지 않은 모습이었다.

실로 눈 깜짝할 사이에 벌어진 변화였고, 상상도 하지 못할 결과였다.

요소요소에서 지켜보고 있던 검은 무복들은 모두 그 순간 입을 쩍 벌리고 넋을 잃고 있었다.

황 집장은 적지 않은 내상을 입은 듯 밀납 같기만 하던 안색이 푸르뎅뎅하게 변해 입가로 가느다란 선혈을 흘리고 있었다.

그 짧은 순간 옥단풍이 사전에 눈여겨보아 두었던 내원의 담장을 향해 몸을 날리려다 멈칫하고 말았다.

그 담장을 넘어 일단의 인물들이 유령처럼 들이닥치고 있었기 때문이다.

옥단풍의 입가에 씁쓸한 미소가 걸렸다.

"젠장할… 도망가기도 만만치가 않구먼."

나타난 자들은 모두 다섯 명이었다. 한결같이 독특한 복장

과 행색을 하고 있는 그들은 모두 육십대를 넘긴 나이처럼 보이는 사남일녀였다.

옥단풍은 그들을 살피며 어림짐작으로 그들이 적어도 황 집장보다는 우위에 있는 지위의 인물들이라 확신했다.

황 집장이 쓰러지자 눈에 띄게 동요하는 기색이던 검은 무복들이 이들이 현신하자 이내 극도로 공경한 자세를 취하며 한결 안정되어 보이기 시작했던 것이다.

더군다나 그들이 출현한 것만으로 장내엔 일종의 알 수 없는 팽팽한 긴장감이 흐르기 시작했는데, 그것은 필경 그들이 전신으로 내뿜는 보이지 않는 기운으로부터 비롯되었을 것이다.

이와 같은 기운을 자연스럽게 내뿜는 경지란 적어도 내공이 일 갑자를 넘어가는 초고수 이상이라는 뜻이다.

나타난 사남일녀는 모두 길이가 허벅지까지 오는 저고리도 아니고 그렇다고 장삼도 아닌 이상한 형태의 단삼을 걸치고 있었다.

단삼의 색상 또한 중원에서는 쉽게 볼 수 있는 원색이 아니라 혼합의 색상이었다.

사남일녀는 장내에 내려서자마자 뇌전이 번쩍이는 시선으로 장내를 한차례 쓸어보았다.

안하무인의 기색이었고, 옥단풍 정도는 아예 안중에도 없다는 모습이었다.

그러다가 시선이 바닥에 쓰러진 황 집장에게 이르러서는 한결같이 미간을 찌푸리며 이해할 수 없다는 의아한 표정을 지어냈다.

"누가 황 집장을 저렇게 만들었지?"

다섯 사람 중 여자가 먼저 입을 열었다.

그녀는 붉은색도 아니고 황색도 아닌 그 중간쯤의 색이 바랜 듯한 단삼을 걸치고 있었는데, 아담한 체구에 빠지지 않는 미모를 겸비하고 있었다. 필경 젊었을 땐 그 미모만으로도 많은 사내들의 애간장을 태우고도 남았을 것이지만 지금은 비록 팽팽한 피부를 유지하고 있다 해도 머리칼은 벌써 희끗희끗해졌고, 얼굴엔 세월의 흔적이 지워지지 않고 남아 있었다.

특이하게도 그녀는 등을 비스듬히 가로질러 긴 장창을 메고 있었다.

창의 길이가 그녀의 신장을 한 배 반은 족히 넘어서는 것이어서 비스듬히 걸쳤음에도 창의 아래쪽 끝은 지면에 닿아 그녀가 움직일 때마다 질질 끌리고 있었다.

"중원무림에 황 집장을 저렇게 만들 작자란 그리 많지 않아. 흐음."

그녀의 바로 옆에 선, 얼굴 모양이 역세모꼴로 매우 우스꽝스럽게 생긴 쥐색 단삼을 걸친 노인이 독특한 말투로 입을 열

었다.

그는 남자로서는 매우 작은 키의 소유자로 방금 입을 열었던 여인과 비교해도 결코 우열을 가리기가 어려울 정도였다.

당연히 체구 또한 왜소했고, 겉보기론 그저 별 재능도 없이 대과를 준비하다가 연이어 낙방하고 세월을 허비한 궁벽 진촌의 완고한 촌 학사 같은 분위기였다.

그러나 특이하게도 그의 오른손 하나만은 마치 구 척 장신의 사내 손처럼 커다랗고 투박해 보였다. 그와 같은 기형의 손이 주는 분위기는 무척 기괴해서 누구라도 그를 처음 대한다면 먼저 그의 독특한 역삼각형의 얼굴에 한 번 놀라고, 그 다음 그의 손을 보고 두 번 놀라게 될 것이다.

"표향령주(飄香領主)는 언제나 황 집장이 모든 일을 매끄럽게 잘 처리한다고 자랑하곤 했지. 하지만 이제 보니 그것은 다만 큰소리에 불과했어."

역세모꼴의 사내가 다시 독특한 억양으로 떠벌였다.

그는 마치 누군가 반드시 자신의 말을 들어줄 필요는 없다는 듯 결코 대답을 기다리는 기색은 찾아볼 수가 없었다.

다섯 노인 중 정중앙에 서 있던 장대한 체구에 각진 얼굴을 가진 중후한 인상의 노인이 그제야 옥단풍에게로 시선을 돌렸다.

"젊은이의 소행인가?"

중앙의 노인은 다른 노인들과는 달리 매우 정상적인 사람으로 보였다.

길게 뻗은 눈썹과 그 아래 정기가 흐르는 두 눈은 필경 그가 매우 훌륭한 수양을 쌓은 인물임을 직감하게 해주었다.

옥단풍이 일시 뭐라고 대답해야 할지 몰라 머뭇거리고 있자 한 노인이 불쑥 입을 열었다.

"어린 녀석이 어르신 말씀에 대꾸도 하지 않는단 말이냐? 고얀 놈!"

그 노인은 미간에 깊은 골이 있어 표정 자체가 늘 화가 나 있는 듯이 보이는 인상이었다. 그는 자색 단삼을 걸치고 등에는 한 자루의 날이 넓은 도를 역시 비스듬히 걸치고 있었다.

역세모꼴이 다시 혼잣말처럼 말을 받았다.

"요즘의 젊은것들은 도무지 예의라는 것을 모르지. 게다가 실력은 쥐뿔도 없으면서 건방지기는 하늘을 찌를 듯하니 참으로 가관이 아닐 수 없거든."

"권기옹(拳奇翁) 이 주먹쟁이야, 남 말하고 있구먼. 네가 젊었을 때를 생각하면 가관 정도는 애교로 봐줄 만했다는 사실을 벌써 잊었단 말이냐?"

여인이 역세모꼴에게 하얗게 눈을 흘기며 면박을 주었다.

"이놈아, 빨리 어르신 물음에 냉큼 대답을 올리지 않고 뭘 꾸물거리고 있단 말이냐?"

미간에 깊은 골이 있는 노인이 여인과 역세모꼴의 대화에는 아랑곳도 없이 옥단풍을 향해 침을 튀겨가며 고래고래 고함을 질렀다.

이 다섯 노인은 마치 주위에 자신들 이외에는 아무도 없다는 듯 제멋대로 행동하고 있었는데, 오로지 중앙의 중후한 인상의 노인과 우측 맨 끝에 서서 시종일관 무표정한 얼굴을 하고 있는 말상의 노인만이 자제력을 유지하고 있는 듯이 보였다.

"헐, 저놈이 도기옹(刀奇翁) 저 칼잡이의 말에 대꾸를 한다면 앞으로 사흘 동안 노부는 절대로 입을 열지 않겠다."

역세모꼴, 즉 권기옹의 말에 침을 튀기던 도기옹이 반색을 하며 권기옹을 돌아보았다.

"그 말, 정말이냐, 주먹쟁이?"

"주먹쟁이가 한번 뱉은 말은 결코 다시 주워 담는 법이 없지. 흘흘."

여인도 반색을 하며 행여 권기옹이 말을 번복할까 두렵다는 듯 서둘러 못을 박았다.

권기옹은 스스로 그렇게 말해놓고는 침 한 번 삼킬 순간도 지나지 않아 몹시 후회된다는 듯 끙끙 앓는 표정이 되었다.

"으음… 사흘은 내가 너무 광오했군. 말을 못한다면 노부는 사흘은커녕 단 하루도 견디지 못하고 죽어버릴 텐데. 으음."

"깔깔깔, 주먹쟁이야. 네가 만약 네 스스로 내뱉은 말을 지키지 못하고 번복한다면 나는 너를 평생 졸장부라고 부를 것이다."

여인의 말에 권기웅이 원망스럽다는 듯 여인을 보며 침음성을 흘렸다.

"졸장부⋯⋯. 으으⋯ 그건 사흘을 말 못하는 것보다 더 견디기 어렵겠군."

"흘흘흘."

문득 권기웅이 고개를 번쩍 치켜들며 옥단풍을 향해 윽박지르듯 입을 열었다.

"이놈아, 잘 들었겠지? 네놈은 이 순간부터 저 칼잡이 놈의 말에는 일절 대꾸하면 안 된다. 알아듣겠느냐? 만약 단 한 마디라도 대꾸를 한다면 이 늙은이가 죽지도 살지도 못하는 고통이 어떤 건지 뼈저리게 느끼게 해주마. 암, 약속하지."

그와 동시에 도기웅이 재차 버럭 고함을 내질렀다.

"당장 대답해 올리지 못할까, 이놈?"

옥단풍은 그야말로 얼이 빠질 지경이었다.

노인들이 모두 범상치 않은 분위기를 풍기고 있었지만 지금 주고받는 말들을 듣고 있자면 마치 철부지 어린아이들이

다투는 것처럼 보였으니 도시 종잡을 수가 없는 것이다.

그때 중앙의 중후한 인상의 노인이 정색을 하고 옥단풍을 보았다.

"젊은이의 품에 안긴 낭자가 사마의가의 사마추 낭자인가?"

옥단풍은 노인이 이미 모든 것을 알고 있으면서도 짐짓 묻는 것인지, 아니면 정말 모르고 있는 것인지조차 가늠할 수가 없었다.

그때 젊은 여인의 청아한 음성이 들려왔다.

"다섯 분에게까지 번거로움을 끼쳐 드리게 되었군요. 유감이에요."

옥단풍이 소리를 향해 돌아서자 예의 안채에 있던 령주라는 여인이 시비인 홍화를 대동하고 청석 마당으로 들어서고 있었다.

그녀의 뒤에는 대여섯 명의 고수들이 따르고 있었는데, 한눈에 보아도 황 집장과 비슷한 복장을 하고 있어서 그들이 황 집장과 같은 수준의 고수들이거나 그 이상일 거라는 사실을 짐작할 수 있었다.

옥단풍이 씁쓸한 표정이 되었다.

청석 마당을 중심으로 요소요소는 검은 무복의 무사들이 철통같이 지키고 있을 뿐 아니라 령주라는 여자는 물론이고 그녀가 거느리고 있는 고수들, 게다가 신분을 짐작할 수 없는 다섯 노인들까지 그야말로 첩첩산중이나 마찬가지인 것이다.

중후한 인상의 노인이 령주를 응시하며 침중하게 입을 열었다.

"표향령주, 접홍(蝶虹)이 이미 선주로 들어왔소."

여인 표향령주의 안색이 급변했다.

"녹기왕(綠旗王)은 중립을 지키겠다고 언약하지 않았던가요? 그는 신의를 지키는 사람인데."

"접홍은 혼자만 온 것이 아니오. 스물두 명에 이르는 녹기사자(綠旗使者)들을 대동하고 있소. 녹기왕이 허락하지 않았다면 접홍 단독으로는 결코 동원할 수 없는 인원이외다."

"치잇, 호조방(胡鳥邦)이 결국 혁천린(赫天麟)의 세 치 혀에 녹아났다는 뜻이군요."

"혁천린은 이번 선주의 일에 청기의 모든 역량은 물론 녹기의 유력한 지원을 받게 된 셈이오. 그는 늙은 목숨이 무척 아까운 모양이외다."

"수명을 다했으면 고이 죽을 것이지, 망령 난 늙은이 같으니……."

표향령주가 표독한 표범 같은 표정이 되어 힐긋 옥단풍의 품에 안긴 사마추를 흘겨보았다.

옥단풍은 도무지 이들의 얘기를 하나도 알아들을 수가 없었다.

필경 사마추와 선주에서 일어나고 있는 반가와 사마가 사이의 분쟁이 어떤 식으로든 관련이 있을 것이라 추측은 하지만 그 내용은 그야말로 오리무중인 것이다.

그때 옥단풍의 품에 안겨 죽은 듯이 눈을 감고 있던 사마추의 속삭이는 듯한 음성이 옥단풍의 귓전을 간질였다.

"혁천린은……."

옥단풍이 사마추를 내려다보았다.

"바로 소매를 원하는 그 늙은이의 이름이에요."

옥단풍이 멍한 시선으로 사마추를 내려다보았다. 머릿속이 아직도 모호했다.

사마추는 이 사태의 내막을 어디까지 알고 있는 것일까?

옥단풍은 문득 사마추가 지금 자신들을 둘러싸고 있는 이들의 정체에 대해서도 이미 알고 있을뿐더러 어떤 식으로든 관련이 되어 있으리란 뜬금없는 생각을 했다.

"결국 우리는 이곳을 빠져나가지 못하는 것이군요."

사마추가 호수 같은 눈동자로 옥단풍을 올려다보며 물었다.

"낭자."

옥단풍이 미간을 좁히며 사마추를 품에서 떼어놓았다.

사마추가 얼굴을 붉히며 옷매무새를 매만졌다. 사정이 어찌 됐든 남자의 품에 안겨 있다가 떨어지며 아무렇지도 않은 표정을 할 수는 없는 것이다.

"저들이 누구든 목표하는 바는 낭자를 사흘 동안 붙들어두는 것이오. 내가 보기엔 저들이 낭자를 해칠 생각이 있는 것은 아닌 것 같소만……."

사마추가 검은 눈동자를 깜빡이지도 않고 빤히 옥단풍의 눈을 올려다보았다.

"옥 소협께선 소매에 대해 어떤 의혹이라도……."

옥단풍이 잠시 말을 끊었다가 이었다.

"나는 이자들이 누군지 전혀 알지 못하오. 또 선주에서 일어나고 있는 일들이 반가와 사마의가 사이의 분쟁이라는 것, 그것도 낭자를 사이에 두고 일어난 단순한 다툼이라는 것만을 알고 있을 뿐이오."

"그 이외에 더 무엇이 필요하죠?"

사마추가 침착한 얼굴로 되물었다. 그녀의 표정에서는 그녀의 속마음을 알 수 있는 그 어떤 표정도 찾아볼 수 없었다.

사마추와 옥단풍의 시선이 허공에서 잠시 얽혔지만 두 사람 다 눈빛 속에 어떤 속내도 담고 있지 않았다.

"그렇지. 난 사마의가에 고용된 용병 무사일 뿐이지."

"비록 시작은 그렇게 되었지만 소매는 단 한 번도 옥 소협을 고용된 무사라고 생각하지 않았어요. 인연을 맺고 나면…한 식구나 마찬가지 아닌가요?"

옥단풍이 입가에 미소를 머금었다.

"난 고용된 무사일 뿐이오. 받은 돈만큼 일할 뿐이외다."

사마추가 옥단풍의 진심을 알 수 없다는 표정으로 한동안 말을 잇지 못했다.

옥단풍이 이내 시원시원한 표정이 되어 썩썩하게 물었다.

"아직도 여기를 빠져나가 백가에게 가야 한다고 생각하시오?"

"그럴 수 있을까요?"

"그럴 수 있는지 없는지는 나중 문제고, 사마 낭자의 의중을 먼저 말해보시오. 고용주의 뜻을 확인하는 것은 고용된 무사의 기본이니까."

사마추가 복잡한 시선이 되어 옥단풍을 응시했다.

"휴우, 오기옹(五奇翁)까지 이곳에 있을 줄은 소매도 상상을 못했군요. 여기를 빠져나가는 것은 아무래도 무리일 것 같군요."

"오기옹?"

사마추가 아차 하는 얼굴이 되었다.

"저 다섯 노인들을 그렇게 부릅니다. 저들은……."

사마추가 곤란한 듯 말을 끊었다.

옥단풍이 차분한 얼굴로 사마추의 다음 말을 기다렸다.

의혹은 구름처럼 피어나 가슴속을 가득 메우고 있었지만 서두른다고 해서 알 수 있는 것은 아무것도 없었다.

사마추가 이왕 말을 꺼냈으니 더 어쩔 수 없다는 듯 말을 이었다.

"더군다나 표향령은 교주(敎主)의 직속 기관 중에서 가장 충성스러운 집단이에요. 그들은 목숨을 버릴지언정 교주의 한마디를 끝내 지키는 사람들이죠."

옥단풍은 이제 사마추가 이들과 확실히 적지 않은 관계에 놓여 있다고 확신할 수 있었다.

사마추가 가볍게 한숨을 머금었다.

"옥 소협의 말씀이 옳아요. 표향령은 나를 해치지는 않을 거예요. 더군다나 옥 소협에게 그런 큰 모험을 요구할 수가 없군요."

"나는 단지 사마 낭자의 의중을 물었을 뿐이오."

"소매는……."

사마추가 복잡한 시선으로 옥단풍을 응시했다.

옥단풍이 시원시원한 얼굴로 씨익 웃었다.

"빠져나가기를 원하오?"

"그렇기는 하지만……."

사마추가 망설이듯 입을 떼자 옥단풍이 지체없이 사마추의 허리를 쓸어안았다.

"눈을 감고 계시오. 좀 험악한 싸움이 될 거요."

사마추가 옥단풍의 가슴에 얼굴을 깊숙이 묻었다. 그녀는 옥단풍의 허리를 단단하게 끌어안았는데, 마치 손을 놓기라도 하면 천 길 낭떠러지로 떨어질 사람 같은 표정이었다.

그때 표향령주가 두 사람의 말을 듣고 있다가 차갑게 냉소를 흘렸다.

"황 집장이 너 같은 애송이에게 당했다니 믿을 수가 없구나."

그녀는 옥단풍을 차갑게 쏘아보고 있었는데, 새삼 옥단풍의 존재에 대해 매우 놀라는 눈빛이었다. 하지만 그렇다 해도 크게 경계하거나 걱정하는 기색은 찾아볼 수 없었다.

비록 옥단풍이 사마의가의 떠돌이 고용 무사라는 사실과 한차례 적룡채에 가서 예상 밖의 결과를 내었다 해도 대수롭지 않게 생각했고, 황 집장이 쓰러진 지금도 그 생각은 변함없었다.

옥단풍이 시원스럽게 웃었다.

"나를 고용한 주인이 이곳을 떠나고자 하니 달리 선택의 여지가 없소. 내 앞을 가로막는 자는 누구든 황 집장의 신세가 될 각오를 해야 할 거요."

"깔깔깔깔깔!"

표향령주가 기가 막힌다는 듯 냉소를 터뜨렸다.

표향령주의 뒤에 늘어서 있던 고수 중 하나가 표향령주를 향해 가볍게 허리를 숙였다.

"영주, 속하가 나가 저 건방진 자의 입에서 헛소리가 나오지 않도록 조치하겠사옵니다."

그는 사십대 중반의 나이로 보이는 남자로 광대뼈가 튀어나와 꽤 험상궂은 인상을 하고 있었다.

허리에는 한 자루 용형검을 걸고 있었는데 검집이 없는 용형검의 푸른 검날 빛이 그가 움직일 때마다 사방으로 빛을 뿌리고 있었다.

표향령주가 그를 돌아보고는 고개를 끄덕였다.

"종 집장, 저자에게 두려움이 무엇인지 가르쳐 주도록."

"실망시켜 드리지 않겠사옵니다, 령주."

종 집장이라 불리운 사내가 시선을 번들거리며 청석 마당의 중앙으로 나왔다.

그는 옥단풍은 아예 처음부터 안중에도 없었던 듯 조금도 경계하는 빛 없이 곧장 옥단풍의 앞에 이르더니 불쑥 오른손을 내밀어 옥단풍의 품에 안겨 있는 사마추를 낚아채 갔다.

"우선 사마 낭자는 떼어놓고 보자꾸나, 애송이."

갈고리 같은 종 집장의 손이 교묘한 각도로 날아들어 사마추의 뒷덜미를 막 낚아채려는 순간 옥단풍의 오른손이 종 집장의 손목을 내려쳤다.

옥단풍의 동작은 옆에서 보기엔 매우 단순하고 간단해 보였지만 당하는 종 집장은 마치 칼날이 자신의 손목을 잘라오는 듯한 착각을 느꼈다.

"헉!"

화들짝 놀란 종 집장이 재빨리 초식을 거두며 뒤로 한 걸음 빠르게 물러났다.

두 사람의 손길은 각각 허공을 가르기는 마찬가지였지만 종 집장은 목적하던 바를 이루지 못했고, 옥단풍은 목적하는 바를 이룬 셈이었다.

종 집장의 얼굴이 붉게 물들며 험악하게 일그러졌다.

"크으, 좋은 말이 통하지 않는 놈이구먼."

말과 함께 허리에서 용형검을 뽑아 들었다.

용형검은 원래 검날이 뱀처럼 구불구불한 형상을 하고 있다. 그런 형태의 검은 보통 찌르기 수법은 잘 사용하지 않는다. 다만 상대를 현혹하기 위해 허초로 사용하는 경우가 있으나 찌르기보다는 휘감고 긋는 수법에 효용이 큰 그런 검이다.

종 집장은 검을 뽑자마자 옥단풍의 가슴을 노리고 마치 협

봉검을 쓰는 것처럼 그대로 빠르게 찔러왔다.

옥단풍은 이미 종 집장이 나설 때부터 속전속결을 결심하고 있었다.

옥단풍은 즉각 용호권 후삼식 중 하나인 용형호형을 펼쳤다.

종 집장은 기실 찔러간 초식이 허초였으므로 상대가 피하는 방향을 보면서 즉각 변초를 일으킬 준비를 하고 있었다.

그런데 돌연 옥단풍의 상체와 하체가 전혀 서로 다른 방향으로 움직이며 기묘한 자세를 취하자 내심 깜짝 놀랐다.

그와 같은 자세로는 찔러가는 검을 피하기는커녕 제대로 서 있기조차 힘들어 보였는데, 돌연 상체와 하체가 다시 따로 놀며 반대 방향으로 돌아가는 것이 아닌가?

그 순간 종 집장은 한줄기 날카로운 권풍이 마치 빈 허공에서 불쑥 모습을 드러내듯 면전을 향해 날아드는 것을 보았다.

보았으되 종 집장은 그것을 피할 방법도 막을 방법도 쉽게 떠오르지 않았다.

그 짧은 순간 마음속으로는 백 번이고 더 지금 찔러간 검을 회수하며 좌우 어느 쪽으로든 몸을 움직여야 한다고 외쳤지만 그 어느 것도 마음대로 할 수가 없었다.

초식의 변화란 상대로 하여금 목표가 수시로 변해서 공략하기 어렵게 만드는 장점이 있는 것이지만, 한편으론 움직임

을 제약하는 단점으로도 작용한다.

 말하자면 옥단풍의 일권은 바로 그 초식이 가진 양면성 중 후자 쪽을 교묘하게도 파고드는 그런 것이었다.

 퍽!

 둔중한 음향과 함께 종 집장의 안면에 쇠망치로 두들기는 듯한 충격이 전해졌다.

 찔러갔던 검이 손아귀에 힘이 풀리며 속절없이 허공에 내던져지는 것까지가 종 집장이 기억한 의식의 마지막이다.

 종 집장의 몸이 뒤로 삼 장여나 날려가 바닥을 나뒹굴 땐 그는 이미 아무것도 기억하지 못하고 의식을 잃고 있었다.

 일순간 장내에 찬물을 끼얹은 듯한 정적이 찾아들었다.

 누구 하나 선뜻 입을 열어 말을 꺼내지 못했다.

 그만큼 방금 일어난 일이 사람들에겐 도무지 이해되지도, 또 선뜻 현실로 받아들여지기도 어려운 기묘한 결과였던 것이다.

 "용형호형(龍型虎型)!"

 역세모꼴의 노인 권기옹이 완연히 달라진 얼굴로 뚫어지게 옥단풍을 응시하며 중얼거렸다.

 그의 역세모꼴 얼굴은 지금 무섭게 경직되어 있었다.

 "확실히 제대로 된 용형호형을 보게 될 줄이야……."

 여인, 창기옹이라는 이름을 가진 여인이 역시 무섭게 경직

된 얼굴로 시선을 옥단풍에게서 떼지 못하며 말을 받았다.

다섯 노인, 오기옹이라 불리는 다섯 노인은 지금 하나같이 충격과 경악에 휩싸여 있었다.

그들의 경악은 여타 검은 무복들이나 표향령주의 뒤에 늘 어선 집장들의 경악과는 본질적으로 달랐다.

여타의 사람들이 느끼는 놀라움과 충격은 어째서 종 집장 같은 고수가 하찮은 용호권 따위에 힘 한 번 못 쓰고 형편없이 나가떨어졌는지를 이해할 수 없는 것에서 기인했다.

그에 반해 오기옹의 놀라움은 달랐다.

소위 무림의 고수들이라고 일컬어지는 사람들 사이엔 보이지 않는 구분이 있다.

중원의 명리와 권력을 탐하는 자들은 무공의 힘을 빌어 목표를 달성하는 일에 전념한다.

그런 부류의 고수들은 오로지 중원무림에서 무공의 힘으로 군림하는 데 필요한 것이면 뭐든지 한다. 새로운 무공을 익히고 끊임없이 수련을 거듭하지만, 만약 그 무공이 효과적으로 중원무림에 명성을 떨치는 데 기여하지 못한다고 판단되면 가차없이 버리는 사람들이다.

현재 중원무림을 주름잡고 있는 고수의 대부분이 이 부류에 속한다.

그와는 다르게 또 한 부류, 소위 무림고수라는 사람들은 중

원무림의 명성이나 권력에는 관심도 없는 사람들이다.

그들은 오로지 무공 그 자체를 위해 새로운 무공을 찾고 수련한다.

새로운 경지에 올라서는 것에서 희열을 느끼며 천하의 온갖 무공에 모두 관심을 가진다.

그런 부류의 고수들을 일컬어 무학광(武學狂)이라고 부른다. 무공이라는 것 자체에 미친 사람들이라는 뜻이다.

삼백 년 전에 중원무림엔 잡설자(雜說子)라는 기인이 등장했다.

잡설자는 천하에 모르는 것이 없는 인물이었다.

무공 또한 중원무림의 온갖 잡다한 무학은 물론 멀리 새외의 생소한 무공까지 수박 겉핥기 식으로라도 거치지 않은 무공이 없을 정도였다.

그는 수많은 싸움을 거쳤지만 단 한 번도 승리하거나 패배하지 않았다.

잡설자의 비무는 권력을 위한 다툼도 아니었고 명리를 다투는 것도 아니어서 그가 압도적으로 우위에 선 싸움에서도 결코 상대를 비참하게 패배로 몰아가는 마지막 단계는 밟지 않았던 것이다.

그는 누구와 싸우든 상대의 무공으로 비무를 펼치는 것으로도 유명했다.

심지어는 당시 무림의 절대고수로 군림하던 소림의 유명한 고승인 일학선승(一鶴禪僧)과의 비무에서 소림사에서조차 제대로 연성해 낸 제자의 수가 손가락에 꼽힌다는 칠십이종 절예 중 가장 진수를 터득하기 어렵다는 백보신권(百步神拳)을 펼쳐 세인을 놀라게 하기도 했다.

물론 일학선승의 정심한 백보신권에 의해 패배 일보 직전까지 몰렸지만 일학선승 역시 잡설자의 명성을 익히 알고 있고 그의 됨됨이를 잘 알고 있었기 때문에 마지막 승부를 결정하는 순간에 손을 거두었지만, 만약 상대가 일학선승이 아니고 다른 소림 제자였다면 잡설자의 백보신권은 그야말로 놀라운 위력을 발휘했을 것이라는 말이 떠돌 정도였다.

그런 잡설자가 남긴 한마디가 무림인들 사이에 회자되며 전해 내려오고 있는데, 그의 한마디는 특히 무학광들 사이에선 거의 신앙처럼 막강한 영향력을 행사하고 있었다.

잡설자는 은거하기 이전에 소위 무림십대절기라는 것을 남겼다.

역대 무림을 통틀어 가장 뛰어난 무공 열 가지는 그후 무공에 전념하는 무학광들 사이에선 삶을 살아가는 절대적인 지표가 되었음은 물론이다.

그런데 한 가지 놀라운 것은 잡설자의 십대절기 중 놀랍게도 용호권이 바로 서열 칠위에 올라 있다는 사실이다.

잡설자는 용호권을 일컬어 이렇게 설명했다.

용호권을 처음 창시한 자는 무학의 천재였을 것이다. 아아, 일광이 충천한 여름 한낮에 얼음의 기운을 상상할 수 있는 것은 천재들만이 가진 특권일지니, 후세에 이르러 그 천재성을 낡은 관념과 형식으로 바꿔놓은 우리는 응당 부끄러워 마땅하다.

다른 십대절기는 그 근원에서부터 절기의 원리, 내용 등에 이르기까지 모든 것을 소상하게 설명했지만 용호권에 대해서만은 이 한마디뿐이었다.

잡설자의 십대절기가 후세에 이르러 세인들의 뇌리에서도 점차 희미해지고 있는 이유도 바로 그 십대절기에 용호권이라는 말도 안 되는 허접한 무공이 끼어 있기 때문이었다.

무림의 기득권을 형성하고 있는 고수 집단은 그래서 잡설자를 이단아 취급한다. 그저 미치광이 기인이 끝내는 말도 안 되는 요설을 남기고 사라졌다 폄하하는 것이다.

그러나 무학광들은 달랐다.

그들은 잡설자가 용호권에 대해 덧붙인 한마디까지 금과옥조처럼 믿고 신봉하며 천재의 길을 찾아 부단히 노력하고 또 노력했던 것이다.

만약 용호권의 후삼식을 제대로 펼치는 후학이 나온다면 그대들은 또 하나의 천재를 볼 수 있을 것이니, 그땐 또 어떤 천재의 무학이 다시 넘을 수 없는 장벽이 될 것인가.

오기웅은 지금 눈앞에서 펼쳐진 옥단풍의 용형호형이 잡설자가 말한 제대로 펼친 용호권의 후삼식인지 아닌지 가늠할 수는 없었다.
그러나 종 집장이 누구인가?
비록 표향령의 열여덟 명에 이르는 집장 중 한 명에 불과하지만 중원무림에서 치자면 충분히 고수의 반열에 들고도 남을 인물인 것이다.
그런 종 집장이 단 일 초에 나가떨어졌다. 용호권의 후삼식 중 일초인 용형호형이라고 추정되는 일식에 의해서 말이다.
그러니 오기웅의 충격과 놀라움은 그런 내막을 잘 모르는 여타 검은 무복들과는 질적으로 다른 것이었던 것이다.
그때 옥단풍이 대뜸 몸을 움직여 곧장 표향령주를 향해 내달리기 시작했다.
이런 상황에서 상대의 전열을 흩트리는 것이 매우 중요하고, 그건 상대의 중심인물을 직접 공격하는 것만이 유일한 방

법임을 잘 알고 있었던 것이다.

순간 사방에 흩어져 대비하던 검은 무복들이 황급히 움직였다.

동시에 표향령주의 뒤에 시립해 있던 집장들이 황급히 전면으로 뛰어나와 옥단풍을 맞이했다.

단지 오기옹만이 제자리에 서서 꼼작도 하지 않고 뚫어지게 옥단풍을 주시하고 있었다.

"당장 저놈을 잡아!"

홍화가 표향령주의 앞을 가로막아 서며 다급하게 외쳤다.

황 집장과 종 집장이 어이없이 패배한 이후 옥단풍에 대한 시각은 많이 변해 있었다.

사마의가에 돈으로 고용된 무명의 떠돌이 무사라는 인식이 차츰 엷어지고 있는 것이다.

옥단풍의 앞을 집장 하나가 막아서며 맹렬하게 일장을 날려왔다.

표향령 집장들의 무공은 모두 한결같이 중원 무학과는 많이 달랐다.

지금도 장력의 형태나 모양으로 보아 일종의 선풍장(旋風掌)이었지만 일반적인 강호의 선풍장에 비해 장력의 회오리치는 기세가 판이하게 달랐다.

강호의 일반적인 선풍장에 비해 훨씬 강력한 위력을 가진 장력임은 분명했다.

옥단풍이 나아가는 기세를 줄이지 않고 용호권의 용미과호를 펼쳤다.

이렇게 움직이면서 용미과호를 펼치기는 결코 쉽지 않다. 용미과호란 한쪽 발을 축으로 팽이처럼 회전하며 상대의 하반신을 쓸어가는 초식이기 때문이다.

허공에서 옥단풍의 몸이 한 바퀴 회전하며 선풍장을 날려 온 집장의 허리를 발뒤꿈치로 휘감았다.

와지끈!

허리뼈가 부서지는 듯한 끔찍한 소리가 이어지며 집장의 몸이 썩은 짚단처럼 내팽개쳐졌다.

"죽일 놈. 네놈은 오늘 결코 살아서 여길 나갈 생각을 버려라."

좌우에서 검을 뽑아 든 두 명의 집장이 이를 갈아붙이며 공격해 왔다.

첫 번째 집장은 비교적 수월하게 처리했지만 간격을 두지 않고 연이어 공격해 오는 이번 공격은 옥단풍으로서도 쉽게 상대하기 어려운 것이었다.

현란한 궤적을 그리며 검 빛이 눈을 현혹하는 순간, 삭 하는 소리와 함께 옥단풍의 어깨가 한 뼘 정도 검날에 의해 그어졌다.

그나마 옥단풍이 황급히 용추호망의 신법으로 몸을 빠르게 움직였기 때문에 그 정도였지 그렇지 않았다면 필경 어깨의 살점이 한 덩이 이상 잘려 나갈 뻔한 아슬아슬한 순간이었다.

옥단풍이 지면에 내려서며 불쑥 주먹을 내밀었다.

오른쪽에서 쾌속무비한 속도로 검을 찔러오던 집장의 검날이 아슬아슬하게 옥단풍의 겨드랑이 밑을 뚫고 지나갔다. 동시에 옥단풍의 주먹이 상대의 안면에 꽂혔다.

빠각!

선혈이 궤적을 이루며 흩뿌려지고, 그 궤적에 따라 집장의 육중한 체구가 뒤로 고목처럼 쓰러졌다.

순식간에 두 명의 집장이 옥단풍의 발길과 주먹에 나가떨어진 셈이었다.

기실 그와 같은 순간은 그야말로 간발의 차이로 서로 교차하는 것이기 때문에 만약 조금이라도 집중력을 잃거나 호흡이 흐트러지기라도 하면 결과는 천양지차로 바뀌게 된다.

옥단풍의 어깨를 그었던 검이나 겨드랑이 아래를 아슬아슬하게 꿰뚫고 지나간 검이나 그야말로 실낱같은 호흡의 차이로 옥단풍에게 치명적인 상처를 입힐 수 있는 충분한 위력의 수법이었던 것이다.

그럼에도 옥단풍이 이와 같이 판이한 결과로 이끌어낼 수 있었던 것은 그야말로 억수로 쏟아지는 장대비 속에서 유독 자신의 콧잔등에 떨어지는 단 하나의 빗줄기를 그 궤적의 처음부터 줄곧 꿰뚫어볼 수 있는 것과 같은 고도의 집중력 덕분이라고 할 수 있었다.

고수의 수법으로 올라갈수록 초식은 현란하고 속도는 빨라진다.

그 속에서 실낱같은 틈을 찾아내는 것은 단지 좋은 안력과 대담한 담력만 가지고는 가능한 일이 아니었다.

상상도 할 수 없는 고된 반복 수련과 실전 경험 등이 함께 어우러져야 비로소 가능한 일인 것이다. 아울러 자신이 펼치는 수법을 사소한 변화 하나까지 세세히 꿰고 있어야 하며, 또한 그 변화에 담긴 묘리의 궁극을 알고 있어야 가능한 일이다.

옥단풍이 검은 무복들과의 싸움에서나 그들보다는 훨씬 공력이나 수법의 정교함이 뛰어난 집장들과의 싸움에서나 별반 차이 없이 화려하지도 않고 간발의 차이로 아슬아슬하게 상대의 공격을 피해내는 모습이 크게 달라 보이지 않는 이유가 거기에 있었다.

그래서 그 안에 담긴 묘리를 알아볼 능력이 없는 그저 그런 능력의 소유자들은 매번 옥단풍이 우스꽝스럽고 허접하기 짝이 없는 용호권 따위를 펼치면서 정말 운 좋게도 좋은 결과를

가져오는 것이라고밖에 생각하지 못하는 것이다.

그러나 오기옹과 같은 초고수들은 달랐다.

옥단풍의 손짓발짓 하나에 담긴 묘리가 얼마나 무궁무진한 변화를 담고 있는지, 그래서 그것이 얼마나 상대하기 어려운 고절한 수법에 속하는 것인지를 한눈에 꿰뚫어보는 것이다.

"허어."

중후한 인상의 노인이 지켜보고 있다가 기가 막힌다는 듯 탄식을 터뜨렸다.

실로 충격의 연속이었다.

용호권을 펼쳐서 저런 결과를 이끌어낼 수 있다니…….

중후한 인상의 노인은 오기옹의 대형 격으로 무기옹(無奇翁)이라 불린다.

오기옹이 대부분 각각 한 가지씩의 독특한 병장기나 무공을 소유하고 있지만 무기옹은 어느 것 하나 특별히 내세울 특기가 없었다. 그래서 기이한 점이 없다는 뜻의 무기옹으로 불린다.

그럼에도 불구하고 그가 오기옹의 대형 대접을 받는 것은, 달리 말한다면 어떤 방면의 무공으로도 충분히 대형 역할을 할 수 있을 정도의 능력을 소유하고 있기 때문이었다.

물론 무기옹에게도 비전의 특기가 있다고 전해진다.

다만 아무도 그것이 어떤 것인지 알지 못할 뿐이다.

"잡설자의 말이… 설마… 현실로 나타난 거란 말이우?"

미간에 깊은 골이 있는 도기옹이 역시 허탈한 음성으로 말을 받았다.

무기옹을 제외한 나머지 사기옹은 서로 격의없이 지내지만 무기옹에게만은 모두 대형 대접을 했다.

"보아하니 그런 거 같네."

"소매는 믿을 수가 없어요. 아니, 믿고 싶지 않네요."

유일한 여자인 창기옹이 고개를 설레설레 저으며 애써 부정했지만 그녀의 말에도 힘은 실려 있지 않았다.

"저런 녀석이 강호무림에 존재하고 있었는데 도대체 우린 왜 아무도 모르고 있었지?"

권기옹이 여전히 혼잣말을 하듯 독특한 어투로 입을 열었다.

"그렇게 대단한 건 아니야."

이제껏 단 한 번도 입을 열지 않았던 맨 끝의 말상의 노인이 처음으로 입을 열었다.

그는 한 자루 검을 사용하는 검기옹(劍奇翁)이다. 검기옹임에도 불구하고 그는 마치 병장기를 소유하고 있지 않은 것처럼 보였는데, 그가 목표로 하는 것이 심검(心劍)이었기 때문이다.

심검이란 실제로 검을 들고 펼치지 않아도 고도로 수련된 마음의 힘으로 실제 검처럼 기운을 형상화하여 펼치는 초절정의 수법을 말한다.

 이제껏 적지 않은 숫자의 검신이 배출되었지만 무림 사상 그 어느 검신도 완벽한 심검의 경지에는 올라서지 못했다.

 중원의 대표적인 검가(劍家)인 남궁세가에서조차 단 한 번도 심검을 이룩한 검신은 배출되지 못했다.

 검기옹 역시 심검의 경지와는 아직 한참 거리가 멀었다.

 그러나 그는 오직 심검의 경지를 얻기 위해 실검(實劍)을 과감히 버렸다.

 그는 때로는 여인의 허리띠를 가지고 검을 대신하기도 했으며, 때로는 길가에 널린 나뭇가지로 검을 대신하기도 했다.

 그러나 그의 손에 잡히는 것이 무엇이든 그것이 검 대신 펼쳐지면 여느 검의 고수가 펼친 보검의 위력에 결코 뒤떨어지지 않았다.

 "검 아우, 무슨 소리인가?"

 무기옹이 침중한 얼굴로 검기옹을 돌아보았다.

 "저 아이의 용호권은 다만 오랫동안 숙련에 숙련을 거듭한 것에 지나지 않는다는 말이오."

 "으잉? 검쟁이야, 너는 아까 저 아이가 용형호형을 펼치는 것을 보고도 그런 말이 나온단 말이냐?"

권기옹이 눈꼬리를 치키며 검기옹을 노려보았다.

"용형호형은 나도 비슷하게 할 수 있지. 하지만 잡설자 노선배가 말씀하신 그런 경지는 사실 없어. 단지 저 아이는 너무 오랫동안 용호권을 수련해서 그걸 적절하게 활용할 줄 아는 정도일 뿐이지."

"아닌데……?"

권기옹이 수긍할 수 없다는 듯 말끝을 흐렸다.

창기옹이 끼어들었다.

"검쟁이, 그럼 어디 한번 해봐."

검기옹이 힐긋 창기옹을 쳐다보았다.

검기옹이 창기옹을 쳐다보는 시선은 여타 다른 노인들을 쳐다보는 것과는 매우 달랐다.

검기옹은 언제나 무표정해 보이고 눈빛은 회색으로 가라앉아 있었지만 창기옹을 볼 때는 완연히 달라진 얼굴이 되는 것이다.

언제나 한 마리의 회색 늑대이다가 오직 창기옹과 눈길이 마주치면 한 마리 토끼가 되는 기분이었다.

"창기옹이 해보라고 한다면……."

그때 무기옹이 제지하고 나섰다.

"지금 그러고 있을 때가 아니네, 아우들."

오기웅의 시선이 이내 장내의 싸움으로 옮겨졌다.

그 순간 옥단풍은 또 한 명의 집장의 목젖에 어설프면서도 엉성한 동작으로, 그러나 아주 정확하게 주먹을 꽂아 넣고 있었다.

검은 무복들이 검을 뽑아 들고 주변에 몰려들고 있었지만 옥단풍이 너무 갑작스럽게 표향령주를 향해 달려들었을 뿐 아니라 이미 표향령주를 중심으로 집장들이 에워싸고 있는 상황에서 옥단풍이 뛰어든 셈이 되었으니, 검은 무복들은 손을 쓰려 해도 섣불리 손을 쓸 수가 없는 형국이 된 것이다.

아직도 세 명의 집장이 남아서 표향령주를 단단히 에워싸고 있었고, 최종적으론 홍화가 앞을 가로막고 서 있었으니 표향령주가 옥단풍의 기습에 위험에 처했다고 말할 수는 없었지만 옥단풍과의 거리가 불과 네댓 걸음에 불과해 안전하다고 말할 수도 없는 상황이었다.

"표향령주가 저 젊은이를 너무 얕잡아보았군요."

창기옹이 마치 남의 집 불구경하듯 말했다.

"표향령주는 항상 너무 오만한 것이 문제야. 이번에도 고작 열 명도 안 되는 집장들만 대동하고 왔으니……."

"청기(靑旗)는 결코 만만히 볼 세력이 아닌데……."

"더군다나 청기는 이번 선주의 일에 운명을 걸었다고 해도 과언이 아니지."

"저 젊은이는 청기하곤 아무 상관 없는 거 같은데……."

"만약 일이 잘못되어 사마추가 청기의 손아귀에 들어가기라도 한다면, 그 후에 청기왕 혁천린이 무슨 짓을 벌일지는 누구도 알 수가 없어."

"우리가 표향령을 도와주러 온 이유도 그거잖소."

도기옹의 말에 모두 수긍하는 빛이 되어 고개를 끄덕였다.

"표향령주가 예뻐서 여기 온 건 아니란 말이외다."

도기옹은 감정을 싣지 않고 말해도 얼굴은 항상 화난 사람처럼 보인다. 그의 미간에 깊이 패인 골이 항상 그를 그렇게 보이게 하는 것이다.

"교주님의 뜻도 바로 거기에 계시다네, 도 아우."

무기옹이 침중하게 말했다. 무기옹의 입에서 교주가 거론되자 나머지 사기옹의 얼굴이 확연하게 숙연한 표정으로 바뀌었다. 그들은 단지 교주라는 단어 한마디에도 마치 눈앞에 교주가 서 있기라도 하듯 공경한 표정이 되었다.

"표향령을 급히 파견해 사마추가 청기의 손에 들어가는 것을 저지하신 것뿐만 아니라 표향령이 못 미더워 또 우리까지 보내신 것이야."

네 명의 사기옹이 모두 한일자로 입을 굳게 다물고 묵묵히 무기옹의 말을 들었다.

"그만큼 교주님께서도 이번 일을 중요하게 생각하시는 것이라네."

누구도 감히 입을 열어 한마디 참견할 엄두조차 내지 않는 것 같았다. 단지 교주님이라는 단어 하나 때문이었다.

옥단풍은 용두호미에 이어서 용관호혈에 이르기까지 용호권의 초식을 연이어 펼치며 앞으로 이동했다.

옥단풍의 어설픈 주먹이 허공을 가르자 집장 하나가 연이서 세 초식의 검초를 날리며 황급히 대응해 왔다.

그러나 현란하고 복잡한 집장의 검초도 어설픈 각도로 날아드는 옥단풍의 주먹을 떨쳐 내지 못하고 있었다.

집장이 할 수 없이 뒤로 두 걸음을 물러서고서야 옥단풍의 주먹을 피할 수 있었다.

그러자 표향령주의 왼쪽이 열렸다.

옥단풍이 바라던 바도 그것이었다.

옥단풍이 성큼 다시 표향령주를 향해 한 걸음 더 다가섰다.

집장들이 필사적으로 검을 휘두르며 다가서는 옥단풍을 제지하려고 했지만 옥단풍의 발걸음이나 몸짓손짓은 엉성한 용호권의 투로를 밟으면서도 신통하게도 집장들의 검날을 모두 무위로 돌리고 있었다.

표향령주는 매서운 눈초리로 한 걸음 더 다가와 이제 불과 두어 걸음 앞에까지 이른 옥단풍을 쏘아보고 있었다.

그녀는 손가락 하나 까딱하고 있지 않았지만 그녀의 표정 어디에서도 옥단풍에 대한 두려움이나 다급함은 찾아볼 수 없었다.

그녀는 지금 하찮은 고용 무사로 보았던 옥단풍이 자신이 거느린 집장들을 허수아비로 만들고 있는 현실을 받아들이기가 쉽지 않았다.

표향령의 집장이라면 적어도 강호무림에선 일류고수 급의 실력을 갖춘 인물들이다.

그런데 어디서 듣도 보도 못한 허름해 뵈는 사내가 그 자부심을 여지없이 무너뜨리고 있는 것이다.

홍화가 다급한 얼굴이 되어 표향령주의 앞을 가로막으며 입을 열었다.

"령주님, 여기는 속하들에게 맡기시고 안으로 들어가시는 것이……."

홍화가 말을 잇다가 냉랭한 표향령주의 시선과 마주치자 이내 말끝을 흐리며 고개를 떨어뜨렸다.

"지금까지는 그럼 너희들에게 맡기지 않고 본 영주가 누구에게 맡겼다는 말이지?"

홍화는 말문이 막혔다.

옥단풍을 막아 싸우고 있는 두 집장마저 무너진다면 집장 휘하의 무사들은 옥단풍에게는 허수아비나 다름없는 존재들

인 것이다.

홍화가 이러지도 저러지도 못하고 있는 순간 옥단풍이 오른발을 무릎 높이까지 들어 올려 옆으로 크게 선회하며 옮기는 우스꽝스러운 동작을 취하며 중단전으로부터 주먹을 정면으로 내뻗었다.

누구나 알아보는 용호권의 초식인 용추호망의 일식이다.

어설퍼 보이고 둔중해 뵈는 옥단풍의 주먹은 정확히 좌측에서 검을 휘두르고 있는 집장 하나의 견정혈을 향해 날아가고 있었다.

만약 집장이 계속 검을 잡은 채 초식을 펼친다면 결국 옥단풍의 주먹에 견정혈이 으스러지는 불 보듯 뻔한 상황이 펼쳐지고 있었다.

"헉!"

집장이 황급히 팔을 뒤로 뽑으며 찬바람을 들이켰다.

견정혈이 파괴되면 치명적인 상처를 입는 것은 물론 만약 그 상처를 치유한다 해도 한쪽 팔은 영영 사용하지 못하는 불구가 되는 것이다.

우측의 집장이 동료가 그런 상황에 빠지는 것을 보고 황급히 검초를 시전해 더욱 빠르게 몰아쳐 왔다.

그 순간 옥단풍의 좌측 발이 다시 반 자가량 들어 올려져 엇비스듬한 각도로 옮겨졌다.

역시 용호권의 일식인 용추호망이다. 다만 방향이 이전과는 정반대로 바뀌어져 있을 뿐이다.
　일순 옥단풍의 주먹이 일직선을 그리며 우측 집장의 콧잔등을 향해 뻗어갔다.
　그와 같은 시간상의 절묘한 일치는 그야말로 누군가가 일부러 연출하려고 해도 도저히 불가능한 아주 극히 짧은 한순간의 포착이었기 때문에 누가 봐도 그것이 옥단풍의 연출이 아니라 공교롭게도 일이 그렇게 된 것처럼 보였지만, 어쨌든 우측의 집장은 콧잔등을 향해 날아드는 옥단풍의 주먹을 뻔히 보면서도 마치 호랑이 등에 올라탄 형국처럼 전혀 다른 조치를 취할 선택의 여지가 없었다.
　그저 멍청히 날아드는 주먹을 바라보며 우악스러운 주먹을 연약하기 짝이 없는 자신의 콧잔등으로 맞이할 수밖에 없는 형국이었다.
　옥단풍의 주먹이 막 집장의 콧잔등을 뭉개 버리려는 순간, 찬바람이 한차례 일며 앙칼진 음성이 귓전을 울렸다.
　"애송이, 보자 보자 하니 눈에 뵈는 것이 없구나!"
　음성이 채 다 끝나기도 전에 한줄기 예리한 비수와도 같은 경력이 옥단풍의 주먹을 향해 섬전처럼 날아들었다.
　그야말로 머리카락 한 올 정도의 간발의 차이로 옥단풍은 황급히 주먹을 거두어야 했다.

옥단풍이 주먹을 거둔 순간, 다시 날카로운 파공성이 울리며 세 가닥의 비수 같은 경기가 옥단풍의 상중하 요혈을 동시에 노리며 날아들었다.

 그제야 옥단풍의 면전으로 그림자 하나가 어른거리며 엄습하고 있었다.

 표향령주였다.

不良武士

第二章

不良武士
불량무사

원래 사마의가에는 사마 성 씨를 쓰는 본가 식구를 제외하고도 모두 쉰두 명의 식솔이 기거하고 있었다.
 잡다한 일을 하는 시비와 하인들은 물론이고 창고의 출납을 담당하는 집사보에서부터 장원의 유지, 보수를 담당하는 목공에 이르기까지 그 직분은 다양했다.
 물론 잡인들의 신분 또한 그 직분에 따라 높낮이가 결정되므로 비록 무인들의 집단은 아니었지만 엄연히 위계질서가 존재하는 곳이기도 했다.
 호 노인(胡老人)은 올해 예순여덟 살이다.

그가 사마의가에 몸을 의탁하기 시작한 것이 서른이 갓 넘어서였으니 사마의가에서만 벌써 삼십 년이 넘게 한식구로 살아온 셈이었다.

호 노인은 비록 사마 성을 쓰고 있지 않았지만 사마의가에서는 그를 피붙이 이상으로 신뢰하고 의지한다.

그는 사마의가의 집사로 모든 잡인들을 지휘하고 통솔하는 위치에 있으면서도 언제나 겸손하고 합리적이었기 때문에 주방에서 잡일을 하는 시비에서부터 창고의 물건 출납을 관장하는 집사보에 이르기까지 그를 존경하며 따르지 않는 이가 없었다.

호 노인은 한 손에 장부를 들고 들여다보며 후원의 뒤편으로 통하는 월동문을 향해 걸어가고 있었다.

장부에는 사마의가에서 일하고 있는 잡인들의 성명이 일목요연하게 기록되어 있었다.

곳곳에 굵은 먹물로 이름을 지운 흔적이 많이 보이는 것은 바로 얼마 전 반가의 일당이 장원에 침입했을 때 희생된 잡인들의 숫자가 많았기 때문이다.

그날 이후 호 노인은 분주하게 오가며 살아남은 인원을 점검하고 또 적절하게 업무에 재배치하느라 눈코 뜰 새 없이 바쁜 나날을 보내고 있었다.

사마의가에 닥친 위기는 필수적으로 하인, 하녀들의 동요를 가져왔다.

부족한 인원을 보충하고 재배치해야 하는 호 노인으로서는 그들의 동요는 커다란 장애가 아닐 수 없었다.

월동문을 지나 후원으로 들어선 호 노인은 잠시 시선을 장부에서 떼며 길게 한숨을 내쉬었다.

"무리도 아니지."

오늘만 해도 벌써 장원을 떠나 고향으로 돌아가겠다는 하녀가 세 명이나 되는 것이다.

호 노인은 착잡한 심정이 되어 후원의 경비를 위해 배치해 두었던 장삼(張三)의 모습이 보이지 않자 불길한 생각보다는 걱정이 앞섰다.

"이놈도 말없이 그냥 내빼 버렸나?"

호 노인이 후원을 이리저리 살펴 장삼의 모습을 찾으며 중얼거렸다.

말없이 사라진 하인, 하녀의 수도 만만치 않았다.

아침에 일어나 보면 오간다는 말도 없이 깨끗이 짐 싸서 사라지는 것이다. 목숨이 위태로운 상황이니 그들을 탓할 수도 없었다.

사마의가의 후원은 곧바로 뒷담장으로 이어진다.

뒷담장의 밖은 작은 야산이 자리하고 있다.

북백서화에서도 재력이 그리 크지 않은 사마의가가 가장 변두리에 자리 잡고 있기 때문이었다.

그런 고로 사마의가의 후원은 사마의가에서도 외부의 침입에 가장 취약한 장소이기도 했다.

탁발한은 이미 여러 차례 호 노인을 닦달한 바가 있었다.

후원엔 적어도 삼 인 이상의 경비를 배치해야 만약의 사태에 대비할 수 있다는 탁발한의 말에 동의하지 않을 수 없었지만, 어쩌랴. 내원이나 사랑에도 일손이 턱없이 부족하니 아무 할 일도 없이 후원을 지키고 서 있는 일에 세 명씩이나 배치할 수는 없었던 것이다.

문득 호 노인의 발길이 후원의 구석에서 멈추며 눈이 휘둥그렇게 홉떠졌다.

"자, 장삼……."

후원의 구석 관목들 사이로 비쭉 튀어나온 한 사람의 발목을 본 것이다.

필경 장삼의 것이리라.

장삼이 요령을 피우며 관목 사이에 누워 낮잠을 청하는 것이리라 생각해 보지 않은 건 아니지만 호 노인은 왠지 등줄기에 서늘하게 소름이 돋았다.

단지 관목 더미의 밖으로 장삼의 발 하나가 튀어나와 보이는 것뿐인데 갑자기 끔찍한 생각이 먼저 뇌리를 스치는 것은

사마의가의 현 상황과 무관하지 않았다.

애써 불길한 생각을 누르며 호 노인은 관목 더미로 다가갔다.

"이놈아, 설사 농땡이를 피고 싶다 해도 그렇지, 이런 데 누워서 볼썽사납게……."

호 노인은 관목 더미 앞에 서서 말끝을 잇지 못하고 얼어붙었다.

누군가 지금 호 노인의 얼굴을 본다면 그가 호 노인임을 아예 알아보지 못할지도 몰랐다. 사람이 너무나 놀라면 얼굴이 바뀌는 법이니 지금 호 노인이 얼마나 큰 충격을 받았는지 알고도 남을 만했다.

제멋대로 입 주위의 근육이 경련을 일으켰다.

"어… 어……."

입은 벌어졌지만 단 한 마디도 알아들을 수 있는 말을 만들어내지 못한 채 벙어리처럼 의미없는 괴성만 흘려내고 있었다.

관목 더미 사이.

발목의 주인은 없었다.

다만 무릎에서부터 잘려 나가 얼핏 보자면 그저 굵은 나무 몽둥이쯤으로 보이는 장삼의 무릎 아래 두 다리만 덩그마니 놓여 있을 뿐이다. 그제야 흥건하게 고여 있는 피에서 짙은 피비린내가 느껴졌다.

호 노인은 혼비백산해서 뭘 어찌해야 할지 몰랐다가 탁발한을 떠올렸다.

탁발한은 지금 안채에 있다. 당장 가서 알려야 한다.

호 노인의 뇌리에 이런 생각이 떠오른 순간 아주 가느다란 사선 하나가 호 노인의 목을 타고 좌에서 우로 빠르게 그어졌다.

호 노인의 정면에 서서 보자면 그저 목에 거미줄 하나가 가로로 스치며 가느다란 흔적을 만들었다고 착각할 그런 것이었는데, 어버버거리던 호 노인의 입이 순간 멈추었다.

그리고 목에 그어진 사선에서 가느다랗게 선혈이 흘러내리기 시작했다.

건듯 바람이라도 불었는가?

호 노인의 머리가 스르르 옆으로 움직였다.

사선을 따라 미끄러지듯 머리만 이동하는 모습은 기괴하기 짝이 없었다.

떼구르르.

호 노인의 머리가 호박처럼 바닥에 떨어져 구르고 나서야 매끈하게 잘린 호 노인의 목 단면에서 피가 분수처럼 솟구쳤다.

쿵!

마른 장작처럼 머리 잃은 호 노인의 몸이 쓰러지자 호 노인의 바로 뒤에 가려져 있던 한 사람의 모습이 그제야 드러났다.
 이제 갓 소녀티를 벗어나기 시작한 십삼사 세의 어린 소녀가 한 손에 검을 들고 서서 웃고 있었다.
 검날의 끝을 타고 선혈 한 방울이 기름종이 위를 구르는 물방울처럼 또르르 굴러 바닥으로 떨어졌다.
 "도대체 이런 형편없는 것들 하나 제대로 처리 못하고 반포광은 무슨 짓을 하고 있었던 거지?"
 소녀가 미간을 가볍게 찌푸리며 사악하게 중얼거렸다.
 반포광은 반가의 가주를 일컫는 것이다. 도대체 심삽사 세로 보이는 어린 소녀의 입에서 천하의 반가 가주의 이름이 서슴없이 흘러나오는 것을 어떻게 해석해야 하는가.
 소녀는 일신에 짙푸른 청의를 걸치고 있었다. 머리는 곱게 빗어 뒤로 앙증맞게 묶었으며, 그 아래 백옥 같은 피부의 이마가 유난히 맑아 보였다.
 화공이 일부러 그렇게 그린 듯 검고 뚜렷한 눈썹 아래 별빛처럼 두 눈이 빛나고 있었다.
 한눈에 보아도 범상치 않은 미모였는데, 소녀의 얼굴을 보고 있자면 기이하게도 사악한 충동을 불러일으키는 그런 인상을 풍기고 있었다.

이제 겨우 가슴이 봉긋하게 솟기 시작한 소녀에게서 그런 사악한 충동을 느낀다는 것은 매우 이례적인 일이지만 천하의 어느 요염한 여인을 대한다 해도 지금 이 소녀에게서 느끼는 충동에 결코 미치지 못할 것이다.

문득 후원의 사방에서 옷자락이 스치는 소리가 이어지며 짙푸른 청삼을 걸친 사내들이 모습을 드러냈다.

소녀가 시선을 허공에 주며 사악하게 웃었다.

"물샐틈없이 포위해라. 단 한 명도 살아서 이 장원을 나가선 안 돼."

청의사내들이 모두 고개를 숙이며 말없이 복종의 표시를 했다.

"사마추만 온전하게 손아귀에 넣는다면 나머지는 볼 거 없다. 모두 죽여."

십삼사 세의 소녀 입에서 흘러나온 말로는 매우 악독한 말이었지만 그녀에게는 더 이상 자연스러울 수가 없는 말처럼 느껴졌다.

소녀의 말이 끝나자 청의사내들이 일사불란하게 움직여 후원의 담장을 넘으며 사방으로 흩어졌다.

뒤편의 가산으로부터 끊임없이 넘어오는 청의사내들의 수는 스무 명도 넘어 보였다.

스스슷.

소녀의 옆에 나이를 짐작하기 어려운 창노한 노인 하나가 현신했다.

꾸부정한 허리와 얼굴 가득한 주름살, 그리고 백발은 그가 필경 칠순 이상의 나이임을 짐작하게 했다.

노인 역시 일신에 짙푸른 청의 장삼을 걸치고 있었는데 소녀를 비롯해서 사방으로 흩어진 사내들, 그리고 지금의 노인에 이르기까지 그들의 복장은 모두 짙푸른 청색이었다.

그에 더해서 모두 소매 끝에 금색의 띠를 두르고 있었는데, 사내들은 그것이 한 겹이었고 지금 현신한 창노한 노인의 소매 끝에는 세 개의 금색 띠가 둘러져 있었다.

다만 소녀에게서는 그것을 찾아볼 수가 없었다.

"편 노공(片老公)."

소녀가 창노한 노인을 맞이했다.

"소군주, 선주 일원에 수하들을 모두 배치했소이다만……."

창노한 노인이 조심스럽게 입을 열었다.

소군주라 불린 소녀가 대꾸 없이 고개만 끄덕였다.

"홍기는 좌립이 천산을 떠난 이후 대외적인 일에 전혀 신경을 쓰지 못하고 있는 듯하외다."

"좌립은 끝내 홍기를 배신한 것인가요, 편 노공?"

"그렇습니다만… 아직 그 내막은 뭐라 단언할 수가 없소이다. 좌립이 행방을 감추었을 뿐 그자가 반드시 홍기를 배신했다는 확증은 어디에도 없소이다."

"상관없어요."

소군주가 차갑게 웃었다.

그녀는 십삼사 세 소녀가 가지기엔 도저히 불가능할 것 같은, 이른바 주위를 압도할 것 같은 기질을 보이고 있었다.

"홍기가 크게 흔들리고 있는 듯이 보이지만, 홍기는 결코 좌립 하나에 의해 좌우되는 세력이 아니에요."

"그건 그러하오이다, 소군주. 잘 보셨소이다."

소군주가 다시 한 번 차갑게 웃었다.

"할아버지께서 병환 중이라는 소문이 돌았음에도 우리 청기는 조금도 흔들리지 않았잖아요."

"네에."

착한 학동처럼 창노한 노인, 편 노공이 대답했다.

도대체 누가 어른이고 누가 어린아이인지 분간하기 어려울 지경이었다.

"홍기도 마찬가지예요. 설사 좌립이 홍기를 배신했다 해도 홍기는 끄떡없어요."

"……."

"마교오기(魔敎五旗)가 어느 세력이든 결코 얕잡아볼 수 없는 것은 분명하지만 지난 오십 년 동안 우리 청기와 홍기만이

마교의 주도 세력으로 양립해 온 데에는 확실히 이유가 있어요."

"그렇사옵니다."

"하지만 이번에야말로 우리 청기가 마교 내에서 유일한 지배자라는 걸 확실히 보여줄 필요가 있어요."

"그래야 하옵니다, 소군주."

"자, 이제 사마추를 잡으러 가볼까요?"

"속하가 앞장서지요."

편 노공이 먼저 움직였다.

팟, 하고 편 노공이 그 자리에서 연기가 꺼지듯 사라진 순간 소군주 역시 거짓말처럼 모습이 사라지고 없었다.

그녀가 서 있던 자리엔 그녀의 검끝에서 굴러 떨어진 핏방울 자국 하나가 방금의 장면이 결코 꿈이나 환시가 아님을 증명하고 있을 뿐이었다.

* * *

옥단풍은 쾌속하게 날아드는 세 가닥의 경풍을 보며 일시 어떻게 대응해야 할지 몰라 당혹감에 휩싸였다.

용호권의 그 우스꽝스럽고 어설픈 동작들만으로도 이제까지 상대의 공격을 모두 피해내고 반격에 나설 수 있었던 것은 그것이 어떤 것이든 경로와 투로, 그리고 변화를 꿰뚫어볼 수 있기 때문이었다.

그에 따라 상대의 가장 취약한 부분을 공략할 수 있기에 가능한 일이었다.

그러나 지금 표향령주가 날려온 세 가닥의 경풍은 옥단풍으로서는 그 허허실실을 가늠하기가 결코 쉽지 않았다.

옥단풍에게 있어 이와 같은 경우는 매우 드문 일이며, 결국은 상대의 무공이 상상 이상으로 고강하다는 것을 의미했다.

옥단풍이 용호권에서도 이형환위의 원리를 차용한 용추호망을 연이어 세 번이나 펼치며 뒤로 황급히 물러선 것은 그야말로 어쩔 수 없는 선택이었다.

옥단풍의 몸이 뒤로 기우뚱거리며 연이어 물러났다.

동시에 쉬익 하고 고막을 찢을 것 같은 날카로운 파공성이 이어지며 옥단풍의 어깨에 첫 번째 경풍이 격중했다.

격렬한 격타음이 일어나지 않는 것은 그나마 옥단풍의 용추호망이 효과를 발휘해 표향령주의 경풍을 흐트러뜨렸기 때문이지만, 옥단풍은 하마터면 품에 안고 있는 사마추를 놓칠 뻔할 정도로 적지 않은 충격을 받았다.

기우뚱하고 옥단풍의 몸이 균형을 잃은 순간 두 번째 경풍이 옥단풍의 허리를 강타했다.

퍽!

둔중한 격타음이 일었다.

어깨에 적중되었던 첫 번째 경풍에 비해 이번 타격은 꽤 정확한 각도를 이루며 이루어졌지만 그 역시 그 순간 이어지는 용추호망의 효과가 표향령주의 경풍에 실린 공력을 칠성 이상 허공으로 흩어버릴 수 있었다.

그러나 비록 삼성만 남은 경풍이라지만 옥단풍은 허리가 끊어지는 듯한 통증을 느끼며 상반신이 순식간에 마비되어 오는 것을 느껴야 했다.

옥단풍의 몸이 금방이라도 쓰러질 듯 위태롭게 비틀거리며 뒤로 주르르 밀려났다.

그 순간 언뜻 눈앞에 그림자가 어른거리며 표향령주의 세 번째 경풍이 옥단풍의 무릎을 노리며 날아들었다.

이번엔 이미 용추호망의 변화가 모두 마무리된 후였기 때문에 경풍은 정확히 옥단풍의 슬안혈(膝眼穴)을 겨냥하고 있었지만 옥단풍으로서는 도저히 어찌해 볼 도리가 없었다.

슬안혈은 무릎의 눈이라는 이름이 말해주듯 하반신, 즉 허벅지 아래로 흐르는 경락의 관문과도 같은 곳이었다. 설사 호신강기로 전신을 보호하는 절세의 고수가 있다 해도 슬안혈은 그런 유의 무공이 가지는 몇 개 안 되는 조문 중 하나다. 만약 슬안혈이 파괴되거나 심각한 타격을 입는 경우 아무리 금강불괴에 가까운 무공을 지닌 고수라 해도 제자리에 제대로 서 있을 수조차 없게 된다.

 이와 같은 세 가닥의 공격을 말로 설명하자니 그 순서와 차이를 세세하게 설명할 수 있었지만 실제로는 그저 눈썹 한 번 슬쩍 내렸다 올린 순간 정도의 찰나에 한꺼번에 이루어진 것이어서 옆에서 구경하는 사람의 눈에는 그저 단 한 번의 동작으로 보일 뿐 그 안에 담긴 세세한 변화를 알아볼 수는 없었다.

 옥단풍이 입술을 악물었다.

 수없이 반복하며 용호권을 수련하던 지난날들이 주마등처럼 뇌리를 스치고 지나갔다.

 "초식의 묘리란 무엇이냐?"
 "변화이옵니다."

 딱.
 여지없이 사부의 죽비가 날아들었다.

 "변화는 무학이 아니니라. 따라 하거라."
 "변화는 무학이 아니니라."

 딱.

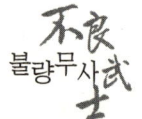

"이놈아, 사부한테 아니니라라니?"
"따라 하라면서요."

딱.

"말대꾸는 올바른 수련의 가장 큰 적이니라."
"언제는… 항상 의문을 가지라 하셔놓고……."
딱! 딱! 딱!
사부가 대답할 말이 궁색할 때엔 죽비는 더욱 빨라지고 횟수는 증가했다.

"변화가 안 보이기 시작할 때 비로소 무(武)의 길에 첫발을 내디뎠다 할 수 있느니라."

어린 옥단풍은 사부의 그 한마디에 담긴 의미가 무엇인지 납득하기 어려웠다. 강호의 초절한 무공일수록 변화는 복잡하고 교묘하다. 현란한 변초를 이겨낼 수 있는 것은 그보다 더욱 정교하고 무쌍한 변화가 제격이 아니었던가.
또한 초절정의 무공들은 눈이 따라가지 못해서 그 변화를 볼 수가 없다. 그렇다면 변화가 안 보이는 것과 못 보는 것은 무슨 차이가 있단 말인가?

옥단풍은 그저 우직하게 용호권만을 수련했다.

자다가도 벌떡 일어나 용호권의 초식을 자유자재로 구사할 수 있기까지는 아무리 둔재라 해도 일 년 이상 소요되지 않는다. 그만큼 단순하고 간단한 초식들이다.

그러나 사부는 일 년이 지나도 새로운 무공을 가르칠 생각을 하지 않았다.

옥단풍은 삼 년째 되던 날 야밤을 틈타 보따리를 쌌다.

옥단풍에겐 더 이상 기다릴 시간도 마음의 여유도 없었다.

밤마다 잠들면 악몽에 시달려야 했다. 온통 피바다로 화한 집이 보였고 그 피 웅덩이 속에서 주워 들었던 어머니의 손목 하나를 꿈속에서 만나야 했다.

부모형제를 창졸간에 잃고 거리에 나선 다섯 살 꼬마 아이에게 저잣거리는 지옥이나 다름없었다.

쓰레기 더미를 뒤져 상한 우거지로 끼니를 때울 수 있는 날은 그나마 행운이었다.

간혹 어린 옥단풍이 안쓰러워 음식을 나눠 주는 집이 없지 않았지만 오랜 가뭄과 기근으로 흉흉해진 인심 속에서 그런 일은 가뭄에 콩 나듯 일어난 희귀한 행사나 마찬가지였다.

그러나 어린 옥단풍은 악착같이 살아남았다.

옥단풍이 그 험난한 거리의 생활 속에서 살아갈 수 있는 유

일한 끈은 가문의 복수였다.

 매일 밤 피 웅덩이 속에서 건져 올린 어머니의 손목을 꿈속에서 보았다.

 그러나 세상살이가 어디 그리 마음대로 되는 일인가?

 특히 이제 겨우 다섯 살 꼬마가 복수의 일념으로 악착같이 살아남고자 한다고 그게 마음대로 되는 일인가 말이다.

 옥단풍은 거리에서 육 개월을 생존하고 끝내 아사 직전에 몰리게 되었다.

 마침 남쪽 일대를 휩쓴 역병은 어린 소년에게도 가혹하기는 마찬가지였다.

 그가 아무리 복수의 일념으로 모진 명줄을 이어가려 노력한다 해도 마음만 가지고는 아무것도 해결되지 않는 법이다.

 옥단풍은 끝내 찬바람 부는 저잣거리의 쓰레기 더미에 얼굴을 묻고 의식을 잃고 말았다.

 마침 인근을 지나가던 허름하고 헐렁헐렁한 노인 하나가 소변이 마렵지 않았다면, 또 그 노인이 하고 많은 쓰레기 더미 중에서도 유독 옥단풍이 엎어져 있던 쓰레기 더미로 찾아오지 않았다면 옥단풍은 그때 먼저 간 식구들을 따라 이승을 하직했을 것이다.

 "헐헐, 노부는 천하제일인이다. 이제 네놈이 노부에게 엎드려 제자로 삼아달라고 애걸복걸할 차례니라."

옥단풍이 의식을 되찾았을 때 들은 첫마디였다.
아무리 잘 봐줘도 방물장수나 떠돌이 풍각쟁이 이상으로 보이지 않는 노인네의 입에서 천연덕스럽게 나온 한마디여서 제정신 박힌 사람이 듣는다면 콧방귀는커녕 한 대 쥐어박고 싶을 만한 말이었지만 옥단풍은 고작 다섯 살의 꼬마일 뿐이었다.
아무튼 헐렁헐렁한 노인이 무엇을 어떻게 했는지 모르지만 옥단풍의 역병은 말끔히 치유되어 있었다. 그것만으로도 어린 옥단풍의 머리 속에 노인에 대한 의심 같은 건 자리할 여유가 없었다.
노인은 그 한마디를 남기고 물끄러미 옥단풍을 쳐다보고만 있었다.
그 표정은 그야말로 지금 이 꼬마에게 내가 이 얘기를 해야 하나 말아야 하나 망설이는 기색이 역력한 그런 것이었다.
옥단풍이 자리를 털고 일어나 노인의 앞에 앉았다.
다섯 살 꼬마의 눈초리라고는 도저히 볼 수 없는 도전적이고 당찬 시선으로 노인을 보며 옥단풍이 물었다.

"칼에서 붉은빛 낼 수 있어요?"

옥단풍은 침상 밑에서 깜빡 잠들었다가 깨어났을 때 그 눈부시고 현란하게 방 안을 휘감던 칼 빛을 기억하고 있었다.

"붉은빛? 노부는 칼을 안 쓴다. 험험."

노인이 떠름한 얼굴로 입맛을 다셨다. 괜한 얘기를 했다는 후회의 표정이 역력했다.

"그럼 안 돼요. 난 칼에서 붉은빛을 낼 수 있는 사람을 이길 수 있는 사람이 아니면 사부로 모실 수 없어요."

옥단풍의 그 말 한마디 때문에 옥단풍은 노인의 제자가 되어야 했다. 노인의 똥고집 같은 자존심을 건드린 것이다.
옥단풍은 내키지 않았지만 노인의 성화에 구배지례를 올려야 했고, 그날 이후로 노인을 따라다니며 제자 노릇을 해야 했다.
노인은 옥단풍이 열 살이 될 때까지 오직 숨 쉬는 법 한 가지만 가르쳤다.
옥단풍은 노인을 사부로 모신 이후에도 단 하루도 노인이 천하제일인이라고 공언했던 그날을 잊은 적이 없었다.
옥단풍에게는 매우 중요한 문제였다. 만약 사부로 모신 노인이 말로만 천하제일인인 말짱한 사기꾼이라면 하루빨리 가문의 흉수를 찾아 복수해야 하는 옥단풍으로서는 이만저만한 시간 낭비가 아닐 수 없었기 때문이다.

누가 뭐라 해도 어쩔 수 없었다. 믿는 수밖에.

노인이 가르쳐 준 숨 쉬는 법은 매우 독특했다.

일주천을 하는 데도 죽을 것 같은 고통이 따랐다. 온몸이 파김치가 되고 땀에 절은 솜처럼 몸이 무거워졌다. 그러나 옥단풍은 꾀를 부리거나 포기할 여유는 손톱만큼도 없었다.

죽을 것같이 힘든 데도 온몸은 날이 갈수록 무겁기만 했다.

호흡법이란 운기조식을 뜻하고, 옥단풍은 운기조식이 무엇을 의미하는 것인지 정도는 알고 있었다.

옥단풍이 비록 다섯 살에 가문이 몰락하는 참화를 당했지만 집안에서는 걸음마를 떼자마자 가문에 전해지는 가전의 내공심법을 가르치기 시작했던 것이다.

옥단풍은 가전의 내공 심법을 그때까지도 기억하고 있었기 때문에 낮에는 사부가 가르쳐 준 독특한 호흡법을, 밤에는 가전의 내공 심법을 연마했다.

그리고 얼마 못 가 사부에게 그 사실을 발각당하고 말았다.

그때 옥단풍은 사부가 진노하면 얼마나 오랫동안 사람을 괴롭힐 수 있는 사람인지를 뼈저리게 느껴야 했다.

차라리 늘씬 두들겨 패고 한 번의 커다란 진노로 끝낸다면

그건 가히 견딜 만했다.

사부는 옥단풍이 가전의 내공 심법을 연마한다는 사실을 안 순간 옥단풍을 미련없이 내쫓았다. 원래 헐렁헐렁하고 우스갯소리는 잘했어도 결코 진지하거나 화를 낸 적이 없는 사부였는데 한번 진노하자 아예 얼음처럼 변해 버렸다.

옥단풍으로서는 비록 사부가 천하제일인인지 아닌지 미심쩍긴 했지만 이미 사부로 모신 이상 사부를 의심해서 쫓겨난 김에 잘됐다 하고 다른 사부를 찾아 떠날 수는 없었다.

열흘을 꿇어앉아 빌고서야 겨우 쫓겨나는 것을 면할 수 있었지만 그 후로 걸핏하면 그 일을 들먹이며 괴롭히기 일쑤였으므로 옥단풍은 다시는 가전의 내공 심법을 떠올리는 것조차 포기해야 했다.

그러나 사부의 호흡법은 세월이 흘러도 고통스러웠고 더디고 지루했다.

호흡을 통해 축기하여 내공을 쌓는 것은 대부분 기경팔맥을 이용하는 것이 원칙이다. 그런데 사부의 호흡법은 기경팔맥보다는 삼십육 세맥에 기운을 쌓는 그런 호흡법이었다.

기경팔맥은 원래 내공을 쌓아놓는 장소이지만 삼십육 세맥은 기운을 흘려 사용하는 곳이다.

그러므로 삼십육 세맥에 기운을 쌓기는 기경팔맥에 기운을 쌓는 것에 비해 세 배는 힘들다.

그렇게 하고도 축기되는 공력은 기경팔맥에 쌓이는 공력의 삼분지 일도 안 된다.

그러자니 자연 일주천 한 번에도 보통의 내공 심법에 비해 세 배 이상의 힘이 들었다.

사부의 호흡법에 따라 일주천 하고 나면 온몸이 파김치가 되어 땀에 흠뻑 젖으면서 고통스러운 이유가 거기에 있었다.

그러나 정작 힘든 만큼 내공이 쌓이지는 않으니 환장할 노릇이 아닐 수 없었다.

소년 옥단풍이 뭘 알겠는가. 그냥 하라는 대로 할밖에.

간혹 한 번씩 사부는 차가운 시선으로 옥단풍을 살피곤 했다.

옥단풍은 사부가 여전히 가전의 내공 심법에 대한 의심을 버리지 않았다고 여겼지만 사부는 말이 없으니 그 내심을 알 수는 없었다.

옥단풍은 그 모든 의구심과 못 미더움 속에서도 단 일각도 농땡이를 피우거나 혹은 사부가 보지 않을 때 적당히 요령을 피우거나 하지 않았다.

열 살이 되자 신기하게도 호흡법에 따라 일주천을 해도 고통스럽지 않게 되었다.

고통스럽지 않을 뿐만 아니라 전신의 삼십육 세맥에 차오르기 시작하는 힘이 느껴졌다.

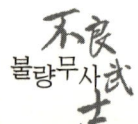

그와 같은 경험은 실로 놀라운 것이어서, 옥단풍은 그야말로 날아갈 듯한 기분이었다.

누구하고든 한바탕 싸우고 싶은 기분이었고, 설사 상대가 우락부락한 왈짜 장한이라 해도 조금도 두렵지 않은 기분이었다.

그때 사부가 돌연 주먹을 들어 옥단풍의 견정혈을 후려쳤다.

그야말로 사부를 만난 이후 처음 있는 일이었으며, 도대체 무슨 이유로 그러는지 알 수가 없었기 때문에 옥단풍은 크게 놀랐을 뿐 고스란히 사부의 주먹을 견정혈에 얻어맞았다.

극렬한 통증이 따랐다.

비록 사부의 주먹에 실린 힘이 크지 않음을 몸으로 느낄 수 있었지만 견정혈은 팔꿈치의 관문이나 마찬가지다. 견정혈을 얻어맞으면 한동안은 팔조차 들지도 못하는 것이다.

얼굴을 붉게 물들이며 고통을 눌러 참으면서도 눈만 끔뻑이며 사부를 쳐다보는 옥단풍을 빤히 들여다보던 사부가 크게 웃었다.

"팔을 들어, 이놈아."

옥단풍이 지체없이 얻어맞은 팔을 번쩍 들었다. 사부가 왜 이러는지 도통 알 수가 없었다.

그러므로 그때 옥단풍은 견정혈을 그처럼 심하게 얻어맞았는데도 즉각 팔을 들어 올릴 수 있었다는 매우 신기한 사실에 유념할 정신이 전혀 없었다. 다만 훗날 돌이켜 보고 깨달았다.

사부의 호흡법이 왜 삼십육 세맥에 기운을 축적하는지를.

그러나 그 호흡양생법이 바로 소위 무림인들이 꿈에도 갈망하는 금강불괴(金剛不壞)의 경지로 이끄는, 천하에 전설처럼 존재하는 딱 세 가지 내공 심법 중 하나라는 사실은 언제까지고 알지 못했다.

사부는 흡족하게 웃었다.

그날 이후, 드디어 사부는 옥단풍에게 무공을 가르치기 시작했다.

물론 가르치기 시작했다고는 하지만 각종 절기를 그 수준과 용도에 따라 체계적으로 가르치는 것과는 거리가 멀었다.

사부는 어느 날 턱없이 진지한 표정으로 옥단풍을 불러 앉혔다.

그리고 얼굴에 온통 엄숙함을 담고 긴박감이 넘쳐 흐르는 목소리로 나직이 입을 열었다.

"이제부터 네게 한 가지 무공을 전수할 것이다. 너는 단 한시도 그 수련을 게을리 해서는 안 되며, 모든 잡념을 버리고

오로지 무공 수련에만 전념해야 할 것이다."

옥단풍은 아연 긴장한 얼굴로 사부의 얼굴을 바라보았다.

드디어 그토록 염원하던 절기를 익히게 된 순간인 것이다.

그것이 바로 용호권이었다.

빡!

뼈가 부러지는 듯한 격타음이 터지며 옥단풍의 몸이 축을 잃고 바람에 날리는 장승처럼 나뒹굴었다. 그 와중에도 옥단풍은 사마추를 안고 있는 팔에 힘을 풀지 않는지 사마추는 여전히 옥단풍의 품에 안겨 같이 나뒹구는 형국이 되었다.

표향령주의 세 번째 경풍은 정확하게 옥단풍의 슬안혈에 격중했다.

허공에 어른거리던 표향령주의 신형이 그제야 스슷 하며 옥단풍의 앞에 내려섰다.

차갑고 오만한 미소가 입가에 어린 표향령주의 모습은 어처구니없게도 아름다웠다.

"본 영주에게 손수 손을 쓰게 한 것만으로도 가문의 영광인 줄 알거라."

표향령주는 손끝에 느껴진 감각을 잘 알고 있었다.

그 일격이 저 허름하고 헐렁헐렁해 뵈는 사내의 슬안혈에 정확하게 작렬했고, 필경 사내는 더 이상 그 다리를 사용해서

서 있거나 걷지 못할 것임을 너무도 잘 알고 있었다.

표향령주가 차갑게 냉소를 날린 후 몸을 돌렸다.

"사마추를 데려가라. 저자는 당분간 잡아두도록 하겠다."

홍화가 황급히 허리를 숙였다.

"존명."

그때, 부시럭 하며 옥단풍이 몸을 일으켰다.

옥단풍은 분명 슬안혈에 정확한 타격을 받아 다리를 더 이상 사용하지 못할 것임이 분명했는데 놀랍게도 그 다리를 이용해 지면을 디디며 일어서고 있는 것이다.

홍화가 깜짝 놀라 멍청한 얼굴로 옥단풍을 쳐다보고만 있었다.

놀라기는 표향령주도 마찬가지였다.

몸을 돌리려다 말고 눈이 휘둥그레져서 옥단풍을 다시 돌아보았다.

"그 다리로 다시 땅을 딛고 선단 말인가?"

옥단풍은 불안한 자세로 몸을 일으켜 세웠지만 여전히 품에 사마추를 안고 있었고, 또 분명 두 다리로 지면을 딛고 서 있었던 것이다.

옥단풍이 미간을 찌푸리며 쓴웃음을 지어냈다.

"다시 해볼까?"

옥단풍의 말에 모두 입이 쩍 벌어졌다.

연이어 세 번의 폭풍 같은 연타를 맞고 그대로 쓰러진 옥단풍이 다시 일어선 것을 눈으로 보고도 믿을 수 없었다.

기실 지금 옥단풍은 극심한 통증을 느끼고 있었다.

통증만이라면 견딜 수도 있겠지만 허리에 먼저 적중된 일격에 의해 이미 상당한 충격을 입은 상태에서 슬안혈에 정확히 두 번째 타격을 입었으므로 입을 열어 말하는 것조차 꽤 고통스러울 정도였다.

그러나 슬안혈에 그와 같은 타격을 받으면 의당 슬안혈이 파괴되거나 그에 버금가는 중상을 입어야 정상이었지만, 옥단풍은 그렇지 않았던 것이다.

슬안혈이 파괴되지 않은 것은 옥단풍이 익힌 호흡양생법 덕분이었다.

삼십육 세맥에 축기하는 호흡법에 의해 삼십육 세맥이 서로 유기적으로 공력을 주고받으며 위기 상황에 대처하게 되는 것이다.

즉, 슬안혈에 타격이 가해지면 슬안혈에 축기된 공력은 물론 슬안혈에 연결된 삼십육 세맥 중 위쪽으로는 잠룡혈, 북진혈, 기해혈에 이르기까지에 축기된 공력이 즉각 반응하는 것이다.

또한 아래로는 향경혈, 내과혈의 기운이 올라와 슬안혈의 축기된 기운과 합쳐져 반응한다.

옥단풍이 익힌 양생호흡법을 만약 십이성 연성하게 되면 결국은 인체의 모든 조문이 사라지는 금강불괴의 몸이 된다는 것인데…….

기실 무림 사상 진실로 금강불괴를 이루었다는 예는 찾아볼 수 없다.

다만 전설처럼 떠도는 삼대기공(三大氣功) 중 어느 것 하나든 십이성 연성하게 되면 금강불괴를 이룬다는 속설이 무림인들 사이에선 확인되지 않은 이설로 떠돌고 있을 뿐이다.

기실 옥단풍이 십오 년 넘게 호흡양생법을 연마했지만 그 성취는 불과 삼성에 불과했다.

옥단풍의 호흡양생법은 일반 내공 심법에 비해 비교도 안 되게 그 효과가 더딘 것이었다.

표향령주가 믿을 수 없다는 얼굴로 옥단풍을 노려보다가 양손에 공력을 일으키며 외쳤다.

"정신력 하나는 인정할 만하구나. 하지만 네놈은 스스로 명을 재촉하는 것임을 알아야 한다."

앙칼진 표향령주의 음성이 채 끝나기도 전에 번쩍하며 표향령주의 신형이 사라졌다.

사라졌다 싶은 순간 어느새 옥단풍의 면전에 그림자처럼 어른거리며 매서운 경풍이 날아들었다.

표량령주의 이러한 수법은 원래 중원무림에선 찾아보기 어려운 종류의 것이다.

옥단풍이 비록 중원무림의 모든 무공을 경험해 본 것은 아니지만 그동안 견식한 그 어떤 무공에 비해서도 수법이 독특하고 변화가 생소했던 것이다.

옥단풍이 꼼짝도 하지 않고 부릅뜬 눈으로 눈앞에 어른거리는 표향령주의 그림자를 노려보았다.

"변화가 현란할수록 근간이 되는 동작은 단순한 법이니라."

사부의 말이 떠올랐다.

현란한 변화에 현혹되면 그 근간이 되는 동작을 보지 못한다.

옥단풍은 여전히 사마추를 안고 있었기 때문에 오직 한 손만이 자유로웠다.

자유로운 그 한 손도 내상으로 인해 자유자재로 움직이지 못했다.

슬안혈에 타격을 입은 다리는 말할 것도 없이 움직이는 것조차 불가능했다.

그러나 옥단풍은 조금도 다급해하거나 두려워하는 기색을 보이지 않았다. 다만 착 가라앉은 시선으로 지금 눈앞에 어른거리는 표향령주의 그림자를 뚫어지게 노려보고 있을 뿐이었다.

쐐애액!

표향령주의 날카로운 경풍이 치명적인 요혈인 기해혈을 노리며 날아들었다.

한순간 옥단풍의 상체가 좌측으로 비틀렸다.

동시에 옥단풍의 주먹이 불쑥 중단을 노리고 내밀어졌다.

그와 같은 동작은 매우 부자연스러워 보여서 보기에도 균형이 맞지 않은 자세였다.

지켜보고 있던 무기옹의 입에서 신음처럼 탄식이 터져 나왔다.

"끄응. 용호권 후삼식의 두 번째인 용장호후(龍藏虎吼)로군."

오기옹이 모두 굳게 입을 다물고 심각한 얼굴이 되어 있었다.

용호권 후삼식의 첫 번째인 용형호형이 펼쳐질 때만 해도 그와 같은 일은 계속 반복 수련하다 보면 반드시 불가능한 일은 아니라 생각했다.

그런데 지금 펼쳐지는 용장호후, 일반적으로 사람들이 펼치는 후삼식의 용장호후 흉내와는 확연하게 달랐다.

빠빡!

둔중한 격타음이 거의 동시에 두 번 울려 퍼졌다.

표향령주의 표홀한 그림자가 돌연 보이지 않는 벽에 부딪쳐 뒤로 튕겨지듯 튕겨 나갔다.

동시에 옥단풍의 몸이 마치 자석에 이끌려 가는 쇠붙이처럼 주욱 빨려가며 표향령주의 신형을 따라갔다.

그와 같은 변화는 그야말로 눈 깜짝할 사이에 벌어진 일이어서 홍화나 집장들, 그리고 검은 무복들은 그저 두 눈 멀쩡히 뜨고 입만 쩍 벌리고 있을 뿐이었다.

무기옹의 안색이 굳었다.

"저놈에게 속았다."

그 말이 채 끝나기도 전에 무기옹의 신형이 번쩍하며 옥단풍을 향해 쏘아갔다.

무기옹의 그림자가 순식간에 허공을 좁히며 옥단풍에게 엄습했지만, 그 순간 옥단풍은 이미 허공에서 표향령주의 몸을 낚아챈 후였다.

옥단풍이 지면에 내려섰을 때 무기옹의 신형이 폭포수처럼 쏟아졌지만 옥단풍의 한 손은 이미 표향령주의 사혈(死穴)을 움켜쥐고 있었다.

무기옹의 몸이 허공에서 낚아채진 연처럼 갑자기 뒤로 튕겨지며 물러났다. 만약 옥단풍이 지금 움켜쥐고 있는 표향령주의 사혈에 일 푼이라도 힘을 가한다면 그 즉시 표향령주의 목숨은 사라지는 것이다.

그제야 사기옹의 나머지 네 노인이 회오리를 일으키며 들이닥쳤다.

그러나 그들 역시 손을 쓸 수가 없는 건 마찬가지였다.

옥단풍이 씁쓸하게 웃었다.

"하오문의 잡배처럼 보이겠지만 어쩔 수가 없소."

무기옹이 심각한 얼굴이 되어 옥단풍을 쏘아보았다.

"네가 감히 어쩌려는 속셈이냐? 당장 표향령주를 내려놓거라!"

검은 무복들이 이미 옥단풍과 오기옹의 주위를 둥그렇게 에워싸고 철통같이 길목을 막아서고 있었다.

옥단풍이 얼굴에서 미소를 지워냈다.

"소생을 고용한 주인이 이곳을 벗어나기를 바라니 소생으로서는 최선의 길을 찾은 셈이외다. 그런 사정만 아니었으면……."

옥단풍이 무기옹을 똑바로 응시했다.

"차라리 귀하와 한바탕 드잡이를 할지언정 이런 짓은 할 생각이 없었소만."

"당장 내려놓지 못할까!"

무기옹의 호통에 옥단풍이 다시 희미하게 웃었다.

"소생은 이런 경우를 꽤 경험한 사람이외다. 경험에 비추

어보자면… 지금 당장 길이 열리지 않으면 이 귀찮은 인질 따위는 차라리 치워 버리는 게 훨씬 유리했을 것 같소만……."

옥단풍이 손에 힘을 주자 기식이 엄엄한 가운데서도 표향령주가 얼굴에 땀을 흘리며 고통스러운 표정을 지어냈다.

그녀는 비록 참을 수 없는 고통을 느꼈지만 신음 소리 하나 내지 않았다. 다만 잡아먹을 듯 표독한 시선으로 옥단풍을 노려볼 뿐이었다.

지금의 옥단풍에게선 그야말로 수없이 많은 싸움을 겪어낸 전장터의 노장 같은 느낌이 강하게 일어났다.

말하자면, 무림에서 서로 격식을 갖추어 비무랍시고 무공의 높낮이를 겨루고는 서로 인사하고 헤어지는 그런 싸움을 치른 자에게서는 죽었다 깨어나도 찾아볼 수 없는 일종의 실전적이고 사악하기 그지없는 분위기였다. 목숨이 오가는 긴박한 순간에 비무의 정신이니 상대에 대한 예의니 따위는 전혀 생각할 겨를이 없는 그런 치열한 싸움 말이다.

"당장 길을 터주어라!"

무기옹이 지체없이 소리를 질렀다. 그는 표향령주의 안위에 매우 민감한 반응을 보이고 있었다.

"안전하다고 생각되어지면 표향령주는 무사히 돌아올 것이오."

옥단풍이 한마디를 남기고는 양손에 사마추와 표향령주를

끼고 검은 무복들이 터준 방향을 잡고 몸을 날렸다.

홍화와 집장들이 어쩔 줄을 모르고 안절부절못하는 얼굴이 되었지만 속수무책이었다.

그저 무기옹의 얼굴만 애타게 쳐다볼 뿐이었다.

무기옹이 옥단풍의 모습이 완전히 사라지자 다급하게 외쳤다.

"아우들, 무엇 하고 있는가?"

"대형, 어쩌자는 말씀이시오?"

"우리가 쫓아가야지 뭘 어째!"

무기옹의 신형이 번쩍 먼저 움직였고, 뒤이어 사기옹이 한꺼번에 바람을 일으키며 뒤를 따랐다. 오기옹의 모습은 순식간에 옥단풍이 사라진 방향으로 사라졌다.

第三章

不良武士
불량무사

탁발한은 침상에 누워 있다가 벌떡 상체를 일으켰다.
 옥단풍이 사마추를 대동하고 나간 이후 온통 신경이 곤두서 있었다.
 탁발한은 옥단풍을 떠올리자 처음 옥단풍을 만났던 때가 생각났다.

 난주(蘭州)의 겨울은 혹독하게 추웠다.
 하늘은 언제나 짙게 찌푸려져 무거운 눈구름을 가득 안고 있었고, 하루에도 서너 차례씩 폭설이 쏟아졌다.

폭설이 한번 쏟아지면 무릎까지 눈이 쌓이는 일은 흔하고도 흔했다.

탁발한은 난주의 홍등가에 청향루(清香樓)라는 주루를 인수해서 돈 많고 욕심 사나운 주인 행세를 하고 있었다.

탁발한이 찾고 있는 것은 기문향자(箕文香子)라는 사내였다.

탁발한은 기문향자를 쫓아 운남의 곤명(昆明)에서부터 중원을 샅샅이 뒤지며 북상해 끝내 난주에서 그 실마리를 찾았던 것이다.

기문향자라는 이름을 알고 있는 사람은 중원 천지를 다 뒤져도 손가락에 꼽을 정도였다.

그는 신출귀몰했으며 하루에도 천 리를 이동하는 자였다.

기문향자가 한번 행방을 감추면 천하에서 그를 찾아낼 수 있는 자는 드물었다.

탁발한은 기문향자를 쫓아 일 년여를 고생하다가 끝내 난주에서 유력한 흔적을 찾아냈던 것이다.

기문향자는 전혀 허점이 없는 자였지만 그가 서역의 미인을 유난히 밝힌다는 것을 탁발한은 알고 있었다.

탁발한은 청향루를 인수한 후 기루의 기녀들을 모두 서역 출신들로 바꾸었다.

특히 탁발한이 손수 서역까지 가서 골라 선발해 온 기녀들

은 그 빼어난 미모로 이내 주위에 소문이 자자한 명소가 되었다.

탁발한은 만반의 준비를 갖추고 기문향자를 기다렸던 것이다.

그러나 삼 개월이 지나도 기문향자는 모습을 보이지 않았다.

탁발한은 여전히 기문향자가 난주에 머물고 있다는 사실을 수시로 들어오는 보고에 의해 알고 있었지만 기문향자가 두문불출 움직이지 않으니 그를 잡을 길이 없었다.

답답한 나날이 이어지던 어느 날,

폭설이 허리까지 쏟아져 행인들의 발길이 뚝 끊어진 날이었다.

어스름 황혼녘에 폭설을 뚫고 한 사내가 청향루에 들어섰다.

사내는 훌쩍 키가 컸으며 얇은 홑겹의 장삼 하나만을 걸치고 있었지만 입술이 새파랗게 얼었거나 온몸이 떨리거나 하는 따위의 추위를 느끼는 징후는 조금도 보이지 않았다.

탁발한은 기루의 이층 자신의 작은 침소에서 사내를 살피고 있었다.

처음 보는 낯선 사내지만 탁발한은 사내를 본 순간 그가 기문향자라고 생각했다.

기문향자의 용모파기는 이미 상세히 알고 있었고, 또 사내의 용모가 그와는 조금도 닮은 구석이 없다는 사실을 확인할 수 있었지만 탁발한은 왠지 그가 반드시 기문향자일 거란 확신이 점점 짙어지고 있었다.

탁발한이 소리없이 몸을 일으켰다.

한순간 그의 모습은 방 안에서 사라지고 없었다.

사내는 날씨 탓에 손님이 뚝 끊어져 텅 빈 청향루의 객청에 홀로 자리 잡고 앉았다.

사내는 화주와 간단한 안주를 시켜 말없이 마셨으며 곧바로 아설란(阿雪蘭)을 불렀다.

아설란은 탁발한이 아사라에 가서 데려온 기녀다.

그녀는 서역의 많은 미녀들 중에서 결코 눈에 띄는 미인은 아니었다.

아니, 오히려 미인이라기보다는 그저 평범한 축에 속하는 용모라 해야 옳았다. 다만 그녀의 항상 축축하게 젖은 듯한 눈길은 말로 설명할 수 없었지만 사내의 눈길을 끌고도 남을 묘한 색기가 느껴졌다.

아설란이 불려와 사내의 앞에 앉혀졌다.

사내는 아설란을 불러놓고는 눈길 한 번 마주치지 않았다.

단지 연거푸 화주만을 들이킬 뿐이었다.

아설란은 다소곳이 앉아 있었다. 언제나 그렇지만 기루를

찾는 사내들의 행동양식은 늘 똑같았다.

술을 마시고 계집을 끌고 올라간다. 기루의 이층에는 그런 자들을 위해 수없이 많은 기방이 갖추어져 있었다.

기녀들에겐 그저 일상이요, 직업일 뿐이다.

아설란은 사내가 술을 다 마시기를 기다렸다. 사내도 곧 아설란을 이끌고 이층으로 올라갈 것이다. 한바탕 육체의 향연을 벌이고 나면 사내는 또 바람처럼 사라지겠지.

문득 사내가 술잔을 내려놓고 물끄러미 아설란을 응시했다.

사내의 눈길은 회색이었다.

아설란은 사내가 마치 늑대 같다고 생각했다. 매우 말끔한 용모의 사내였지만 아설란이 그 순간 늑대를 떠올린 것은 어쩌면 사내의 가라앉은 눈빛 때문이었을 것이지만 아설란은 그런 것 따윈 아랑곳하지 않았다.

다만 한차례 전신을 떨었다. 이런 사내들은 대부분 침상 위에서 커다란 만족을 준다.

아설란은 이미 그것을 잘 알고 있었다.

사내가 조용히 일어섰다.

그리고는 아설란을 스치고 지나 입구를 향해 걸어가는 것이 아닌가.

아설란은 일순 멍해졌다. 사내가 일어선 자리엔 한 덩이의 은자만이 덩그렇게 놓여 있었다.

 탁발한은 이미 사내가 기루를 빠져나가기 전에 기습할 만반의 준비를 갖추고 있었다.

 그리고 사내가 막 출구를 나서려는 순간 탁발한이 움직였다.

 그때 천지가 진동하는 듯한 말발굽 소리가 들려왔다.

 일단의 야생마 떼가 청향루를 향해 무서운 기세로 몰려오고 있었다.

 난주를 벗어나면 북방의 들녘엔 야생마가 많다. 난주 지역의 야생마들은 북방의 혹독한 추위를 견디며 생존해 왔기 때문에 거칠고 쉽게 길들여지지 않는다.

 그런 고로 난주의 야생마가 힘도 세고 주력도 좋으며 훌륭한 마필이 많았지만 길들여 탈 수가 없는 것으로 유명했다.

 야생마들이 난주 안으로 들어오는 일은 매우 드물었지만 간혹 먹이를 찾아 난주 안으로 들어오는 경우가 있었다. 그럴 때도 한두 마리가 멋모르고 들어오는 경우라면 모르지만 지금처럼 떼로 몰려오는 경우는 없었다.

 탁발한은 야생마들로 인해 아주 잠깐 사내에게서 시선을 떼었는데, 다시 시선을 돌렸을 때 사내는 이미 사라지고 없었다.

 탁발한이 낭패한 얼굴이 되어 즉각 사내의 뒤를 쫓았을 때

야생마 떼가 기루의 안으로 들이닥쳤다.

기루는 엉망이 되었고, 사방으로 날뛰는 야생마 떼에 의해 모든 것이 부서지고 무너졌다.

그야말로 아비규환이 따로 없는 상황이 된 것이다.

탁발한은 기루 따위는 어떻게 돼도 상관없었다.

그 짧은 순간에 사라진 사내 기문향자의 행방이 무엇보다도 중요했던 것이다.

탁발한이 천신만고 끝에 사내의 흔적을 찾아냈을 때 놀랍게도 사내는 기루에서 멀지 않은 야산의 눈구덩이 속에 엎어져 있었다.

그리고 그 옆에 한 명의 허름한 차림의 사내가 서 있었다.

그가 바로 옥단풍이었다.

"그때 그놈이 확실히 기문향자였지."

탁발한은 허공을 응시하며 혼자 중얼거렸다.

그것은 아직까지도 풀리지 않는 의문이었다.

그때 기문향자를 죽인 자가 옥단풍이라는 의심을 지울 수가 없었지만 그것을 증명할 만한 그 어떤 증거를 찾은 것도 아니었으므로 의심은 단지 의심으로 남을 뿐이었다.

죽은 기문향자를 살펴보았을 때 탁발한은 한눈에 기문향자가 아주 짧은 순간 극심한 고통을 겪으며 죽어갔다는 사실을 알아챌 수 있었다.

그와 같은 수법은 누군가를 고문하여 자백을 얻고자 할 때 쓴다.

누구보다도 탁발한은 그 사실을 잘 알고 있었다. 본인도 사용하는 수법이었기 때문에.

탁발한이 옥단풍을 다시 만난 건 반년쯤 지난 후인 여름 어느 날 절강성의 항주에서였다.

탁발한은 떠돌이 풍각쟁이로 변신해 있었고, 옥단풍은 포목점의 점원이 되어 있었다.

탁발한의 허공을 응시하는 시선이 무섭게 가라앉았다.

"놈이 선주에 와서 노리는 것이 무엇일까?"

탁발한은 옥단풍의 신분 내력을 알아내기 위해 백방으로 노력을 경주했지만 아무 소득이 없었음을 상기했다.

탁발한은 정체가 밝혀지지 않은 자를 일단 적으로 간주한다.

그것이 임무 수행에 있어서 안전을 확보하는 길인 것이다.

중원무림엔 명성을 먹고사는 무인들만 있는 것이 아니었다. 정파와 사파를 통틀어 가문이나 문파를 앞세우며 명성을 먹고사는 자들이 양지의 무림인들이라면, 어디서 무엇으로 살아가는지조차 알 수 없는 무림인들이 있다.

그들은 수없이 많은 험악한 싸움을 거치면서도 얼굴 없는

무림인으로 살아간다.

아니, 오늘은 왕삼이었다가 내일은 다시 장팔이 된다. 오늘은 풍각쟁이였다가 내일은 잡화상이 되기도 한다.

주어진 임무를 위해 수없이 목숨을 걸지만 임무를 완벽하게 완수한다 해도 그들의 명성은 세워지지 않는다.

이름이 없기 때문이다.

그런 자들의 세계를 흑림(黑林)이라고 부른다.

무림인들은 흑림이란 이름조차 들어보지도 못한 자들이 대부분이지만 알게 모르게 그들 음지의 세계에 우연히 접하게 된 사람들의 입에서 입으로 전해지는 것이다.

탁발한은 옥단풍 역시 흑림의 인물이라고 단정하고 있었다.

다만 적인지 우군인지 알 수가 없을 뿐이었다.

그때 작은 안채의 뒤꼍에서 작은 소음이 들려왔다.

그것은 신경 써서 듣지 않는다면 그저 바람결에 나뭇가지가 흔들리거나, 우연히 담장 위에 놓여 있던 돌멩이가 굴러 떨어진 정도라고 생각할 그런 소리였지만 탁발한은 본능적으로 등줄기의 솜털이 일제히 곤두섬을 느껴야 했다.

탁발한이 천리지청술의 공력을 일으켜 이목을 집중했지만 소음은 더 이상 들려오지 않았다.

그러나 탁발한은 이미 그 소음이 자연적으로 생긴 것이 아님을 직감으로 느끼고 있었다.

　탁발한이 소리없이 침상에서 내려왔다.

　이미 선주 곳곳에서 이상한 징후들이 감지되었다는 사실은 알고 있었다.

　일어서는 서슬에 탁발한의 장삼 자락이 벌어지며 장삼 속이 언뜻 시야에 들어왔다.

　탁발한의 허리엔 가죽 전대가 채워져 있었고, 가죽 전대엔 한 뼘 길이의 유엽비도들이 빽빽하게 채워져 있었다.

　한순간 탁발한의 신형이 소리없이 사라졌다.

　텅 빈 사마추의 방 안에 편 노공과 소군주가 망연한 얼굴로 서 있었다.

　사마의가의 장원은 쥐 죽은 듯 고요했다.

　이미 곳곳에 스며든 청색 무복들이 소란을 피울 만한 요소를 모두 제거한 후였기 때문이다.

　"사마추가 장원을 떠났단 말인가요?"

　소군주가 질책하는 시선으로 편 노공을 응시했다.

　편 노공이 난감한 얼굴이 되었다.

　"즉각 장원을 이 잡듯 뒤지겠소이다, 소군주."

　소군주의 얼굴이 싸늘하게 굳었다.

　"지금 당장 사마가의 식구들을 모두 잡아들여요. 사마추가

장원에 없다면 낭패예요."

"명에 따르겠소이다, 소군주."

편 노공이 고개를 숙이는가 싶자 팟, 하며 방에서 사라졌다.

"이런 멍청한……."

소군주의 안면 근육이 경직되며 붉게 물들었다.

무엇이든 마음대로 되지 않으면 좀체 삭일 줄 모르는 성격의 전형처럼 보였다.

탁발한은 안채와 사랑채를 구분하는 담장을 소리없이 넘었다.

탁발한은 이미 장원에 침입한 자들이 반가가 거느린 무사들 따위와는 비교도 안 되게 무공이 고강하고 잘 훈련된 자들임을 알아차리고 있었다.

사마의가의 수많은 잡인들 모습이 단 하나도 보이지 않았다. 그리고 장원의 어디에서도 살아 있는 사람의 흔적을 찾을 수 없었다. 침입자들에 의해 이미 모두 목숨을 잃고 깨끗이 치워졌다는 것을 의미했다.

잔인하기까지 한 놈들이다.

넘자마자 탁발한은 담장의 그늘에 미동도 않고 멈춰 섰다. 그에게선 호흡조차 느껴지지 않았다.

그 순간 담장 위로 두 개의 청색 그림자가 비호처럼 스치고 지나가 사랑채의 처마 밑으로 스며들었다.

 탁발한이 서 있는 담장의 그늘에선 그 모습이 정면으로 보인다.

 그러나 두 청색 그림자는 정작 탁발한의 존재를 의식하지 못했다. 그만큼 탁발한이 완벽하게 기척을 숨기고 있기 때문이었지만, 서로 정면으로 마주 보는 위치이기 때문에 간발의 차이겠지만 두 명의 청색 그림자도 곧 탁발한의 존재를 알아차리게 될 것이다.

 그러나 그 간발의 차이는 생명을 좌우한다.

 탁발한의 손이 허리춤으로 가는 순간 번쩍하며 두 줄기 일직선이 처마의 그늘로 날아갔다.

 소리도 없다.

 유엽비도 두 자루가 두 청색 그림자의 아문(啞門)에 정확히 꽂히고 탁발한이 담장의 그늘에서 한달음에 처마 아래로 이동하기까지 그야말로 바람결에 나뭇가지 서걱이는 정도의 소음만이 일었을 뿐이다.

 유엽비도가 아문을 겨냥한 것은 아예 신음 소리를 원천봉쇄하기 위해서였다.

 화살 맞은 새처럼 두 청색 그림자가 처마 그늘에서 떨어져 내렸지만 어느새 그 아래 당도한 탁발한의 양손에 잡혀 바닥에 떨어지며 내는 소음까지 완벽하게 차단당하고 말았다.

탁발한이 날랜 동작으로 두 자루의 유엽비도를 회수하고 두 시체를 전각의 모퉁이 외진 곳에 던져 넣기까지 걸린 시각은 불과 눈 두어 번 깜빡일 사이였다.

탁발한이 팔각창을 통해 사랑채 안으로 스며들듯 사라진 직후 다시 십여 개의 청색 그림자가 담장을 넘어 날아들었다.

그들은 이내 길목의 요충들을 점거하며 흩어졌다.

뒤이어 다시 십여 개의 청색 그림자가 날아들어 다시 또 비어 있는 요충들을 점거하며 연기가 스며들듯 사라졌다.

뒤이어 편 노공이 다시 대여섯의 청색 무복을 대동하고 사랑채의 정문으로 들이닥쳤다.

"뒤져라. 사마의가의 식솔들은 모두 끌어내도록."

편 노공의 지시에 청의 무복들이 비호처럼 사랑채 안으로 뛰어들었다.

선두로 뛰어들던 청색 무복 하나가 문지방을 넘지도 못하고 그 자리에서 풀썩 무릎이 꺾였다.

뒤이어 그 뒤를 바로 쫓던 청의 무복 하나도 고개를 뒤로 젖히며 나동그라졌다.

편 노공이 눈을 홉뜨며 외쳤다.

"모두 물러서라!"

사랑채 안으로 뛰어들던 청의 무복들이 썰물처럼 뒤로 물러났다.

쓰러진 두 명의 청의 무복의 목젖엔 유엽비도가 깊숙이 꽂혀 있었다.
 편 노공의 미간이 깊숙이 찌푸려졌다.
 청의 무복들은 청기에서도 가장 실전 경험이 많은 척살대(刺殺隊) 대원들이다. 그 하나하나가 강호무림에 내놓아도 손꼽히는 고수의 대열에 들고도 남을 능력을 소유하고 있는 자들이었다.
 그런데 유엽비도 따위에 손조차 쓰지 못하고 당한다는 것은 상대의 수법이 필시 범상한 것이 아니라는 반증이었다.
 편 노공은 그 순간 유엽비도의 수법을 자세히 알아보지 못했다는 사실에 몹시 기분이 언짢아져 있었다.
 "사마의가에서 고용한 무사들이란 말인가?"
 편 노공이 침음성을 흘렸다.
 오늘 여러 가지로 일이 어긋나고 있었다. 사마추가 장원을 떠난 사실을 모르고 있었던 것도 그렇고, 지금은 상대의 모습조차 보지 못하고 벌써 두 명의 수하를 잃은 것이다.
 소군주의 성격을 잘 아는 편 노공은 짜증스러운 심정이 되어 입을 열었다.
 "조웅, 진가비, 곽천, 길을 뚫어라."
 조웅, 진가비, 곽천은 모두 조장 급이다.
 청기의 척살대는 청기에서 반드시 죽여 없애야 할 인물을

지목하면 그것을 실행하는 자들이다. 세 명의 조장이 만약 한 명의 목표를 추적한다면 강호에서 어떤 인물이든 그들의 손길에서 안전하게 벗어나기는 어려운 능력을 소유한 자들이었다.

편 노공의 명이 떨어지자마자 청색 무복들의 대열 뒤쪽에서 세 명이 날렵하게 튀어나왔다.

그들은 서로 눈길을 한차례 주고받고는 이내 세 방향으로 나뉘어 사랑채를 향해 접근했다.

애초에 전혀 무방비 상태로 뛰어든 것부터 잘못이었다.

무공을 모르는 사마의가의 식솔들만 있을 거라고 생각한 것이 불찰이었다.

조장 하나가 정면으로 조심스럽게 다가갔다. 그사이 두 명의 조장은 좌우로 나뉘어지며 전각의 측면에 나 있는 팔각창을 노리고 있었다.

정면의 조장이 선뜻 몸을 날려 출입구를 치고 들어갔다.

동시에 좌우의 조장들이 창을 부수며 안으로 뛰어들었다.

슈아악 하고 한 자루의 유엽비도가 정면으로 들어간 조장의 정수리를 스치며 뒤로 날아왔다.

정면의 조장이 혼신의 힘을 다해 몸을 굴렸기에 망정이지 그렇지 않았다면 유엽비도는 조장의 이마를 꿰뚫었을 것이다.

편 노공이 침음성을 흘렸다.

"적응비수(適應飛搜)?"

적응비수란 강호에서 가장 강한 암기 수법이라고 일컬어지는 통천팔기 중 하나인 유명한 수법이다.

편 노공이 황급히 외쳤다.

"조웅!"

그러나 이미 늦었다. 조웅을 스쳐 지나갔던 유엽비도가 여우 울음소리를 흘리며 허공에서 갑작스럽게 방향을 바꿨다.

콰아악!

막 몸을 일으키던 조장 조웅의 뒷덜미에 다시 날아든 유엽비도가 깊숙이 박혔다.

"모두 들어가라! 놈을 잡아!"

편 노공이 노성을 내질렀다. 편 노공의 늙은 노안이 붉게 충혈되고 있었다.

편 노공은 청기의 열여덟 명의 노공 중 하나다.

열여덟 명 노공들 위로는 오직 청기의 우두머리인 청기왕만이 존재한다.

물론 청기왕의 손녀인 소군주가 있지만 그녀는 청기왕의 손녀라는 특수한 신분으로 인해 제멋대로 지휘 체계를 일탈하는 것이었지, 실제로는 십팔노공을 지휘하지 못하는 신분

이었다.

만약 청기왕이 그 사실을 알게 되면 소군주는 어떤 형벌을 받게 될지 알 수 없었다.

편 노공은 열여덟 노공 중 서열이 십칠위다.

비록 서열 십칠위라고는 하지만 방대한 청기 내에서 서열 십팔위라는 뜻이나 마찬가지다.

문득 편 노공이 눈을 부릅떴다.

좌우의 팔각창을 타고 들어갔던 두 조장이 아무런 흔적이 없는 것이다.

"이런……."

그제야 적응비수라는 수법이 매우 먼 거리에서도 사출이 가능하다는 생각이 떠올랐다. 놈은 이미 건물 안에 없을 것이라는 생각이 뇌리를 스치자 편 노공의 발이 지면을 박찼다.

슈아악!

척살대원들의 머리 위를 쏜살같이 스치고 사랑채 안으로 뛰어 들어간 편 노공의 시야에 사랑채 깊숙한 안쪽 침소에서 나무 침상을 들어 올려놓고 서 있는 두 명의 조장이 쏘아져 들어왔다.

편 노공을 발견한 두 조장이 황급히 입을 열었다.

"비밀 통로가 있었사옵니다."

"한심한 것들! 당장 뒤쫓지 않고 무엇 하는 게냐?"

편 노공은 노성을 내지르며 자신이 먼저 침상 아래 시커멓게 입을 벌리고 있는 지하 통로 속으로 빨리듯 사라졌다.

뒤이어 두 조장과 척살대원들이 바람같이 비밀 통로 안으로 사라졌다.

그들이 모두 사라진 아주 짧은 순간 방의 한쪽 벽 벽장이 열리며 탁발한과 사마장천, 그리고 사마호가 쏟아져 나왔다.

"저 통로는 고작 이십 장 길이에 불과하니 우린 시간이 많지 않소. 갑시다."

비밀 통로는 기실 탁발한의 주장으로 급조한 통로다.

시간이 많지 않았으므로 통로를 다 뚫지 못하고 그저 흉내만 내놓은 것이다.

그것이 이렇게 활용되리라고는 탁발한 자신도 몰랐을 것이다.

탁발한의 말에 파랗게 질린 사마장천과 사마호가 뭐라고 대꾸할 엄두도 못 내고 탁발한의 뒤를 따랐다.

사랑채의 후원으로 나와 내달리던 탁발한이 먼저 걸음을 멈추었다.

사랑채 후원 담장 위에 한 명의 소녀가 검을 비스듬히 옆으로 기울이고 서서 사악하게 웃고 있는 것이다.

소군주였다.

"깜찍하군. 깔깔깔! 편 노공마저 속여넘기다니……."

소녀가 은방울이 굴러가는 듯한 목소리로 웃었다.

십삼사 세가량의 소녀가 담장 위에 서 있는 것도 그렇고, 또한 한 자루 검을 비스듬히 들고 있는 것도 그렇고, 또한 턱없이 맑은 음성으로 웃고 있는 모습은 참으로 기괴하기 짝이 없었다.

탁발한은 소녀를 보며 가슴 한쪽이 철렁 내려앉는 것을 느꼈다.

엄청난 고수다.

탁발한은 마치 사냥에 나선 들개가 먹이의 냄새를 알아채듯 상대를 알아봤다.

그제야 사랑채 안에서 속았음을 깨달은 편 노공과 척살대원들이 되돌아오고 있었다.

"소군주."

편 노공이 허겁지겁 달려와 소군주를 발견하고는 얼굴을 붉혔다.

"편 노공, 깔깔깔! 모용 노공께서 이 사실을 알면 꽤 즐거워하실걸요? 깔깔!"

편 노공이 낭패한 표정으로 말을 잇지 못했다.

척살대원들이 어느새 둥그렇게 탁발한과 사마장천 등을 포위했다.

사마장천이 하얗게 질린 얼굴로 탁발한에게 나직이 물었다.

"이들은 누구입니까? 반가에서는 보지 못한 자들이오."

탁발한이 뒤도 돌아보지 않고 뚫어지게 소군주를 노려보며 뱉었다.

"반가 따위라면 걱정도 안 해. 젠장. 우린 오늘 여기서 뼈를 묻을 모양이군."

사마장천이 파랗게 질려서 입을 닫았다.

정작 사마호는 노인임에도 불구하고 의연한 자세로 소군주와 편 노공 등을 쏠어보고 있었다. 그는 결코 주눅 들어 보이지 않았으며, 시선에서는 오만함마저 느껴졌다.

소군주가 탁발한을 보며 흥미로운 듯 웃었다.

"너는 꽤 유능하구나. 너 같은 자가 어떻게 사마의가 따위에 떠돌이 고용무사가 되었지?"

기가 막힌 어법이었다.

탁발한은 누가 봐도 육십대 노인의 모습이다.

설사 그렇지 않다 해도 십삼사 세의 소녀가 어른을 향해 던지는 말로는 너무도 고약한 것이었다.

그러나 탁발한은 조금도 화를 내지 않았다.

"이 늙은이의 짐작이 맞다면 너는 혁가 성을 쓰겠구나."

"호오, 아는 것도 제법이구나."

"이렇게 직접 손을 쓸 줄은 몰랐으니 아는 게 별로 없는 셈

이지. 헐헐."

탁발한이 씁쓸하게 웃었다.

탁발한이 확보한 정보로는 청기는 절대로 전력을 움직여 선주까지 내려올 상황은 아니었다. 홍기와의 팽팽한 대치가 그럴 여유를 가지지 못하게 만들었던 것이다.

그런데 청기왕의 손녀인 소군주가 직접 선주까지 왔다.

탁발한은 한숨을 머금었다.

아무리 궁리해도 이 상황을 타개할 묘책이 떠오르지 않았다.

더군다나 자기에게는 지금 무공을 모르는 사마의가의 두 부자가 덤으로 짐이 되어 붙어 있다.

사마장천이나 사마호가 청기의 손에 들어간다면 상황은 다시 또 달라진다.

공교롭게도 사마추를 옥단풍이 데리고 나갔으므로 천만다행이었지만, 사마장천이나 사마호의 목숨을 조건으로 사마추를 위협한다면 사마추는 모든 것을 포기할 것이다.

탁발한이 혼자의 몸이라면 이런 상황에서도 어쩌면 일말의 희망이 있을 수도 있었지만 지금으로서는 무망한 일이 되어버린 것이다.

"사마추를 데려간다 해도 청기왕의 병환을 치료할 가망성은 없다. 너는 그것을 알고 있느냐?"

탁발한이 시간을 끌기라도 하려는 듯 느릿느릿하게 말했다.
소군주가 탁발한의 말에 차갑게 미소를 머금었다.

"오빠도 같은 말을 하더군."

탁발한의 안색이 더욱 어두워졌다.

"혁 공자도 왔단 말인가?"

소군주의 오빠는 마교삼성(魔敎三星) 중 하나로 불리는 초신성이다.

기실 강호무림에는 마교의 내부 사정은 극히 제한적으로 알려진 것이 전부다.

마교가 마교오산인의 후예들에 의해 다섯 개의 세력, 즉 오기(五旗)로 나뉘어져 있고, 그 오기 각각이 여느 방파 이상으로 방대한 규모와 조직을 자랑한다는 정도가 무림인들 사이에 소문처럼 떠돌고 있을 뿐이었다.

마교는 예로부터 워낙 내부의 사정을 외부로 알리는 것을 꺼려해 온 집단이었으며, 한때는 사교 집단으로 몰리기도 했기 때문에 극히 배타적인 조직이 되었다. 하지만 마교의 세력이 만약 오기로 나뉘어 분열하지 않았다면 지금쯤은 천하가 마교의 세상이 되어 있으리라고 생각하는 무림인도 있었다.

모든 것이 거의 철저하게 비밀에 싸여 외부로 알려지지 않은 마교의 내부 사정 중에서도 오기와 더불어 마교삼성은 가장 많이 알려진 이름이다.

마교의 다음 세대를 이끌어갈 세 명의 초신성 후기지수를 일컫는 이름인 마교삼성은 일반 무림인들에게는 일종의 경외의 대상이요, 공포의 대상이기도 했다.

 마교의 인물들이 워낙 강호의 대소사에 관여하지 않았기 때문에 마교삼성 역시 그들을 눈으로 직접 목도한 사람이 드물었지만 마교삼성에 대한 소문은 마치 전설처럼 사람들의 입에서 입으로 전해졌다.

 심지어는 마교삼성의 능력은 이미 마교의 현 교주를 능가하는 경지에 이르렀다고도 하고, 또 마교삼성이 말이 무림신성들이지 알고 보면 나이가 육십이 넘은 마교의 옛 고수들을 일컫는다는 말도 있었다.

 이런 전혀 다른 정보가 분분하게 무림을 떠도는 이유는 단 한 가지다.

 누구도 아직 마교삼성의 진면목을 제대로 목격한 사람이 없기 때문이었다.

 그러나 탁발한은 청기왕의 손자인 혁무린(赫武麟)이 바로 마교삼성 중 하나라는 사실을 알고 있었다.

 탁발한이 속한 흑림의 조직은 일반 무림인에 비해 훨씬 방대한 정보를 확보하고 있기에 가능한 일이었다.

 소군주가 상큼 눈을 치켜뜨고 탁발한을 노려보았다.

 "당신은 누구지? 누군데 속속들이 알고 있지?"

"헐, 땀난 사람이지 누군 누구여."

탁발한이 능치듯 웃었다.

그는 지금 필사적으로 시간을 벌고 있었다. 호랑이에게 물려가도 정신만 차리면 된다.

어딘가에 빈틈이 있을 것이다.

"땀난 사람……?"

소군주가 눈꼬리를 치키며 되물었다.

역시 아무리 그래도 어린 소녀의 본성마저 사라진 건 아닌 듯 탁발한의 이상한 말에 호기심을 보이는 것이다.

"헐, 이름이 발한(發汗)이니 땀난 사람이지. 헐헐헐."

소군주의 안색이 변했다.

"발칙한! 감히 본 군주를 희롱하고도 네놈이 온전히 살아남을 줄 알았느냐?"

"허어, 아무리 청기왕의 손녀라 하지만 말버릇이 참으로 괘씸하구나."

탁발한은 말을 하면서도 시선으로는 주위를 분주하고 빠르게 살피고 있었다.

이쯤이면 이미 상부에는 보고가 올라갔을 것이다.

다만, 흑림의 조직이 대부분 그러하듯 탁발한이 속한 조직도 임무를 수행하던 조직원이 위험에 처하더라도 결코 구하러 오거나 관여하는 일은 하지 않는다.

다른 무엇보다도 그렇게 함으로써 조직의 실체가 드러나거나 혹은 나아가서는 조직의 존폐까지 뒤흔들 위기가 오는 것을 꺼려 하기 때문이다.

흑림의 조직들은 그런 면에서 철저했다.

한때 동창의 고수가 흑림의 조직원에 의해 살해된 사건이 있었다.

그때 동창의 전 고수가 동원되어 흑림을 파헤치려 했다.

당연히 그 조직은 문제를 일으킨 조직원을 동창에 노출시킴으로써 조직을 보호했다.

흑림은 그런 곳이다.

영웅도 없고 실체도 없다.

다만 그림자만 있을 뿐이다.

"네놈이 아예 명을 재촉하는구나. 후후후."

소군주가 사악하게 웃었다. 그녀가 사악하게 웃으면 보는 이로 하여금 섬뜩함을 느끼게 한다. 어린 소녀의 사악한 미소는 훨씬 더 공포스러웠다.

탁발한은 이제 남은 시간이 얼마 없다는 생각을 했다.

청기의 척살대만이라면 얼마든지 상대할 수 있지만 편 노공은 벅찬 상대다. 더군다나 소군주는······.

탁발한의 시선이 사마호의 노안과 마주쳤다.

사마호의 시선이 말하고 있었다.

장천이는 살려주시오. 내가 희생하리다.

탁발한의 시선이 사마호의 시선에 한동안 머물렀다.

탁발한의 시선이 회색빛으로 가라앉았다.

사마장천과 사마호를 탁발한 스스로의 손으로 죽인다면 어쩌면 생존해 나갈 기회가 있을지도 모른다고 생각하고 있었다.

적어도 이자들의 손아귀에서 벗어나지 못하는 경우라 해도 사마장천과 사마호를 죽여야만 사마추가 이들 손아귀에 들어가는 것을 방지할 수 있을 것이다.

어쨌든 이들의 죽음은 반드시 확인해야 할 일이었던 것이다.

그런데 사마호가 그걸 눈치 챈 것이다.

탁발한은 한동안 망설였다. 그와 같이 흑림 생활을 오래한 사람은 동정심이라는 것은 아예 존재하지 않는다. 다만 어떤 것이 임무를 완수하는 데, 혹은 완수하지 못한다 해도 장차 도움이 될 것인지만이 존재한다.

탁발한은 한동안 회색으로 가라앉은 시선으로 사마호의 눈을 보았다.

사마호가 보다 능동적인 역할을 할 수 있다면, 어쩌면 기회는 훨씬 더 많아질지도 모른다는 생각이 들었다.

그건 거래다.

그 대가로 사마장천의 목숨을 최선을 다해 살리는 것이다.

탁발한이 아주 눈에 보이지 않을 만큼 미미하게 고개를 끄덕였다.

누구도 그것을 알아볼 수 없을 정도로 미세한 동작이지만 서로의 눈을 들여다보고 있는 사마호에게는 충분히 의사가 전달되고도 남았다.

탁발한의 입술이 달싹였다. 전음술이었다.

"사마 장주, 그렇다면 내가 시키는 대로만 하시오. 머리 속을 텅 비우고 오로지 꼭두각시 인형이 되었다 생각하고 내 명령만을 따르시오. 아시겠소?"

이번엔 사마호가 고개를 끄덕였다.

그때 편 노공이 더 참지 못하고 앞으로 나섰다.

소군주 앞에서 망신을 당했다는 생각이 그를 조급하게 했다.

"소군주, 노여움을 푸시오소서. 노신이 저자의 발칙함을 응징하겠소이다."

소군주가 힐끔 편 노공을 일별하고는 다시 사악하게 웃었다.

"호호호! 좋아요, 편 노공. 본 군주는 저 늙은이가 얼마나 고통스럽게 죽어가는지의 여부로 오늘 일을 모용 노공에게 말할 건지 아닐지를 결정하기로 하죠."

탁발한이 입술을 깨물었다.

그는 지면을 파고들어 가는 잠둔술(潛遁術)을 익히고 있었지만 적어도 편 노공 이상의 고수에겐 단지 아주 짧은 순간의 눈속임에 불과할 뿐이라는 걸 잘 알고 있었다.

아주 잠깐의 눈속임이 통하는 동안 소군주와 편 노공의 예리한 시선을 흐뜨릴 수만 있다면, 어쩌면 이곳을 빠져나갈 수 있을지도 몰랐다.

그 역할을 사마호가 해내야 했다.

그러나 사마호는 무공을 모른다. 무공을 모르는 사람이 얼마나 큰 도움이 될 수 있겠는가.

편 노공이 소군주를 향해 가볍게 머리를 조아리고는 탁발한을 향해 돌아섰다.

편 노공의 노안은 지금 분노로 이글이글 끓어오르고 있었다. 탁발한으로 인해 소군주 앞에서 망신을 당한 것은 그로서는 견딜 수 없는 일이었다.

비록 청기노공의 서열 십칠위이지만 장차 차대를 이어갈 소군주다.

그녀에게 신임을 얻는 것은 그 무엇보다도 중요한 일이었다. 그걸 탁발한이라는 어디서 듣도 보도 못한 개뼈다귀가 다 망쳐 버리려 하는 것이다.

"가능하면 최선을 다해 저항하도록. 아니면 본 노공의 홍

미가 반감되고, 그렇게 되면 소군주께서 바라시는 대로 네놈에게 과분한 고통을 줄 수가 없게 되느니라."

탁발한이 마치 사마호의 안위를 가장 걱정하는 듯한 태도로 사마호의 앞을 가로막고 섰다.

그리고 사마호에게 전음을 보냈다.

"사마 장주, 잠시 후 내가 장주를 공격할 것이외다. 저 늙은이가 반드시 막아서게 될 것이오. 그때 무슨 수를 쓰든 잠시 동안만 늙은이를 붙잡아주시오. 하실 수 있겠소이까?"

사마호가 비장한 얼굴이 되어 고개를 끄덕였다.

그러나 탁발한은 사마호의 앞을 가로막고 서서 뒤통수를 보이고 있기 때문에 그 끄덕거림은 반드시 탁발한을 향한 것만은 아니었다.

사마호는 어쩌면 스스로에게 끄덕이고 있는 것일지도 몰랐다.

편 노공이 탁발한의 모습을 보며 입가에 희미한 미소를 지어냈다.

"사마호는 걱정하지 말거라. 사마추를 끌어들이기 위해서도 반드시 곱게 모셔둘 테니까."

말을 마치자마자 편 노공이 건듯 한 손을 들어 올렸다.

순간 공기를 찢는 듯한 폭음과 함께 강렬한 강기 한 다발이 탁발한을 향해 쏟아졌다.

장력이란, 대저 몸 안에 쌓인 내공의 힘을 경락을 통해 발출하는 것이다.

아무리 고강한 내공을 쌓은 고수라 해도 장력이 제대로 위력을 발하려면 목표물과 일정한 거리 안으로 들어서야 가능하다.

몸 안의 기운을 응축해서 몸 밖으로 내보내는 것인만큼 그 기운은 보통 석 자 거리를 넘어서까지 흩어지지 않는 것은 불가능에 가깝다.

그러므로 대부분의 장력을 사용한 무공은 몸을 날려 상대에게 다가들며 장력을 발출하도록 초식이 만들어져 있다.

그런데 지금 편 노공은 제자리에 꼿꼿이 서서 건듯 손만 들어 올렸는데 강력한 장력이 날아드는 것이다. 그 거리 또한 통상적으로 인정하는 석 자 거리를 훨씬 뛰어넘어 족히 일장, 즉 열 자 거리가 되고 있는 것이다.

탁발한이 황급히 공력을 끌어올려 맞대응했다.

꽈릉!

두 장력이 허공에서 부딪치며 강력한 충돌음을 일으켰다.

탁발한의 양 어깨가 크게 흔들렸다. 반면 편 노공은 애초에 꼿꼿하게 서 있던 자세 그대로 미동도 하지 않고 있었다.

이 일장의 교환으로 두 사람의 공력 차이가 어느 정도 드러나고 있는 셈이었다.

탁발한이 그 정도로 버티는 것 자체가 오히려 놀랍다는 듯 편 노공의 얼굴에 놀라움과 함께 노기가 피어올랐다.

 "적응비수를 시전할 때 이미 심상치 않다 여겼지만, 네놈은 확실히 수상한 놈이로구나."

 말과 함께 번득하며 편 노공의 신형이 두 다리를 꼿꼿하게 편 채 앞으로 다가들었다.

 애초에 일 장 거리에서 장력을 발출한 것은 기실 탁발한을 얕잡아본 소치였다.

 기실 그렇게 하고도 탁발한이 오히려 약간 밀리는 형국을 보였으니 편 노공의 그 생각은 그리 크지 않았지만, 편 노공이 기대했던 것에 비해서는 매우 실망스러운 결과였던 것이다.

 순식간에 다가든 편 노공의 양팔이 번개같이 휘둘러졌다.

 꽈르릉! 꽈르릉!

 두 줄기의 강력한 장력이 편 노공의 양손에서 쏟아지며 탁발한을 휩쓸어갔다.

 이번엔 가까이 다가들면서 장력을 발출한 데다 초식에 변화까지 주었으므로 그 위력은 처음의 일장에 비교할 바가 아니었다.

 탁발한은 편 노공의 장력이 눈앞에서 어지럽게 그림자를 만든다고 느낀 순간 이미 가슴이 답답해져 옴을 느꼈다.

 편 노공의 장법은 매우 독특한 것이었다.

허와 실이 쉽게 구분되지 않을 정도로 허초와 실초의 구분이 모호한 그런 것이었다.

혼신의 힘을 다해 맞부딪친다 해도 결과를 장담할 수 없는데 초식의 변화마저 신기막측하여 현란하기 그지없으니 탁발한은 매우 위태로운 지경에 놓였다.

탁발한이 파천팔괘장(破天八卦掌)을 펼쳤다.

파천팔괘장은 변화가 단순하지만 요혈을 보호하고, 가능한 방위를 최대한 차단하는 데 주력하는 수비용 장법이었다.

콰콰콰쾅!

장력은 두 줄기였으되 격렬한 폭발음은 네 번 이어졌다.

현란하게 엄습하던 편 노공의 장력이 한 번씩의 변초를 일으키며 도합 네 번의 공격으로 이어졌기 때문이다.

네 번의 장력 중 세 번은 탁발한의 엄밀한 수비 초식인 파천팔괘장에 막히며 부딪쳤지만 마지막 하나는 엄밀한 수비망을 비집고 들어와 탁발한의 어깨를 후려쳤다.

탁발한의 몸이 팽이처럼 제자리에서 회전하며 내팽개쳐졌다.

공력의 차이가 확연하게 드러나는 순간이었다.

편 노공이 냉소를 머금으며 재차 몸을 날려 막 몸을 일으키려는 탁발한을 덮쳐 갔다.

그 순간 탁발한이 고개를 들어 사마호를 보았다.

아주 짧은 순간이었지만 사마호와 눈길이 마주쳤을 때 탁발한은 바로 이때라고 눈으로 말하고 있었다.

사마호의 안색이 파리하게 굳었다. 비록 아들의 목숨을 살리기 위해 뭐든 하겠다고 마음먹었지만 막상 그 순간에 이르자 뭘 어떻게 해야 할지 모르겠는 데다 일말의 두려움이 일지 않는 것이 아니었다.

사마호가 입술을 피가 나도록 깨물었다. 어차피 한 번은 죽는 목숨이다.

편 노공의 신형이 막 탁발한의 위로 떨어져 내리며 장력을 쏟아내려는 순간, 탁발한의 몸이 예상치 못한 속도로 튕겨지며 사마호에게로 쏘아갔다.

언제 편 노공의 공격에 뒤로 내팽개쳐졌는가 싶을 지경의 빠른 몸놀림이었다.

"엇?"

허공에서 편 노공의 짧은 외침이 울려 퍼졌다.

탁발한은 한 손에 유엽비도를 한 자루 뽑아 들고 사마호를 향해 무서운 기세로 덮쳐 들고 있었다.

편 노공이 허공에서 방향을 틀며 탁발한과 사마호 사이를 향해 역시 매섭게 쏘아갔다.

"찢어 죽일 놈! 쪽박을 깨고 죽겠다는 심산이구나!"

노성이 울리며 편 노공의 몸이 먼저 사마호의 앞에 당도

했다.

사마호의 앞을 가로막아 선 편 노공이 덮쳐 드는 탁발한을 향해 쌍장을 내밀려는 순간, 바로 뒤에서 사마호가 와락 편 노공의 허리를 껴안으며 뒹굴었다.

그야말로 편 노공으로서는 꿈에도 상상하지 못한 일이었기 때문에 비록 사마호가 무공을 전혀 모르는 사람이었음에도 불구하고 성공적으로 편 노공을 껴안을 수 있었다.

"이, 이런……."

편 노공이 순간 공력을 회수하며 허리를 껴안은 사마호의 뇌호혈을 본능적으로 후려쳤다.

우지끈!

무공을 모르는 사마호의 연약한 두개골이 편 노공의 장력에 마른 장작 부서지는 소리를 내며 쪼개졌다.

피와 허연 뇌수가 끔찍하게 튀어 오르며 편 노공의 청삼을 적셨다.

편 노공의 얼굴이 하얗게 굳었다.

"이, 이런……."

바로 그 짧은 순간 달려들던 탁발한의 손에서 유엽비도 다섯 자루가 연이어 쏟아졌다.

다섯 자루의 유엽비도는 담장 위에 서 있는 소군주를 향해 여우 울음소리를 울리며 쏘아갔다.

휘루루룽!

그야말로 눈 깜짝할 사이에 벌어진 일이었다.

소군주 역시 돌발한 사태에 눈이 휘둥그레졌다가 자신을 향해 날아드는 유엽비도들을 보았다.

"적응비수!"

소군주는 그것이 바로 무림 사상 가장 강한 여덟 가지 암기 수법이라는 통천팔기 중 하나인 적응비수임을 한눈에 알아보았다.

소군주가 황급히 청기의 기왕가문에 대대로 전해지는 검법인 형의구륜검(型意九輪劍)을 펼쳤다. 적응비수가 얼마나 위력적인 수법인지 잘 알고 있는 소군주 역시 소홀하게 대응하지 못하고 가전절기를 펼쳐 막아간 것이다.

챙챙!

두 개의 유엽비도가 강력한 소군주의 검에 의해 튕겨져 나갔다.

적응비수는 일차로 튕겨낸다 해도 재차 방향을 틀며 날아드는 수법이다. 그와 같은 비도 수법은 기실 높은 공력을 필요로 하는 것으로, 한 번 시전하면 매우 많은 공력이 소진되는 수법이다.

그러므로 한꺼번에 다섯 개의 유엽비도를 날린다면 그만큼 튕겨진 후 다시 공격해 오는 유엽비도의 힘은 분산되어 약

화될 수밖에 없다.

 그렇다 해도 소군주는 감히 방심할 수가 없었기 때문에 전력을 기울여 비도를 쳐낸 것이다.

 소군주의 검이 발출한 힘이 워낙 강력했기 때문에 튕겨진 유엽비도는 되돌아 공격하려는 시늉도 못하고 그냥 바닥에 떨어져 꽂히고 말았다.

 휘루루룽!

 뒤이어 세 자루의 비도가 날아들고 있었다.

 뒤에 날아드는 세 자루의 비도는 앞서 날아든 두 자루에 비해 많이 위력이 감소한 모습이었다.

 소군주가 냉소를 머금으며 재차 형의구륜검을 펼쳤다.

 형의구륜검법은 일종의 의검법(意劍法)이다.

 의검법이란 검초의 흐름과 변화가 시전하는 사람의 마음과 뜻에 따라 몸보다 먼저 검기가 이르는 유의 검법이다.

 대략 검법을 구분하여 가름할 때 세 부류로 나눈다.

 가장 일반적인 단계의 검법들을 형검(型劍)이라는 이름으로 묶어서 분류한다.

 변화와 검초의 흐름을 중시하는 검법으로, 매우 직선적이면서도 강함을 앞세우는 그런 유의 검법들이다.

 비록 일단계라고 했지만 형검법을 익힌다고 해서 반드시 그 윗단계의 검법을 익힌 자에게 패한다고만은 할 수 없었다.

형검법류 중에도 십이성 고련하면 검신의 경지에 이를 수 있는 검법들이 많이 있다.

남궁세가의 검법들이 대표적인 형검류였다.

형식과 변화에 싫증을 느낀 옛 무인들 중 검신일체, 즉 검과 몸이 하나가 되는 경지를 꿈꾸는 무인들이 새롭게 개척한 검법류가 의검류(意劍流)다.

의검은 형식과 변화보다는 검과 몸이 하나가 되는 정신통일을 강조한다.

의검을 익히기 위해선 일단 기초가 되는 내공이 일정 수준 이상으로 쌓여야 가능하다.

검이 시전하는 자의 뜻을 앞서가고, 그러다 보면 끝내 검과 몸이 하나가 되는 경지를 체득할 수 있다고 전해진다.

무당의 양의검법이 대표적인 의검류이고, 청기의 형의구류검은 기실 강호에는 잘 알려져 있지 않았으므로 무림인들은 그 형의구류검이 양의검법에 비해 더 뛰어난 의검류라는 사실을 인정하지 않는다.

그러나 간혹 청기의 형의구류검을 직접 겪어본 몇몇 무림인들에 의해 역시 소문처럼 형의구류검의 무서움이 전해지기도 해서 어떤 이들은 형의구류검이야말로 의검류의 절정이라고 말하기도 한다.

다만 그 숫자가 극히 미미해서 강호에 널리 알려지지 않았을 뿐이다.

챙챙챙!

소군주의 검이 자유자재로 움직이며 뒤이어 날아드는 세 자루의 비도를 쳐냈다.

유엽비도들은 모두 소군주의 검이 발출하는 힘을 이겨내지 못하고 내팽개쳐져 사방에 날아가 꽂히고 말았다.

소군주가 싸늘한 냉소를 머금었다.

"후훗… 적응비수는 적응비수로되 그 위력이 많이 부족……."

소군주가 말을 끊고 얼굴을 굳혔다.

그 짧은 순간 탁발한이 사라진 것이다.

탁발한만 사라진 것이 아니라 사마장천까지 그림자도 찾을 수 없었다.

"놈이 어디로 사라졌느냐?"

소군주가 금속성의 목소리로 외쳤다.

척살대원들은 모두 송구한 얼굴이 되어 있을 뿐 누구도 감히 대답하지 못했다.

그러나 그들은 편 노공이 사마호에 의해, 그리고 소군주가 다섯 자루의 비도를 쳐내는 그 결코 길지 않은 순간에 탁발한이 사마장천을 낚아채 그대로 땅속으로 두더지처럼 파고드는 모습을 똑똑히 보았다.

다만 척살대원들로서는 미처 손을 쓸 겨를도 없었을뿐더러 편 노공이 직접 손을 쓰고 있는 상황이어서 약간은 방심하고 있는 터였던 것이다.

탁발한이 파고든 지면은 담장을 향해 긴 궤적을 남기고 있었다.

일종의 잠둔술로 특수한 임무를 수행하는 무림인들만이 익히는 수법이다.

누구나 익힐 수 없는 무공으로 어려서부터 특정한 내공과 그에 맞는 무공을 수련하지 않고서는 쉽게 익힐 수 없는 무공이기도 했다.

"잠둔술? 흑림 놈이었단 말인가?"

소군주가 의외라는 표정으로 탁발한이 사라진 흔적을 노려보고 있었다.

편 노공이 어찌할 바를 모르는 얼굴이 되어 얼굴을 붉게 물들였다.

사마추를 사로잡기는커녕 탁발한과 사마장천을 놓치고, 자신은 엉뚱한 사마호만 죽이고 만 셈이 된 것이다.

"무엇들 하고 있느냐, 당장 흔적을 쫓아 놈을 잡지 않고!"

편 노공이 척살대원들을 돌아보며 버럭 노성을 내질렀다.

척살대원들이 황급히 움직이려는 순간 소군주의 냉랭한

음성이 그들을 막았다.

"그만두거라. 잠둔술을 펼칠 줄 아는 놈이었으면 이미 추격권을 벗어났다."

척살대원들이 이러지도 저러지도 못하는 기색으로 소군주와 편 노공의 눈치만을 살폈다.

청기의 척살대가 이처럼 낭패를 당하는 경우는 매우 드물었다.

편 노공이 침음성을 삼키며 묵묵히 고개를 떨어뜨렸다.

소군주가 냉랭한 얼굴로 편 노공으로부터 시선을 돌렸다.

"녹기의 접홍이 수하들을 데리고 북백서화에 천라지망을 쳐놓았다고 했으니 기다려 보는 수밖에."

소군주는 그렇게 말했지만 오늘의 실패를 결코 받아들이지 않는 성격의 소유자이다.

편 노공은 그것을 누구보다도 잘 알고 있었다.

소군주의 냉랭한 음성이 한 번 더 편 노공의 불편한 심기를 헤집고 들어왔다.

"우리 홍기의 척살대가 놓친 쥐새끼를 녹기가 잡아온다면, 흥, 볼 만하겠군."

편 노공이 깊숙이 고개를 떨어뜨렸다.

편 노공의 귓불이 붉게 물들고 있는 것은 그가 지금 얼마나 화가 나 있는지를 잘 표현하고 있는 것이다.

청기의 척살대와 십팔노공 중 하나인 편 노공이 이처럼 깨끗이 낭패를 당하는 경우는 그야말로 드물었으므로, 편 노공이나 척살대나 이 순간 도무지 어떤 표정을 지어야 할지 난감하기 이를 데 없었다.

不良武士

第四章

不良武士
불량무사

옥단풍은 양손에 사마추와 표향령주를 안고 정신없이 달렸다.

달리는 도중에도 이목을 집중해 추적자들의 존재 여부를 살폈지만 추적의 흔적은 찾아볼 수 없었다.

한참을 그렇게 달려서 선주의 성곽을 벗어나고서야 옥단풍은 속도를 늦췄다.

옥단풍의 몸은 땀으로 흠뻑 젖어서 장삼이 온몸에 찰싹 달라붙을 지경이었는데, 옥단풍의 잘 가꾸어진 몸의 근육이 그대로 드러나 보였다.

두 여인은 옥단풍에 의해 볼썽사납게 안겨 있는 꼴이었지만 꼼짝도 할 수 없었다. 그러나 두 사람은 의식은 멀쩡하게 깨어 있어서 옥단풍의 단단한 근육질의 몸에서 느껴지는 묘한 느낌을 그대로 느끼고 있었다.

선주의 밖에 위치한 관창산(觀蒼山)은 산세가 그리 험하지도 높지도 않은 산이지만 울창한 활엽수가 온 산을 가득 메우고 있다.

그래서 산의 이름도 창궁을 바라보기 어렵다는 뜻에서 관창산이라 불린다.

백동기가 기거하고 있는 와운거(臥雲居)가 그 관창산에 위치하고 있었다.

관창산의 입구에 멈춰 선 옥단풍이 사마추를 내려놓았다.

그러나 표향령주는 사혈을 제압하고 있어야 했기 때문에 여전히 한쪽 팔로 끼고 있을 수밖에 없었다.

사마추가 옷매무새를 매만지며 길게 한숨을 내쉬었다.

"옥 소협 덕분에 무사히 빠져나올 수 있었습니다. 큰 은혜를 입었군요."

사마추가 다소곳하게 고개를 숙였다.

그 모습은 실로 예의 바르고 단정하기 짝이 없었지만 옥단풍은 왠지 그 모습에서 또 가슴 한구석이 허전해지는 기분을 느껴야 했다.

뭔가…….

이렇게 정중하게 감사하는 것이 달갑지가 않았다.

천신만고 끝에 사마추가 원하는 대로 백동기가 기거하고 있는 관창산으로 오긴 했지만, 그건 말대로 단지 돈을 받고 고용된 무사가 고용한 사람의 뜻을 따른 것만으로는 결코 설명하기 어려운 것이다.

옥단풍은 실로 혼신의 힘을 다해서 사마추를 표향령의 손아귀에서 빼내왔지만 이렇게 감사 인사를 받고 싶지 않았다.

그런 심정은 그 스스로도 참으로 이해할 수 없는 것이어서 옥단풍은 사마추와 시선을 마주치지 못하고 고개를 돌리며 발길로 애매한 땅바닥만 두어 차례 찼다.

"아직은 완전히 안전하다고 말할 수 없으니 그 말씀은 감당하기 어렵소."

목소리마저 퉁명스럽게 튀어나왔다.

사마추가 약간은 당혹스러운 얼굴로 옥단풍을 보았다.

"이만큼만 해도 대단하십니다. 사실 소녀는 전혀 기대하지 않았다고 하는 것이 정확할 것 같습니다. 옥 소협을 너무 과소평가한 것 같아 죄스럽군요."

빌어먹을…….

옥단풍은 차라리 사마추가 그냥 지긋한 눈길로 한 번 바라봐 주기만 해도 지금보다는 훨씬 기분이 나았을 것이라 생각했다.

그러나 말은 심사와는 전혀 다르게 퉁명스럽게 튀어나왔다.

"어차피 돈 받고 하는 일이오."

사마추가 가볍게 한숨을 쉬었다.

그녀 역시 왠지 옥단풍의 그런 말들이 섭섭했다.

폐허가 된 채가장에서 여기까지 오는 동안 사마추는 옥단풍이 자신의 목숨을 도외시하면서까지 사마추의 바람을 이루기 위해 혼신의 힘을 다하는 것을 바로 그의 품에 안겨서 다 보고 듣지 않았던가.

그런 만큼 지금 옥단풍이 껄렁껄렁한 말투로 돈 받고 하는 일이라고 말하는 것이 진심이라고 믿고 싶지 않은 것이 사실이었다.

그때 옥단풍의 품에 붙잡혀 있던 표향령주가 냉랭한 코웃음을 터뜨렸다.

"얼마나 받았지요?"

표향령주는 옥단풍을 별로 주의 깊게 보지 않았다.

홍화가 용호권에 발목이 쓸려 넘어질 때도 의외라고는 생각했지만 필경 홍화가 상대를 너무 경시한 나머지 말도 안 되는 실수를 범한 것이라는 생각이 강했다.

그런데 인솔해 온 집장 중 가장 무공이 고강할 뿐 아니라

실제로 표향령의 전체 집장에서도 서열 삼위에 해당하는 황집장까지 당하자 경각심이 일기 시작했다.

그리고 자신의 수하들이 철저히 유린당하고, 끝내는 자신마저 일권을 얻어맞고 사혈이 제압당하는 지경에 이르자 이제는 옥단풍에 대해 무시하는 마음은 싹 사라지고 없었다.

강호무림이 원래 기인이사들이 득시글거리는 곳이라 하지만 그렇다고 경천동지할 고수가 하룻밤 사이에 뚝딱 탄생하는 것은 결코 아니다.

주머니 속의 송곳처럼 옥단풍 정도의 무공 수위면 이미 강호무림에서 그 명성을 감추고 있을 수 없는 것이다.

표향령주가 빤히 쳐다보자 옥단풍이 씨익 웃었다.

"그건 왜 묻는 거요?"

"어차피 고용 무사라면 누구에게 고용되든지 상관없지 않나요?"

원래는 그야말로 허드렛일이나 하는 잡인 취급하던 표향령주가 지금은 어색하지만 공대하여 말하고 있었다.

"그건 그렇소만……."

옥단풍이 입가에 묘한 미소를 띠며 표향령주를 빤히 쳐다보았다.

"그렇다면 좋아요."

표향령주가 사마추를 힐끔 일별하고는 야무지게 입술을

깨물었다.

"얼마가 됐든 본 령주가 그 열 배를 드리겠어요. 사마의가의 고용 무사에서 본 령주의 고용 무사가 되어줘요."

"……."

옥단풍이 말없이 빙글빙글 웃는 얼굴로 한동안 빤히 표향령주를 쳐다보았다.

표향령주의 말에 사마추가 가볍게 경직된 얼굴이 되어 옥단풍을 쳐다보았다.

아무리 떠돌이 무사라 해도 강호무림엔 신의라는 것이 있다.

몇 푼 더 쥐어준다고 금방 옛 계약을 차버리고 새로운 계약을 맺는 그런 무사는 떠돌이들 속에서도 쉽게 찾아볼 수 없는 법이다.

그러니 사마추의 상식으로는 표향령주가 그런 말을 꺼내기도 전에 옥단풍이 단호하게 말을 막았어야 정상이다.

그런데 옥단풍은 묵묵히 듣고 있을 뿐만 아니라 고용 무사라면 누구에게 고용되든 상관없다는 말에 수긍까지 하고 있는 것이다.

사마추는 조급한 마음도 들면서 또 한편으론 옥단풍이 원망스러웠다.

아무리 고용 무사라고 하지만 그동안 단 한 번도 옥단풍을

고용 무사로 취급한 적이 없는 사마추였으니 섭섭한 것도 당연했다.

표향령주가 옥단풍의 반응에서 가능성을 발견했다고 여겼는지 환하게 웃으며 말을 이었다.

"열 배를 드리는 것은 물론 원한다면 표향령에서 일하게 해드릴 수도 있어요."

"표향령?"

옥단풍이 되묻자 표향령주가 조금 망설이는 기색이 되어 사마추를 응시했다.

그리고는 결심한 듯 선뜻 입을 열었다.

"그래요. 어차피 사마추가 끝까지 입을 다물고 있을 거라고는 생각 안 하니 말해도 상관없겠죠."

옥단풍이 사마추를 돌아보았다.

사마추는 애써 옥단풍의 시선을 피해 외면했다.

그녀의 표정만 봐서는 표향령주의 말을 수긍하는 것인지 아닌지 쉽게 구분하기가 어려웠다.

"표향령은 마교의 교주 직속 기관이에요."

옥단풍이 흥미로운 얼굴이 되었다.

"교주의 직접 명령만을 따르죠. 만약 음… 당신이 표향령에 들어온다면 충분히 수석 집장의 자리는 보장할 수 있을 거예요."

옥단풍은 표향령의 수석 집장이 얼마나 대단한 자리인지 알지 못하는 듯 눈만 끔뻑끔뻑하고 있었다.

표향령주가 의기양양한 얼굴로 옥단풍을 살피다가 그런 반응을 보고는 약간 실망한 표정이 되어 뭐라고 덧붙이려는 순간 옥단풍이 불쑥 입을 열어 말을 막았다.

"마교였군."

옥단풍이 표향령주를 빤히 보며 빙글빙글 웃었다.

표향령주는 도무지 옥단풍의 속내를 알 수가 없어 답답한 심정으로 마주 보았다.

처음엔 진정 몰랐는데 이 사내는 볼수록 묘한 구석이 있다.

마교가 아니라 마교 할아버지라 해도 눈 하나 깜짝하지 않을 것 같은 저 표정 하며, 천하에 두려운 것이라고는 아무것도 없는 듯이 보이는 태평스럽고 건들건들한 눈빛 하며.

그 시선을 마주 보고 있자면 너무도 거침이 없고 거리낌이 없어서 오히려 표향령주가 눈길을 피하게 되는, 그러면서 스스로가 무척 왜소하게 느껴지는 그런 눈빛이었다.

"난 마교에 별다른 흥미가 없는 사람이오."

옥단풍이 차분하게 말했다.

표향령주가 치잇, 하는 표정을 떠올렸다가 이내 지웠다.

어차피 이 순간만 잘 모면하면 된다. 표향령으로 마음을 끌려고 했지만 상대는 아예 표향령이 뭔지도 모르는 모양이 아

닌가.

"깔깔깔! 좋아요. 표향령에 반드시 가입할 필요는 없으니, 뭐… 대신 사마의가에서 받은 돈의 열 배를 드린다면 흔쾌히 받아들이시겠죠?"

옥단풍의 얼굴이 갑자기 딱딱하게 굳었다.

"이봐, 내가 어디로 봐서 돈 몇 푼에 왔다 갔다 할 사람처럼 보이지?"

표향령주의 안색이 싸늘하게 굳었다.

그녀는 표독스러운 시선으로 옥단풍을 노려보고 있었다. 지금 사혈이 제압되어 있는 상황만 아니라면 당장 능글거리는 옥단풍의 얼굴을 물어뜯어도 시원치 않을 표정이었다.

"찢어 죽일 놈."

표향령주가 살기가 가득한 얼굴로 외쳤다.

"그럴 거면서 본 령주를 희롱해? 네놈이 그러고도 목숨이 온전할 줄 아느냐?"

"이봐, 사혈을 잡고 있는 건 난데?"

옥단풍이 한결 여유로운 얼굴로 능글맞게 웃으며 말했다.

사마추는 그 모습을 보고 몰래 안도의 한숨을 내쉬었다.

옥단풍이 간혹 보이는 사악한 모습과 그와는 전혀 동떨어진 모습 등, 사마추에게 있어 옥단풍은 도무지 종잡을 수 없는 사람이었다.

그런 만큼 마음을 졸이며 옥단풍의 대답을 기다린 건 표향령주에 못지않았던 것이다.

"날 죽여라. 그렇지 않으면 네놈은 반드시 후회하게 될 것이야. 아니, 꼭 그렇게 만들어줄 테다."

표향령주의 표독한 외침에 옥단풍의 안색이 싸늘하게 굳었다.

옥단풍이 표향령주의 두 눈을 똑바로 들여다보며 나직이 으르렁거렸다.

"나를 자극하지 마라. 널 살려 보내겠다고 했던 내 약속을 너무 믿지 말란 말이다."

표량령주가 옥단풍의 시선을 받으며 움찔했다.

그녀는 천하에 두려운 것이 별로 없는 여인이었으나 지금 눈앞에서 자신의 눈을 들여다보며 그야말로 한 마리 회색 늑대가 으르렁거리듯 나직이 말하고 있는 옥단풍의 모습을 대하고는 가슴이 서늘해지고 있었다.

토끼나 다람쥐 같은 짐승들은 보통 여우나 살쾡이를 만나면 도망가기 바쁘다.

그러나 맹수의 왕 백호를 만나면 얘기는 다르다. 도망은커녕 마치 단단한 덫에 걸리기라도 하듯 오금을 저리며 꼼짝도 못한다.

지금 옥단풍의 눈빛을 보는 표향령주의 심정이 그러했다.

"난 필요하다면 조금 전에 한 말도 뒤집는 사람이다."

옥단풍이 조금은 가라앉은 어투로 나직이 말했다.

"사내대장부의 신의를 너무 믿지 말란 말이다. 난 그런 말 몰라."

표향령주가 하얗게 질려서 미처 뭐라고 대꾸할 말을 찾지 못했다.

사마추도 옆에서 보고 있다가 옥단풍의 그런 모습에 가슴이 서늘해졌다.

한없이 부드럽기도 하고 여유만만한 자세여서 아녀자가 앙탈을 부리듯 손해를 끼치는 것 정도는 그저 웃음으로 넘기고도 남을 사내처럼도 보였지만, 지금은 사악하기 이를 데 없었다.

진정으로 그는 필요하다면 조금 전에 한 말도 뒤집을 사람처럼 보였다.

그때 표향령주의 사혈을 잡고 있던 옥단풍이 대뜸 손을 놓아버렸다.

그리고는 가볍게 밀치자 표향령주가 옥단풍의 품에서 떨어져 나갔다.

"가라. 아직은 너를 죽이고 싶을 만큼 자극받은 건 아니니까."

옥단풍이 표향령주를 놓아주고는 선뜻 돌아섰다.

그는 표향령주가 자유의 몸이 되면 어떤 결과가 생길지 전혀 생각해 보지 않은 사람처럼 행동했다.

사마추가 어이없다는 얼굴로 옥단풍을 보았다.

죽이거나 할 필요가 없다면 혈도를 짚어 한동안 움직이지 못하게 하는 것이 옳지 않았겠는가?

옥단풍은 아예 그럴 생각이 없는 것은 둘째 치고 어이없게도 표향령주에게 등을 보이고 있는 것이다.

아니나 다를까, 표향령주가 잠시 이게 웬일인가 하는 표정이다가 이내 표독한 표정을 지어냈다.

"아예 간이 배 밖으로 튀어나온 놈이로구나. 본 령주를 멀쩡히 풀어주면 네놈이 끝내 무사하리라 생각했단 말이냐?"

말이 채 다 끝나기도 전에 표향령주의 표홀한 신형이 옥단풍의 등 뒤를 노리고 날아들었다.

그녀의 양손은 이미 세 차례의 장력을 쏟아내고 있었다.

사마추가 다급하게 외쳤다.

"옥 소협!"

옥단풍이 태연자약한 얼굴로 사마추를 보며 웃었다.

마치 이런 일이 있으리라는 걸 모두 알고 있으니 염려하지 말라는 그런 미소였다.

그 순간 험악한 기세로 옥단풍을 향해 몸을 날리던 표향령주가 갑자기 실 끊어진 연처럼 허공에서 휘청하더니 그대로

풀썩 떨어져 내렸다. 그녀가 쏘아낸 강력한 장력 역시 옥단풍의 몸에 이르기도 전에 마치 회오리를 만나 자취를 감춘 연기처럼 산산이 흩어져 사라지고 말았다.

표향령주는 지면에 떨어져 서너 바퀴를 구르고서야 상체를 세우며 오만상을 찡그리고 있었다.

"아아, 이 더러운 자식!"

표향령주가 극심하게 이는 고통을 참으며 옥단풍을 향해 바락바락 악을 썼다.

옥단풍은 아예 그럴 걸 알고 있었던 듯 사마추에게로 다가오며 표향령주는 뒤돌아볼 생각도 하지 않았다.

사마추가 어리둥절한 얼굴이 되어 옥단풍을 묻듯이 쳐다봤다.

옥단풍이 씁슬한 얼굴로 입을 열었다.

"착근교혈(捉筋膠穴)이라는 수법이오. 근맥과 운혈을 제압해 놓는 수법으로 걷거나 뛰는 데는 지장이 없지만, 만약 공력을 일으키게 되면 근혈이 꼬이면서 극심한 고통을 느끼게 되는 것이오."

옥단풍이 진지하게 설명하다가 이내 뭐 하는 짓인가 하는 표정이 되었다.

사마추는 무공을 모르니 설명해도 알아듣지 못할 것이라는 생각이 일어서였다.

"아무튼 생명에는 지장이 없을 뿐 아니라 사흘 정도만 지나면 자연스럽게 근혈이 풀리게 되어 있으니 너무 그런 눈으로 쳐다보지 마시오."

옥단풍이 입맛을 다셨다.

말로만 듣자면 매우 사악한 수법임이 분명했고, 사마추의 시선이 또한 그걸 꾸짖는 듯한 인상을 풍기고 있었기 때문이다.

옥단풍이 사마추의 옆을 스치고 지나쳐 앞장서며 중얼거렸다.

"젠장, 그보다 사악하고 악랄한 수법이 얼마나 많은데… 쩝."

사마추가 멍청히 보고 서 있자 저만치 앞서간 옥단풍이 사마추도 다 들을 수 있도록 커다란 소리로 투덜거렸다.

"정인에게 가고 싶어 안달이었던 사람이 누군데 꾸물거리는지 모르겠네."

사마추가 얼굴을 붉히며 서둘러 옥단풍의 뒤를 따라붙었다.

표향령주는 근맥을 마치 송곳으로 마구 쑤시는 듯한 통증을 느끼며 바닥에 주저앉아 표독스러운 시선으로 옥단풍을 노려보다가 고래고래 소리를 질렀다.

"네놈은 반드시 본녀의 손에 죽을 것이다! 두고 봐라! 오늘의 이 수모를 반드시 되갚아줄 테니!"

그러나 옥단풍과 사마추는 이미 관창산의 울창한 수림 속으로 자취를 감추고 난 후였다.

관창산은 산세에 비해 수림이 무척 험했다.

산중으로 조금 더 깊숙이 들어가자 울창한 활엽수들로 인해 거의 하늘이 보이지 않을 지경이었다.

관창산 안으로 들어와서는 사마추가 앞장섰다.

그녀는 이미 익숙한 산길인 듯 조금도 지체하는 일 없이 꼬불꼬불한 산중의 길을 따라가고 있었는데, 그런 사마추의 뒤를 어슬렁거리며 따라가는 옥단풍은 저절로 호기심이 이는 것을 어쩔 수가 없었다.

'백동기라는 정인이 선주에 대저택을 두고도 이런 산중에 기거하고 있는 것부터 이상하기 짝이 없는 일일뿐더러 사마낭자는 이 울창한 산중의 길을 거침없이 헤치고 갈 만큼 자주 드나들었단 말인가?'

의문이 한번 떠오르자 여러 가지가 함께 머리 속을 헤집었다.

마교의 표향령주는 사마추가 이미 표향령에 대해서도 잘 알고 있다고 얘기한 바 있었고, 또 사마추는 오기웅에 대해서도 실로 정확하게 알고 있었다.

그렇다면 그녀가 마교와 어떤 식으로든 관련을 맺고 있는 것이 아닌가 하는 의심을 옥단풍은 지울 수가 없었다.

반가의 횡포 따위는 지금에 와서는 그야말로 시작에 불과했을 뿐 정작 아무것도 아닌 셈이었다.

그 뒤에 마교의 청기라는 무시무시한 조직이 도사리고 있었던 것이다.

게다가 마교의 청기가 사마추를 노리고 있는데 어째서 마교 교주의 직속 기관인 표향령이 사마추를 사흘 동안 보호하려고 했던 것일까?

표향령의 목적은 사마추를 보호하려는 것이기보다는 사마추가 청기의 손에 넘어가는 것을 경계하는 것이 분명해 보였다.

그렇다면 청기와 마교 교주는 서로 대립하고 있단 말인가?

옥단풍은 이런저런 생각에 머릿속이 복잡해져 무의식적으로 사마추의 뒤를 따르고 있다가 주위의 경물이 크게 변하고서야 시선을 들었다.

울창한 수림은 이제 좀 드문드문 펼쳐지고 있어서 지면이 보다 넓어졌고 제법 공터 같은 공간도 보였다.

그런데 기이한 것은 그런 공터의 곳곳에 이상한 형태의 마른 나무 등걸과 암석 따위들이 일정하게 배열되어 있는 것이었다.

얼핏 보아서는 그 나무와 돌들이 모두 자연적으로 형성된 것처럼 보였지만 자세히 들여다보면 일정한 간격을 두고 배

치된 것이고, 배치되어 있는 형태로 보면 어떤 도형을 그리고 있다는 사실을 알 수 있었다.

 필시 사람의 인공이 가미된 암석들이 분명했다.

 더욱 이상한 것은 앞서가는 사마추가 일직선으로 곧고 시원하게 뚫린 길을 놔두고 이리저리 암석과 나무들 사이로 꼬불꼬불 방향을 선회하며 나가고 있다는 것이었다.

 옥단풍은 복잡한 상념에 사로잡혀 그저 앞서가는 사마추의 발뒤꿈치만 보고 따라 걸었기 때문에 그와 같은 사실을 의식하지 못하다가 이제야 발견하게 된 것이다.

 "사마 낭자."

 옥단풍이 의아한 기분에 사로잡혀 사마추를 불러 세웠다.

 사마추가 걸음을 멈추고 돌아보았다.

 그녀는 옥단풍이 무엇을 물으려는지 이미 알고 있다는 듯 옥단풍이 입을 열기도 전에 먼저 설명하기 시작했다.

 "우리는 지금 일종의 절진(絶陣) 속에 들어와 있어요, 옥 소협."

 "절진?"

 옥단풍이 가볍게 놀라며 새삼스럽게 주위의 경물들을 둘러보았다.

 그러고 보니 암석들의 배치가 더욱 심상치 않았다.

"만약 한 걸음이라도 사문을 밟게 된다면 그땐 돌이킬 수가 없게 되니 조심하셔야 합니다."

사마추는 더 이상 요령있게 설명할 수 없음이 안타까운 듯한 얼굴이었다.

"아시겠죠? 반드시 소녀의 걸음을 그대로 따르셔야 해요."

옥단풍이 고개를 끄덕였다.

그러나 그의 시선은 주위 암석들의 배치를 유심히 쳐다보고 있었다.

그럴 때의 옥단풍은 헐렁헐렁하거나 껄렁껄렁한 모습과는 거리가 멀었다.

진지하기 이를 데 없는 옥단풍의 모습은 그를 전혀 다른 사람처럼 보이게 했다.

사마추가 그 모습을 보고 가볍게 한숨지었다.

아무리 이해하려고 해도 옥단풍이라는 인물을 도저히 알 수가 없는 것이다.

"그런데……."

사마추가 말끝을 흐렸다.

미간이 가볍게 찌푸려져 그늘이 진 얼굴에 어떤 고민이 있는 듯이 보였다.

"무슨 일이오?"

옥단풍이 경물들에 주던 시선을 돌려 사마추를 바라보았다.

사마추가 망설임 끝에 어렵게 입을 열었다.

"부끄럽지만… 소녀가 길을 잃은 거 같아요."

"아……."

옥단풍은 사마추의 말에 별반 놀라지도 않은 모습으로 가볍게 탄식을 터뜨렸다.

사마추가 그런 옥단풍에게 지금 이 상황이 얼마나 심각한 것인지를 설명해야 할 조급함을 느꼈다.

"이 절진은 백 랑께서 고안한 사망진입니다. 파진도는 오로지 단 하나의 경로밖에 없고, 거기서 단 반 걸음이라도 비켜 가면 진을 고안한 백 랑조차도 빠져나오지 못하고 끝내 목숨을 잃는다고 했어요."

심각한 일이었다.

강호에 예로부터 전해지는 진법의 하나라면 어떤 식으로든 파해법을 찾아낼지도 모르지만 백동기가 스스로 고안한 것이라니 그런 식의 파해는 거의 불가능한 일일 것이다.

그런데도 옥단풍은 조금도 놀라지 않은 얼굴이었다.

"그렇구려."

"걱정되지 않으시나요? 소녀는……."

사마추가 얼굴을 가볍게 붉히며 고개를 떨궜다.

길을 잃었다는 사실이 부끄럽기 짝이 없었던 것이다.

옥단풍이 안정감있는 음성으로 그런 사마추를 위로했다.

"낭자의 잘못이 아니오. 낭자는 길을 잃은 것이 아니라 길을 모르는 것이니 말이오."

사마추가 무슨 소리냐는 듯 옥단풍을 쳐다보았다.

옥단풍이 주위의 경물을 다시 둘러보며 설명했다.

"보시오. 몇 개의 잡석은 다른 돌들에 비해 밑동의 흙이 깨끗이 닦여져 있소이다."

사마추가 옥단풍의 설명에 따라 시선을 돌리며 잡석들을 살펴보다가 가볍게 탄성을 터뜨렸다.

"그렇군요. 전엔 저렇지 않았는데……."

"최근에 진세를 바꾼 것이오. 아마도 낭자는 진세를 바꾸기 전의 파진도에 따라 이동해 왔을 것이오."

"아……!"

"그러니 당연히 길을 잃을 수밖에."

옥단풍이 싱긋 웃었다.

그러나 사마추는 웃을 수가 없었다.

파진도를 모른다면 이건 보통 심각한 일이 아닌 것이다.

"그렇다면 우린 지금 매우 위험한 지경에 놓여 있는 거예요. 소녀는 어찌해야 할지 모르겠군요."

사마추는 불길한 예감에 사로잡혔다.

이 진세는 백동기가 설치한 것인데 지금의 백동기는 어쩌면 숟가락조차 들 힘이 없을 것이다.

 사마추 자신이 시침을 통해 백동기의 잠재된 생명력을 끌어올려 주지 않으면, 그는 어쩌면 누워 있는 송장처럼 아무것도 할 수 없을 것임을 잘 알고 있었기 때문이다.

 "백 랑이 진세를 바꿀 리는 없어요. 소녀가 파진도를 모른 채 들어올 것을 아는 사람이 어찌 그런 일을……."

 "그럴지도 모르겠소."

 옥단풍은 건성으로 대답하며 주위의 경물을 자세히 살피고 있었다.

 옥단풍은 기실 진법을 수련한 적이 없다.

 다만 진법도 무공도, 혹은 검법이나 장법도 모두 그 근간에는 서로 상통하는 원리가 존재하는 것을 알고 있었다.

 그와 같은 식견은 기실 말로는 쉽지만 결코 쉽게 얻어지는 것이 아니다.

 용호권과 같은 평범하고 어수룩한 권법은 십 년 넘게, 그야말로 전력을 기울여 수련하고 또 수련한 끝에 얻어진 것이다.

 그와 같은 이치는 마치 벽에 도배를 오랫동안 하는 사람이 풀칠한 벽지를 어디서부터 붙여야 제대로 도배가 되는지를 감각적으로 알고 있는 것이나 같다.

 또 단 한 가지 요리만 수십 년을 전문적으로 한 요리사는 맛을 보지 않고도 요리가 어떤 조미료를 필요로 하는지 직감으로 알고 있는 것이나 마찬가지의 이치였다.

그렇다 해도 옥단풍은 자신이 이 진세를 뚫고 나갈 길을 찾을 수 있으리라고는 생각하지 않았다.

다만 옥단풍은 최악의 사문이 어디인지를 가늠하고 있는 중이었다.

"백 랑에게 무슨 일이라도 생긴 걸까요?"

사마추가 초조한 기색으로 옥단풍에게 물어왔다.

옥단풍은 대답 없이 진을 이루고 있는 암석들을 뚫어지게 노려보고 있었다.

생문을 찾지 못한다 해도 치명적인 사문은 피해야 했다.

한동안 그렇게 진세를 노려보던 옥단풍이 돌연 한 발을 들어 올려 조심스럽게 진세 안으로 들이밀었다.

사마추가 기겁을 했다.

"옥 소협!"

옥단풍이 허공에서 건듯 발을 멈추고 엉거주춤한 자세가 되어 사마추를 돌아보았다.

사마추가 가슴을 쓸어내리며 말했다.

"비록 진세가 바뀌었지만 예전의 진세에서 거긴 사문이에요. 절대로 발을 디뎌서는 안 돼요."

"그렇소?"

옥단풍이 천연덕스럽게 되묻고는 들어 올렸던 발을 그대로 내딛고 말았다.

"아악!"

사마추가 두 눈을 질끈 감으며 자기도 모르게 뾰쪽한 비명을 내질렀다.

"하하하!"

옥단풍이 장난꾸러기처럼 웃었다.

사마추가 눈을 뜨자 옥단풍은 한 발만 내민 것이 아니라 어느새 진세 안으로 한 걸음 들어가 있었다.

사마추의 눈이 휘둥그레졌다.

"어머! 어, 어떻게 된 거죠?"

"낭자도 이리 오시오. 이제부터 소생이 길을 터드리리다."

옥단풍이 한 손을 내밀고 더욱 장난스럽게 웃었다.

사마추가 아직도 콩닥거리는 가슴을 애써 진정하며 원망스럽게 눈을 흘겼다.

"정말 간 떨어지는 줄 알았단 말이에요."

곱게 흘겨보는 약간 상기된 사마추의 모습은 진정 아름다웠다.

옥단풍은 그 모습을 보자 가슴이 다시 아련하게 저려왔다.

옥단풍은 애써 시선을 사마추로부터 돌리며 성큼 허리를 폈다. 그 모습은 마치 진세고 뭐고 그냥 뚫고 나갈 그런 기세였다.

사마추가 서둘러 옥단풍의 바로 뒤로 옮겨가 서며 옷자락을 슬며시 잡았다.

"비록 한 번의 모험은 성공했지만 절대로 무모한 짓을 하시면 안 돼요."

가느다란 손가락으로 앙증맞게 옥단풍의 옷자락을 잡은 그녀의 모습은 실로 그냥 힘차게 안아주고 싶을 지경이었다.

옥단풍이 은밀하게 한숨을 내쉬며 성큼 걸음 내딛었다.

"걱정 말고 나만 따라오시오. 하하하!"

사마추가 기겁을 하며 옷깃을 잡아당기다가 끝내 딸려가듯 옥단풍의 뒤를 따랐다.

옥단풍은 그저 일직선으로 곧장 넓게 뚫린 길을 향해 나아갔다.

사마추가 연신 기겁을 하며 뭐라고 말도 못하고 얼굴이 붉으락푸르락 안절부절못하며 뒤를 따랐다.

옥단풍은 마치 원래 거기에 진세 따위는 없다는 듯 그냥 성큼성큼 걷고 있었다.

사마추는 그런 옥단풍을 따라가며 뭔가 이상하다고 생각하기 시작했다.

옥단풍이 웃는 얼굴로 돌아보았다.

"이 진세는 옮겨진 것이 아니라 풀린 것이오."

사마추가 깜짝 놀라 그 자리에서 걸음을 멈추었다.

옥단풍을 빤히 쳐다보는 사마추의 얼굴엔 무슨 말부터 해야 할지 모르겠다는 표정이 역력했다.

옥단풍도 사마추의 심사를 알아차렸다. 옥단풍의 얼굴에 순간적으로 또다시 씁쓸한 미소가 스치고 지나갔다.

"그렇소. 내가 보기엔 침입자가 있었던 것 같소."

"침입자……."

"누군지 모르지만 결코 좋은 뜻으로 온 자는 아니겠지. 그렇지 않다면 이렇게 진세를 옮겨서 풀어버리지는 않았을 것이 아니겠소?"

"그럼 백 랑은… 어찌 되신 거죠?"

"그건 알 수 없지만… 아무튼 침입자는 굉장한 고수임에 틀림이 없을 거요. 한 사람일지 여러 사람일지도 모를 일이고."

사마추의 안색이 사색이 되어 후닥닥 숲을 향해 뛰어갔다.

옥단풍이 가볍게 한숨을 쉬고는 이내 경공술을 발휘해 사마추의 뒤를 쫓았다.

숲이 다시 울창해지고 있었다.

와운거는 협곡의 끝에 자리하고 있었다.

비록 작은 규모였지만 주인의 고상한 취향과 품격을 말해주듯 푸른 대나무로 엮인 소축은 매우 아름다웠다.

옥단풍은 사마추가 소축을 향해 내달리는 것을 보며 이목을 집중해 주위를 살폈다.

어디에서도 살아 있는 사람의 흔적은 감지되지 않았다.

그러나 흑림의 인물들은 대부분 호흡을 숨기고 전신의 기공에서 보이지 않는 기운이 들어가고 나오는 것조차 차단할 수 있는 능력이 있다.

사람의 기척이 느껴지지 않는다고 해서 결코 마음을 놓아서는 안 된다는 것을 옥단풍은 잘 알고 있었다.

옥단풍이 사마추의 뒤를 이어 소축 안으로 들어서자 망연한 얼굴로 서 있는 사마추의 모습이 먼저 눈에 들어왔다.

소축 안은 단정하게 정리되어 있었고 매우 깔끔했다.

작은 나무 탁자가 하나 놓여 있고 한 켠엔 대나무로 엮은 침상이 놓여 있었다.

그 외에는 한쪽 벽을 빼꼭하게 채우고 서가가 세워져 있었다.

서가엔 귀가 헐어 닳아진 서책들이 가지런하게 꽂혀 있었다.

옥단풍은 한눈에 방 안의 풍경을 살펴보며 격투나 상처의 흔적을 찾았지만 찾아볼 수 없었다.

사마추가 한 손에 작은 쪽지 한 장을 들고 서서 망연한 표

정이 되어 있다가 옥단풍을 돌아보았다.

그녀의 얼굴은 절망으로 가득 차 있었다.

옥단풍이 그녀의 손에 쥐어진 쪽지를 주시하자 사마추가 쪽지를 내밀었다.

쪽지를 받아 든 옥단풍이 천천히 쪽지를 펼쳤다.

노적천밀 하시봉(路赤天密 何時逢).

쪽지엔 단지 이 일곱 글자만이 날아갈 듯한 필치로 쓰여 있었다.

옥단풍이 한동안 쪽지를 들여다보다 사마추를 응시했다.

사마추가 물끄러미 옥단풍을 마주 응시했다.

그녀의 호수같이 커다란 두 눈은 금방이라도 눈물을 쏟아낼 것처럼 슬퍼 보였다.

"길은 붉고 하늘은 아득하니 언제나 다시 만나리."

옥단풍이 건조한 음성으로 쪽지의 글귀를 해석했다.

어찌 보자면 이별을 고하는 글귀 같기도 하고, 또 어찌 보자면 급한 일이 있어 길을 떠나니 다시 만날 날을 기약하고 싶어 하는 심정을 담고 있는 글귀 같기도 했다.

"백 랑은 지금 무척 고통스러울 거예요."

사마추가 떨리는 음성으로 말했다.

옥단풍이 얼굴을 딱딱하게 굳혔다.

더 이상 이런 식으로 끌려 다닐 수는 없었다.

백동기가 어떤 인물이든 사마추의 정인이었기 때문에 온갖 위험을 무릅쓰고라도 이곳까지 사마추를 호위해 오긴 했다.

물론 마음 한구석에선 결코 달가운 일이 아니라고 수없이 외치고 있었지만 졸장부가 아닌 바에야 어찌 질투에 눈이 멀어 여인의 고통을 외면할 수 있겠는가.

그러나 무작정 사마추가 원하는 대로 끌려 다니기만 할 수는 없었다.

"사마 낭자."

옥단풍이 정색을 하고 부르자 사마추도 이미 옥단풍의 심사를 헤아리고 있었던 듯 천천히 걸어 대나무 침상 위에 걸터앉으며 차분하게 입을 열었다.

"맞아요. 소녀를 노리는 자들은 마교의 청기예요."

옥단풍은 입을 굳게 다물고 사마추의 얘기를 들었다.

"청기왕인 혁천린은 마교에선 교주를 제외하고는 가장 막강한 영향력을 행사하는 거물이에요. 그런 만큼 마교 내에서 청기의 위상은 그야말로 하늘을 찌를 듯하죠."

"……."

"아마 홍기 정도가 청기에 대항해 맞설 수 있을 뿐일 거

예요."

사마추의 얘기는 계속 이어졌다.

마교 교주인 장덕산(長德山)은 모든 것이 흑막에 가려진 인물이었다.

그의 나이가 몇인지, 또 무공 수위는 어느 정도인지조차 알려진 것이 없다. 심지어 어떤 이들은 장덕산이 남자가 아니고 여자이며 이제 갓 스물을 넘은 나이에 불과하다는 사람도 있었다.

어떤 이들은 당금 무림에서 가장 강한 고수로 통하는 사대기인조차도 마교 교주 장덕산에 비한다면 한 수 아래라고 하기도 했다.

어쨌든 마교 교주 장덕산은 전통적으로 마교 교주가 차지하는 무림에서의 비중을 뛰어넘는 평가를 받고 있었는데, 그것은 결코 뜬소문만은 아니었다.

마교 사상 가장 강한 교주라고 이미 마교 내에서도 인정한 바가 있었다.

마교는 전 중원을 망라해 전체 교도의 숫자가 정확히 몇인지조차 알 수 없을 정도로 방대한 규모의 조직을 구축하고 있었다.

그러나 그런 규모의 방대한 조직이 필연적으로 가지는 약

점이 있으니, 바로 중앙의 장악력이 떨어진다는 사실이었다.

규모가 너무 방대하고 조직원의 숫자가 많다 보니 자연 세부 조직으로 나누어 정비하게 되고, 세부 조직조차 그 하나하나가 여타의 무림 방파보다도 큰 규모일 경우가 허다하니 그 세부 조직의 수장은 교주 휘하의 관리원이라기보다는 말 그대로 한 거대 방파의 수장처럼 여겨진다는 것이다.

자연 각 세부 조직들 간에 서로 앞 다퉈 마교 내 위상을 높이려는 경쟁이 유발되고, 그것은 이내 격한 싸움으로까지 번지게 되는 것이었다.

마교는 원래 오산인이 주축이 되어 발전시킨 일종의 종교 집단이었다.

그러나 오산인이 각각 강한 개성과 서로 조금씩 다른 신념으로 틈이 벌어지고, 끝내는 그 후예들이 마교오기로 발전하면서 점차 앙숙으로 변모해 갔다.

그중에서도 청기와 홍기의 오랜 앙숙 관계는 마교 내에서도 오랫동안 커다란 골칫거리가 될 정도로 유별났다.

청기와 홍기는 앞 다투어 인재를 끌어 모으고 자체적으로 강한 전력을 유지하기 위해 끊임없이 제자들을 조련하고 보강해 오면서 경쟁 관계를 이어갔기 때문에 마교오기에서도 그 규모가 여타 삼기의 규모에 비해 배 이상 컸다.

그러다 보니 마교 교주조차도 청기와 홍기를 함부로 대하

기 어려운 지경에까지 이르렀으며, 때로는 청기왕의 말이 교주의 말보다 앞서 존중받는 일이 발생하기도 했다.

그런데 그렇게 막강한 권력을 행사하던 청기왕 혁천린이 급질에 걸려 자리에 누웠다는 소문이 마교 내에 돌기 시작했다.

홍기는 청기를 누르고 마교 내에서 가장 강한 세력으로 부상할 절호의 기회로 보고 즉각 전력을 동원해 청기를 쳤다.

그러나 마교 내에서의 일반적인 예상조차도 홍기의 우세를 점쳤던 상황 속에서 오히려 홍기는 교도의 반 이상을 잃는 참패를 겪으며 물러나야 했다.

청기왕 혁천린의 병중 공백을 완벽하게 메운 인물이 있었던 것이다.

그가 바로 청기왕 혁천린의 손자이며 마교삼성 중 하나인 혁무린이었다.

비록 청기가 승리하긴 했지만 청기의 손실도 여간 큰 게 아니었다.

교도의 삼분지 일을 잃었으며, 많은 고수가 회복할 수 없는 중상을 입고 강호에서 은퇴하게 되었다.

청기와 홍기가 모두 큰 상처를 입고 세력이 약화되자 그동안 잠잠하던 나머지 마교삼기의 활동이 점차 왕성해지기 시작했다.

물론 아직도 청기와 홍기의 위세에는 미치지 못하지만 예전 같으면 청기와 홍기의 요구라면 죽는 시늉이라도 해야 했던 나머지 삼기가 지금은 불공평한 요구는 단호하게 거절할 수도 있는 상황까지 오게 된 것이다.
　상황이 불리하게 돌아가는 것을 감지한 청기는 전 중원에 사람을 풀어 청기왕의 급질을 고칠 수 있는 명의를 찾았고, 그 명의가 바로 선주 사마의가의 사마추였던 것이다.
　"표향령이 교주의 지시를 받고 사마 낭자를 보호하려고 했던 이유는 그럼……."
　"교주의 직접 지시인지 아닌지는 아무도 알지 못해요."
　사마추의 대답에 옥단풍은 혼란을 느꼈다.
　"마교 교주는 수많은 권력자들에 의해 둘러싸여 있어요. 그들은 하나하나가 모두 야망을 가진 초절정의 고수들이에요. 교주는 인의 장막에 둘러싸여 있는 셈이지요."
　옥단풍이 잠시 생각에 잠겼다.
　어느 정도 내막을 파악할 수 있게는 되었지만 여전히 한 가지 중요한 사실이 의문으로 남아 있는 것이다.
　옥단풍이 사마추를 응시하며 단도직입적으로 물었다.
　"사마 낭자는 어떤 연유로 마교의 내부 사정에 대해 그리 소상히 알고 계시오?"
　옥단풍의 질문에 사마추는 조금도 동요하지 않았다. 이미

그런 질문을 예상하고 있었다는 태도였다.

"소녀 역시 마교 교도이기 때문이에요."

사마추가 옥단풍을 똑바로 응시하며 또박또박 대답했다.

옥단풍은 더욱 커다란 혼란을 느껴야 했다.

"엄밀히 얘기하면 합밀사(闔密司)의 일원이에요."

"합밀사? 그건 또 무엇이오?"

"교주의 명을 받고 마교도들의 교규 위반을 감찰하는 곳이죠. 대외적으로 철저히 비밀에 붙여져 있는 조직일 뿐 아니라 마교 내에서도 합밀사의 존재를 아는 사람은 극히 제한적이에요."

옥단풍이 굳은 얼굴로 사마추를 응시했다.

"그렇다면 낭자는 이제껏 무공을 감추고 있었단 말씀이오?"

옥단풍은 그렇게 물어보면서도 스스로 그 질문이 얼마나 어이없는 질문인지 여실히 깨닫고 있었다.

무공을 감추고 있었다면 옥단풍이 모를 리가 없다.

그녀를 안고 근 백여 리를 달려온 옥단풍이 사마추가 아무리 교묘하게 일신의 무공을 감춘다 해도 모를 수가 없는 것이다.

사마추가 고개를 가로저었다.

"소녀는 진실로 무공을 익힌 적이 없어요. 소녀가 합밀사의 일원이 될 수 있었던 것은 변변치 못한 의술 때문이죠. 합밀사의 활동엔 용독(用毒)과 해독(解毒)이 필수적이에요."

그제야 옥단풍은 어느 정도 수긍이 갔다.

그와 같이 은밀한 활동을 하고, 또 은밀히 벌어지는 교 내의 범죄 행위에 대해 조사를 벌이자면 독은 필수적으로 다루어야 할 것이다.

"백동기는……."

"백 랑은 합밀사의 군사예요."

화제가 백동기에게로 옮겨지자 옥단풍은 다시 현실로 돌아온 느낌이었다.

옥단풍은 자신이 선주에 온 이유를 떠올렸다.

강호에 나온 이후 옥단풍이 전 중원을 이 잡듯이 뒤지며 찾아 헤맨 것이 무엇이었던가?

바로 가문의 흉수였다.

가문의 흉수를 밝혀내기 위해 흑림의 조직에도 가담했다.

흉수를 밝혀낼 수만 있다면 옥단풍은 무엇이든 할 준비가 되어 있었다.

그리고 검에서 붉은빛이 도는 흉수의 정체가 혈의사자라는 것까지 밝혀냈지만 혈의사자라는 이름 넉 자 이외에 아직까지 아무것도 밝혀내지 못했다.

그리고 선주에서 한 명의 유력한 용의 인물을 찾고자 왔던

것이다.

오추홍(吳推鴻).

무림에는 전혀 알려진 바가 없는 인물이지만 그는 한때 흑림에서는 전설적인 존재로 군림하던 인물이다.

그에게 주어진 임무는 어느 것 하나도 실패한 적이 없었다.

또한 그가 추적해서 끝내 찾아내지 못한 인물이 없었다.

옥단풍은 꽤 오랜 세월 동안의 조사 끝에 가문이 참사를 당할 무렵에 오추홍이 흑림에서도 이유없이 사라졌다는 사실을 알아냈다.

또한 혈의사자라는 이름이 오추홍의 입에서 흘러나왔다는 사실도 알았다.

옥단풍은 수년간 오추홍을 쫓아 중원의 남북을 이 잡듯이 뒤졌다.

난주에서 기문향자를 잡았던 것도 오추홍의 행방을 캐기 위해서였다.

기문향자는 옥단풍의 분근착골의 고문 수법에도 끝내 입을 열지 않았다. 기문향자 역시 흑림에서 뛰어난 활약을 하던 자였다.

흑림의 세계는 매우 복잡하다.

서로 다른 조직을 위해 음지에서 일하지만 그들은 때로는 서로 동지가 되기도 하고, 때로는 원수가 되기도 한다.

모든 것은 오직 달성하고자 하는 자신의 목적과 관련이 있을 뿐이다.

옥단풍이 상념에 잠겨 있는 동안 사마추가 다시 입을 열었다.

"옥 소협, 합밀사는 지금 백척간두의 위기에 놓여 있어요."

옥단풍이 의아한 얼굴로 사마추를 응시했다.

합밀사가 교주의 직접 지휘를 받으며 교 내의 은밀한 불법 행위을 적발하는 기관이라면, 마교 내의 권력이나 위상은 한두 마디로 표현하기 어려울 정도로 막강할 것이었다.

그런 합밀사가 붕괴 일보 직전이라는 말이 선뜻 마음에 와 닿지 않는 것이다.

"십 년 전에 합밀사는 우연히 마교 내에 비밀 결사가 있다는 사실을 발견했어요."

"십 년? 사마 낭자가 마교에 가담한 게 십 년이나 된 일이란 말이오?"

"그렇지는 않아요. 소녀가 합밀사에 가담한 것은 백 량 때문입니다."

"아……!"

"합밀사는 마교 내에서도 각 분야에서 가장 뛰어나다고 평가받는 젊은 인재들로 구성되어 있었어요. 교주의 전폭적인 지원 하에 갖추어진 조직이기 때문에 마교오기조차 합밀사에

서 인재를 선출해 간다면 감히 반대를 하지 못했지요."

"그렇겠구려."

"그런데 그런 합밀사가 그 비밀결사를 조사하다가 오히려 붕괴 직전에까지 이르게 된 것이니……."

"그 비밀결사가 도대체 어떤 자들이기에……."

"십 년이 지났지만 합밀사가 밝혀낸 건 그 비밀결사의 이름이 청방(靑幇)이라는 이름으로 불린다는 사실 하나밖에 없어요."

"청방……."

"아, 또 하나… 청방이 과거 마교의 가장 큰 비극으로 기록된 옥산의 혈사에 직접적인 관련이 있다는 사실도 밝혀냈지요."

순간 옥단풍의 안면 근육이 움찔하고 경련했다.

옥단풍의 두 눈이 찢어질 듯 부릅떠졌.

"옥산의 혈사… 라고 하셨소?"

사마추가 의아한 얼굴로 옥단풍을 바라보았다.

"옥산의 혈사를 옥 소협도 알고 계신가요?"

옥단풍이 서둘러 고개를 가로저었다.

"아니오. 마교의 일인 모양인데 소생이 어찌 알겠소."

"옥산의 혈사는 마교가 지금처럼 철저하게 분열되는 계기가 된 사건이었다 하더군요."

"글쎄, 옥산의 혈사가 무엇인지 모르겠지만……."

옥단풍의 말끝이 가늘게 떨리고 있었다.

"그 와중에 아마도 마교와 전혀 관계 없는 사람들도 참화를 입었겠소이다."

"그런 일은 없어요. 전혀. 마교는 절대로 명분없는 살인은 하지 않아요. 마교 내에서의 분쟁이라면 무슨 짓이든 하지만 대외적으로 명분이 서지 않는 살인은 결코 하지 않아요."

옥단풍이 멍한 얼굴이 되었다.

"그렇다면……."

옥단풍이 붉게 충혈된 눈으로 사마추를 노려보며 뭔가 물어보려다 이내 말끝을 흐렸다.

그리고는 길게 한숨을 내쉬고는 다시 차분한 안색으로 돌아와 입을 열었다.

"이제 낭자는 어떻게 할 셈이오?"

사마추가 옥단풍의 눈에 띄는 행동의 어색함을 놓치지 않고 눈여겨보았다.

그러나 옥단풍이 설명하지 않는 이상 사마추도 더 이상 캐물을 수는 없는 노릇이었다.

사마추가 길게 한숨을 내쉬고는 다시 차분하게 입을 열었다.

"소녀가 옥 소협께 이 모든 사실을 설명한 이유는……."

사마추가 말을 끊고 마른침을 꿀꺽 삼켰다. 그녀는 손바닥에 땀이 차는지 손바닥을 펴서 옷자락에 문질러 닦았다.

그리고는 절실한 얼굴이 되어 옥단풍을 똑바로 쳐다보았다.

"백 랑을 구해줘요, 옥 소협."

"으잉?"

옥단풍은 의외의 말에 깜짝 놀랐다.

"백 랑은 지금……."

사마추가 말끝을 흐리며 고개를 떨구었다.

그녀의 손등에 눈물 한 방울이 떨어져 굴렀다.

옥단풍은 가슴이 답답해져 옴을 느꼈다.

아, 젠장할! 이 무슨 짓인가?

사마추가 고개를 들었다. 눈에 눈물이 가득 고여 있었다.

"아까 쪽지 보셨지요? 그건… 그냥 시구가 아니에요. 합밀사에서 통용되는 비문이에요."

옥단풍이 쪽지의 내용을 떠올렸다.

로적천밀 하시봉, 길은 붉고 하늘은 아득하니 언제 또 만나리.

사마추의 볼을 타고 눈물이 흘러내렸다.

"백 랑은 합밀사의 수령인 합밀사령 백마흔을 구하기 위해 스스로 인질이 되었다는 뜻이에요."

옥단풍이 고개를 가로저었다.

사마추의 얘기는 도무지 종잡을 수가 없었다.

수령을 구하기 위해서 왜 스스로 인질이 된단 말인가? 만약 청방이라는 자들이 합밀사의 수령을 이미 손에 넣었다면 백동기가 인질이 된다 한들 풀어줄 리가 없다. 오히려 둘 다 손아귀에 넣을 좋은 기회가 아닌가?

"제 말씀을 믿지 못하시는군요."

사마추가 고개를 떨구며 두 손으로 얼굴을 감쌌다.

그야말로 한 떨기 수선화가 몰아치는 폭풍우 속에서 위태롭게 떨고 있는 모습이었다.

옥단풍이 한숨을 내쉬며 급히 말을 이었다.

"어찌 낭자의 말을 믿지 못하겠소. 그런 게 아니라……."

"괜찮습니다. 흑흑… 믿지 못하시는 것도 이해해요. 흑흑흑."

사마추는 어깨를 들썩이며 구슬프게 눈물을 흘렸다.

옥단풍이 그 모습을 지켜보다가 끝내 한숨과 함께 입을 열었다.

"내가 어떻게 해줬으면 좋겠소?"

사마추가 화들짝 고개를 들었다. 눈물로 범벅이 된 그녀의 얼굴은 오히려 청초해 보여 더욱 아름다웠다.

"쪽지에서 로적이 가리키는 것은 지명으로 신강(新疆)을

의미해요."

 사마추가 결사적으로 매달리듯 설명했다. 그녀는 옥단풍이 행여 마음이라도 변할까 두려워하는 듯이 보여 옥단풍으로 하여금 더욱 가슴이 아려오는 고통을 느끼게 했다.

 백 랑. 백동기가 도대체 어떤 자이기에 이 여인이 이토록 절실하게 내게 도움을 청하는가.

 "천밀은 하늘이 아득하다는 뜻이니 하늘이 가까운 곳을 의미해요. 천산(天山)이죠."

 "그럼 하시봉은……."

 "천산엔 하시봉(夏示峰)이라는 봉우리가 있어요."

 옥단풍이 고개를 끄덕였다.

 천산의 하시봉은 옥단풍도 알고 있다. 험준한 곳이다.

 천산은 여름에도 눈이 녹지 않는 곳이지만 하시봉은 아예 빙벽으로 이루어진 봉우리다. 사람들이 그 봉우리의 이름을 여름이 시작한다는 뜻의 하시봉이라 지은 것은 역설적으로 여름이 없다는 것을 의미했다.

 "백동기가 지금 그곳에 있다는 뜻이오?"

 사마추가 고개를 끄덕이며 옥단풍을 애처롭게 바라보았다.

 옥단풍이 한동안 생각에 잠겼다.

 옥단풍에겐 그 무엇보다도 오추홍의 행방을 추적하는 일

이 시급했다.

그러나 옥산의 혈사가 마음에 걸렸다.

옥산은 바로 옥단풍이 태어난 집에서 멀지 않은 곳에 위치한 산이다.

마교에서 말하는 옥산의 혈사가 만약 가문의 참화와 어떤 식으로든 관련이 있다면, 이것은 매우 중대한 실마리가 되는 것이다.

이윽고 옥단풍이 결심한 듯 말끔한 표정이 되어 입을 열었다.

"그럼 일단 장원으로 돌아가 필요한 조치들을 취한 후 출발하기로 합시다."

"네, 옥 소협."

사마추가 벌떡 몸을 일으켜 옥단풍을 금방 안기라도 하려는 자세로 반색했다가 이내 수줍은 듯 얼굴을 붉혔다.

그녀는 옥단풍의 승낙이 기쁘기 짝이 없는 듯 배시시 웃기까지 했는데, 눈물로 얼룩진 얼굴에 떠오른 천진해 보이기까지 한 미소는 그야말로 눈이 부실 지경이었다.

옥단풍이 쓴웃음을 머금으며 고개를 돌렸다. 왠지 씁쓸하기 그지없었다.

탁발한은 아예 사마장천을 옆구리에 끼고 북백서화의 외

진 골목을 내달렸다.

 청기의 소군주와 편 노공, 그리고 척살대원들이 버티고 있는 곳에서 빠져나올 수 있었던 건 천운이다.

 사마호의 희생이 있었지만 무엇이든 계산대로 되지 않고 단 하나만 어긋났어도 지금쯤 어떻게 되었을지 생각하면 끔찍한 일이었다.

 사마장천은 잠둔술로 장원을 빠져나올 때까지만 해도 정신이 없었는지 아무 말도 못하고 파랗게 질려 있다가 거리로 나서자마자 장원으로 돌아가겠다고 난리를 쳤다.

 사마호의 뇌수가 흩어지는 모습을 못 본 건 차라리 다행이었다.

 그렇지 않았으면 아무리 사마호가 너를 살리기 위해 스스로를 희생했으니 그 희생을 헛되이 하지 말라는 호통 따위도 전혀 소용이 없었을 것이다.

 거리는 쥐 죽은 듯 고요했다.

 요즘의 선주 상황이라면 모두들 집 안에 틀어박혀 두문불출하는 것이 조금도 이상하지 않았다.

 몇 개의 골목길을 돌아 나왔을 때 탁발한이 문득 걸음을 멈추었다.

 인적도 없는 골목길은 적막했다. 거대한 장원들만 을씨년스럽게 서 있는 가운데 탁발한은 찌르는 듯한 예기를 느낀 것이다.

 탁발한이 뒤로 두어 걸음 물러섰을 때 등 뒤에서 날카로운 예기가 찔러왔다.

 탁발한이 즉각 몸을 옆으로 기울이자 검날 하나가 어깨를 스치며 불쑥 앞으로 지나쳐 내밀어졌다.

 탁발한의 한 손이 어느새 검을 잡은 자의 손목을 갈고리처럼 움켜쥐고 있었다.

 십팔금룡수였다.

 탁발한은 이제 본신의 무공을 감출 생각이 없는지 더 이상 육합권은 사용하지 않았다.

 아니, 육합권 따위를 쓰면서 여유를 부릴 상황이 아니었다.

 우드득!

 손목이 뒤로 구십 도 이상 꺾이며 습격한 자가 참혹한 비명을 내질렀다.

 "크아악!"

 어느새 그자로부터 검을 빼앗은 탁발한이 그자를 지나쳐 가자 번득하고 허공에 한줄기 검의 궤적이 환영처럼 떠올랐다 사라졌다.

 탁발한이 저만치 달려가고 나서야 전신을 녹색 장삼으로 치장한 무사 하나가 목 위의 물건을 땅 위로 굴러 떨어뜨리며 쓰러지고 있었다.

탁발한은 다시 방향을 잡고 뛰고 있었다.

녹색 장삼을 걸친 무사는 척살대에 비해서는 한 수 아래처럼 느껴졌지만 적들은 숨어 있고, 이쪽은 노출된 상태다.

더군다나 한 손으론 사마장천을 끼고 있어서 행동이 부자유스러울 수밖에 없으니 더욱 불리한 상황이었다.

'녹기(綠旗)로군. 녹기가 청기에 협력한다면 청기는 날개를 단 셈이 될 텐데……'

그때 옆쪽의 장원 처마 밑에서 뭔가 흰빛이 번득였다.

일순 탁발한이 지면을 차며 바닥을 뒹굴었다.

탁발한이 서 있던 자리에 하얗게 은침들이 쏟아졌다. 그야말로 간발의 차이였다.

몸을 굴렸던 탁발한이 미처 몸을 세우기도 전에 허공에서 녹색 그림자들이 어른거리며 쏟아져 내렸다.

녹기의 무사들이었다.

탁발한이 몸을 일으키지도 못하고 재차 뇌려타곤의 수법으로 몸을 굴리며 허공을 향해 검을 휘둘렀다.

녹기무사들의 검이 튕겨져 나가며 요란한 금속성이 울려 퍼졌다.

탁발한이 재빨리 몸을 일으켜 담벼락을 등지고 섰다.

녹기무사들은 스무 명도 넘어 보였다.

탁발한은 검을 겨누며 머리 속으로 속전속결을 위한 수법의 조합을 그리고 있었다.

　시간을 끌면 끌수록 불리하다.

　호흡을 가다듬은 탁발한이 지면을 차며 튀어나갔다.

　탁발한의 검이 허공에 번득이자 피가 튀며 두 명의 녹기무사가 쓰러졌다.

　그 순간 탁발한의 발이 지면을 찼다.

　방향이 구십 도로 꺾이며 반대쪽 녹기무사들 속으로 뛰어들었다. 탁발한의 발길이 한 녹기무사의 턱을 걷어 올렸다.

　쩔꺽.

　턱이 들리며 녹기무사가 나가떨어졌다.

　그 서슬에 탁발한의 신형이 훌쩍 허공을 날아 한 채의 장원 지붕을 밟고 재차 도약했다.

　그야말로 눈 깜짝할 사이에 녹기무사의 무리를 벗어난 탁발한이 장원의 지붕 하나를 더 뛰어넘자 건너편 장원의 지붕 위에 언뜻 그림자 하나가 비쳤다.

　탁발한은 그것이 짙푸른 녹색의 장삼을 걸친 젊은 여인의 것임을 얼핏 보았다.

　탁발한이 다시 한 번 도약하며 장원 하나를 뛰어넘었을 때 아래쪽엔 예의 녹색 무사복을 단단하게 차려입은 젊은 여인이 날이 넓은 귀두도 한 자루를 가슴에 비스듬히 안고 기다리고 있었다.

탁발한은 여인의 전면 삼 장여 거리에 내려서며 더 이상 도약할 수 없다는 것을 깨달았다.

 그녀가 서 있는 위치는 탁발한이 다시 도약한다면 어느 방향으로 뛰든 모두 시야에 잡힐 뿐 아니라 손을 쓴다면 여지없이 탁발한의 빈틈이 노출되는 그런 위치였던 것이다.

 탁발한이 숨을 고르며 검을 겨누었다.

 뒤쫓고 있는 녹기무사들이 당도하자면 숨 서너 번 더 쉴 여유는 있을 것이다.

 그런데 눈앞의 녹의여인은 결코 호락호락해 보이지 않았다.

 "용케도 빠져나왔구나. 소군주께서 네놈 때문에 크게 노여워하고 계시다더군."

 녹의 무복 여인이 쉰 듯한 음성으로 천천히 말을 이었다.

 그녀는 결코 빼어난 미모라고 할 수는 없었지만 가늘고 길게 뻗은 두 눈이 묘하게 사람의 눈길을 끄는 그런 인상을 가지고 있었다.

 "녹기……."

 녹의녀가 탁발한의 말에 짧게 웃었다.

 "네놈은 의외로 많은 것을 알고 있구나. 그만큼 명이 짧아질 테지만 말이다."

 뒤쪽에서 옷자락 펄럭이는 소리가 들려오고 있었다. 만약 여기서 녹기무사들에게 포위당한 채 이 녹의녀와 싸워야 한다면, 그건 또다시 아까 청기의 척살대에 둘러싸인 상태와 조금도 다름없을 것이다.

 탁발한은 살수를 쓰기로 마음먹었다.

 "좀 더 대화하고 싶지만 사정이 여의치가 않구나."

 탁발한이 말과 함께 번쩍 몸을 날렸다.

 순간 뇌성벽력과도 같은 우렛소리가 은은하게 울려 퍼지며 탁발한의 검이 현란한 무지개를 허공에 줄기줄기 뿌렸다.

 녹의녀의 눈이 가볍게 흡떠졌다.

 "천지충검?"

 탁발한이 지금 펼친 검법은 바로 천지충검이었다.

 천지충검(天地沖劍).

 오직 흑림의 인물들만이 익힐 수 있는 수법이다. 그것도 흑림의 인물이라 해서 아무나 익힐 수 있는 검법은 아니었다. 흑림에서도 몇몇 최고수들만이 이 검법을 알고 있다.

 또한 천지충검을 만약 칠성 이상 연성한다면 가히 천하에 적수가 없을 거라는 말이 있을 정도의 뛰어난 검법이었다.

 당연히 흑림에서도 천지충검을 칠성 이상 연성한 사람은 거의 없다. 단 삼성만 연성해도 흑림에서조차 가히 대적할 적수를 찾기 힘든 검법이었다.

 탁발한은 천지충검을 오성까지 연성했다. 그 사실 하나만

으로도 탁발한이 흑림에서 차지하는 위치가 상상을 초월하는 것임을 알 수 있었다.

 탁발한의 검이 회오리를 일으키며 녹의녀를 휘감아갔다.

 녹의녀가 아연 긴장한 얼굴이 되어 귀두도를 마주 휘둘러왔다.

 눈분신 은빛이 허공에서 격렬하게 교차했다.

 캉캉캉!

 연이어 세 번의 충돌이 있은 후 탁발한의 검이 교묘하게 녹의녀의 엄밀한 수비망을 뚫고 찔러 들어갔다. 흑림의 수법인 천지충검의 위력이 유감없이 발휘되고 있었다.

 그러나 녹의녀의 귀두도는 단 한 치의 어긋남도 없이 호선을 그리며 되돌아와 탁발한의 검을 튕겨냈다.

 캉!

 탁발한은 검이 튕겨지며 손목에 강한 충격이 전달되는 것을 느꼈다.

 고수다.

 기실 탁발한이 한 손에 사마장천을 안고 있는 데다 자신의 병기가 아닌 빼앗은 검으로 시전한 천지충검이었기 때문에 도저히 전력을 기울일 수 없는 상황이었다. 그렇다 해도 천지충검을 막아낸 녹의녀는 상상 이상으로 뛰어난 고수임에 틀림없었다.

청기의 편 노공에 비한다 해도 결코 뒤떨어지지 않았다. 어쩌면 편 노공 이상의 고수일지도 몰랐다.

'녹기에도 이런 인물이 있었단 말인가?'

탁발한은 이미 녹기에 대한 정보도 상세하게 파악하고 있었지만 지금 눈앞의 녹의녀에 대해서는 아무것도 짐작할 수가 없었다.

그 순간 녹의녀의 귀두도가 다시 현란한 무지개를 그리며 날아들었다.

쾌속하고 강력하며 잘 절제된 칼질이었다.

탁발한은 감히 방심하지 못하고 황급히 검을 휘둘러 막아갔다.

만약 탁발한이 한 손에 사마장천을 안고 있지 않았다면 오성의 천지충검만으로도 어쩌면 벌써 녹의녀를 제압하고 남았을 것이다. 그러나 초고수들 간의 싸움에선 이와 같은 작은 제약조차 굉장히 크게 작용하는 법이 아니던가.

녹의녀의 귀두도가 호선을 그리며 탁발한의 검망 사이를 꿰뚫으려 어지러운 변화를 일으켰다.

탁발한이 황급히 연달아 세 초식을 더 펼치고서야 녹의녀의 귀두도를 완전히 튕겨냈지만 연신 수세에 몰릴 수밖에 없는 궁지로 몰리고 말았다.

요란한 파공성과 함께 녹의녀의 귀두도가 끝내 탁발한의

옷자락 하나를 베어냈다. 만약 탁발한이 조금만 늦게 대응했다면 지금쯤 잘려 나간 건 옷자락이 아니라 한쪽 팔이었을 것이다.

"언제까지 그렇게 견뎌낼지 두고 보겠다."

녹의녀가 쾌속무비하게 귀두도를 휘둘러 왔다.

설상가상으로 뒤쫓던 녹의무사들이 허공에서 떨어져 내리고 있었다.

탁발한은 낭패한 표정이 되었다.

탁발한이 검을 어지럽게 휘둘러 녹의녀의 귀두도를 막아내자 뒤이어 녹의무사들이 검을 휘두르며 달려들었다.

탁발한은 이런 상태로 더 시간을 지체하다간 오도 가도 못할 상황이 될 것임을 느꼈다.

일순 탁발한이 돌연 번개같이 녹의녀의 품 안으로 뛰어들듯 몸을 날렸다.

녹의녀가 깜짝 놀라 황급히 귀두도를 휘두르려는 순간, 탁발한의 입이 둥그렇게 오므려졌다가 뭔가를 푸우 하고 쏘아냈다.

"꺄아악!"

녹의녀가 얼굴에 번득이는 은빛 하나를 맞으며 참혹한 비명을 터뜨렸다.

얼굴이 온통 피범벅이 된 녹의녀가 귀두도를 내던지고 양

손으로 얼굴을 감싸 쥐며 비틀거렸다.

 녹의무사들이 모두 기겁을 하며 놀라는 표정으로 일시 손길을 멈추었다.

 상상도 하지 못했던 일이 벌어진 것이다.

 녹의무사들의 상전인 녹의녀, 접홍은 녹기에서는 이제껏 불패를 자랑하던 고수였다.

 녹기왕이 가장 믿고 신임하는 수하였으며, 녹기의 일곱 당주 중 가장 고강한 무공을 자랑하는 고수였다. 접홍과 같은 고수가 두 명만 더 있었어도 녹기가 청기와 홍기에 비해 결코 뒤질 것이 없다고 늘 한탄하던 녹기왕이었다. 그런데 지금 이름도 모르는 무명의 떠돌이 무사에게 당하고 만 것이다.

 그 순간을 이용해 탁발한의 신형이 용수철처럼 도약하며 옆 장원의 지붕을 딛고 쏜살같이 쏘아갔다.

 녹의무사들이 예상치 못한 결과에 모두 넋을 잃고 멍하니 바라만 볼 뿐 어찌할 바를 모르고 있었다.

 녹의녀 접홍이 얼굴에서 손을 떼며 버럭 고함을 내질렀다.

 "어서 뒤쫓지 않고 무엇들 하고 있느냐?"

 그녀의 얼굴은 온통 시뻘건 선혈로 물들어 야차와도 같은 형상이었다.

 그녀의 얼굴 곳곳에 크고 작은 자상이 선혈을 흘러내고 있었다.

도대체 탁발한이 입으로 발출한 것이 무엇이었는지 궁금하기까지 한 모습이었다.

녹의무사들이 일제히 허둥지둥 탁발한이 사라진 방향으로 몸을 날렸으나 탁발한의 모습은 이미 시야에서 사라지고 없었다.

접홍은 얼굴에 온통 벌침을 놓은 듯한 쓰라린 통증을 느끼며 공력을 운기해 요혈을 점검했다.

다행히 얼굴의 상처는 표피의 상처에 불과했다. 놀랍게도 탁발한이 입으로 쏘아낸 것은 다른 어느 것도 아닌 스스로의 침이었다. 입 안에 고인 침을 모아 공력을 실어 쏘아내는 수법은 흑림이 아니면 어디에서도 찾아볼 수 없다.

그제야 마음이 어느 정도 놓인 녹의녀가 허공을 매섭게 노려보았다.

"비타행공(飛唾行功)? 설마 비타행공이란 말인가?"

탁발한이 시전한 그와 같은 공격을 접홍은 들어본 적이 있었다.

흑림의 유명한 조직인 귀루(鬼樓)의 독문 수법이다.

귀루는 흑림의 삼대조직 중 하나라고 알려져 있다.

철저한 점조직으로 이루어져 있어 귀루의 실체에 대해서는 강호에 알려진 게 전혀 없다.

귀루의 루원을 흑림의 세계에선 암행자라고 부른다.

심지어는 귀루의 루원조차 다른 루원의 신상에 대해 아는 것이 아무것도 없다.

그야말로 철저하게 그늘로만 움직이는 지하 요원들로 이루어진 곳이다.

그러나 귀루의 수행 능력은 흑림에서도 정평이 나 있다.

의뢰받은 일은 하늘이 두 쪽이 나도 반드시 목적을 달성하고서야 손을 떼는 조직이다.

"설마 귀루의 암행자는 아니겠지?"

접홍이 심각해진 얼굴로 허공을 응시하며 중얼거렸다.

귀루의 암행자라면 문제는 심각해진다.

그들은 상대가 누구이든 한번 적으로 삼고 나면 상대가 멸망하며 풀 한 포기조차 살아남지 않을 때까지 싸운다.

녹기가 귀루를 두려워하는 것은 아니지만, 그렇다고 무시하고 넘어갈 상대는 결코 아닌 것이다.

접홍의 안색이 더욱 심각해져 있을 때 낭랑한 소녀의 음성이 들려왔다.

"귀루의 암행자가 맞을 거야."

"아, 소군주!"

접홍이 황급히 공손한 자세를 취했다.

접홍의 뒤편 지붕 위에 소군주가 짙푸른 청색 궁장을 바람에 펄럭이며 서 있었다.

"접홍, 결국 너도 놈을 놓쳤구나."

"송구하옵니다, 소군주."

접홍이 황급히 고개를 숙였다.

"깔깔! 청기도 놈을 놓쳤으니 부끄러워할 필요는 없어."

접홍이 말을 잇지 못했다.

"조금 전에 보고를 받았어. 표향령이 선주에 와 있다는군."

"표향령이 선주예요?"

접홍이 깜짝 놀라 되물었다.

소군주가 입술을 잘근잘근 씹으며 고개를 끄덕였다.

"사마추를 표향령이 데리고 있을 거라는군."

"그렇다면 교주께서 이번 일을 방해하신다는 말씀입니까?"

"그런 셈이지."

"교주께선 녹기에 사자를 파견해 청기를 도와주라고까지 분부하셨는데 어떻게……. 이해할 수가 없군요, 소군주."

소군주가 스산하게 웃었다.

"접홍, 너는 마교에서 벌어지고 있는 일 중 무엇은 이해되던가?"

접홍이 말을 잇지 못했다.

"한편으론 웃으면서 손을 내밀고, 다른 한편에선 등에 비수를 꽂아 넣지."

어린 소군주의 입에서 흘러나온 말이었으므로 매우 기괴하게 들렸다.

"접홍, 너도 마찬가지야. 녹기왕도 마찬가지고. 지금은 이렇게 동지임을 주장하지만 언제 돌아서 청기의 등에 비수를 꽂을지 알 수 없는 일이잖아?"

소군주가 빙글빙글 웃는 듯한 시선으로 접홍을 응시했다.

접홍은 뭐라고 대답할 말을 찾지 못해 난처한 표정을 짓고 서 있었다.

맞는 말이었다.

언제 다시 적이 될지 모르는 것이다.

마교는 보이지 않는 전쟁터라고 해야 옳았다.

不良武士

第五章

不良武士
불량무사

황산(黃山)은 예로부터 중원오악 중 하나로 꼽히는 명산이다.

 험준하면서도 아기자기한 산세가 이루는 경관이 빼어나기도 하고, 사시사철 따듯한 기후로 인해 온갖 종류의 기화이초가 자생하는 명산이기도 했다.

 그 황산의 중턱에 거대한 장원이 하나 자리하고 있다.

 바로 강호에서 그 유명한 오리장검(五里藏劍) 십리하마(十里下馬)라는 말을 만들어낸 강호오대세가의 일원이요, 무적의 검가로도 일컬어지는 남궁세가의 본가다.

남궁세가가 강호에서 차지하는 위치란 가장 영향력이 큰 열 개의 문파 중 하나로 꼽힐 정도이니 남궁세가의 십 리 밖에서부터 말을 타고 있다면 내려야 하고, 또 오 리 안으로 들어오면 신분 여하를 막론하고 모두 검을 감추어야 한다는 말이 결코 무리가 아니었다.

 그런데 지금 한 필의 백설같이 새하얀 설리총이 한 사람을 태우고 그 남궁세가를 향해 달리고 있었다.

 십 리 밖에서부터 말을 내려야 하는 불문율 따위는 아랑곳없다는 듯 마상의 인물은 거침없이 말을 몰아 황산의 산기슭을 달리고 있는 것이다.

 그뿐인가?

 그의 말안장엔 한 자루의 검이 보란 듯이 걸려 있다.

 그는 십리하마를 무시했을 뿐만 아니라 오리장검 또한 헛소리로 돌리고 있는 것이다.

 말안장에 건 검은 투박한 가죽 검집에 꽂혀 있었다.

 검날이 보이지 않으니 그 검이 어떤 유의 검인지 도시 알 길은 없으되 검집의 밖으로 삐죽 나온 검의 손잡이를 보자면 매우 특이한 검임은 분명했다.

 여타의 검들이 보검이건 평범한 검이건 간에 검의 손잡이는 손아귀에 가장 쥐기 편한 모양으로 음각한다.

 게다가 대개는 신분을 상징하는 고유의 문양을 새겨 넣기

도 해서 검의 손잡이만 보고도 그가 누구인지 알 수 있는 사람들도 있다.

검의 고수들이 대부분 그렇게 하는 법인데 지금 마상에 오른 인물의 검 손잡이는 그저 뭉툭하고 투박한 원통형이다.

그 재질이 무엇인지 알아보기 힘들 정도로 오랜 손때를 타윤이 반질반질하게 난 검의 손잡이는 그 모양만으로는 오히려 쥐고 휘두르기가 더 불편한 모양새를 하고 있었다.

설리총은 강호에서도 손꼽히는 명마다.

하루에 천 리를 달린다는 천리마들이 대부분 설리총이고, 아주 보기 드문 한혈마를 제외하고는 천하에서 가장 훌륭한 마필이라고 일컬어진다.

지켜보는 이라면 설리총에 올라앉아 특이한 검을 안장에 걸고 남궁세가의 절대적인 힘이 미치는 황산 기슭을 거침없이 달리는 마상의 인물이 도대체 어떤 인물인지 궁금해지지 않을 수 없었다.

마상엔 전신을 짙푸른 청삼으로 감싼 대략 십팔구 세의 청년이 앉아 있었다.

단정하게 빗어 넘긴 머리는 역시 장삼과 똑같은 색인 청색 머리띠로 질끈 동여맸다.

그 아래 관옥 같은 얼굴이 햇살을 받아 눈부시게 빛나고 있다.

사람의 얼굴이 빛난다고 하면 매우 우스꽝스러운 표현이 될 터이지만 어쩌랴. 사실이 그러한걸.

달리 표현할 방도가 없는 것이다.

실로 청년은 햇빛조차 빛을 잃을 정도로 눈부시게 잘생겼다.

여인의 그것처럼 해맑은 피부는 차치하고 마치 옥을 깎아 빚은 듯한 이목구비는 차라리 여인이라 해도 그보다 섬세하지 못할 듯했다.

섬세하기만 하면 어찌 장부의 얼굴이라 하리오.

그토록 섬세하게 균형이 잡힌 이목구비는 검고 짙은 눈썹과 한일자로 굳게 닫힌 입술과 어우러져 웅혼하고 당찬 사내의 기상을 느끼게 하기에 충분하고도 넘쳤다.

한마디로 흠잡을 곳이 없는 미공자였다.

설리총은 황산의 남궁세가를 향해 조금도 속도를 늦추지 않고 내달렸다.

필시 설리총이 향하는 행선지가 남궁세가임은 누가 봐도 자명한데 아무리 천하의 미공자라 해도 감히 남궁세가의 바로 턱밑까지 말을 몰고 오고, 더군다나 검까지 감추지 않고 있으니 목숨이 열 개라도 모자랄 지경임은 자명했다.

아니나 다를까, 설리총이 남궁세가와 채 백 장 거리도 남겨 놓지 않았을 때 웅장하게 닫혀 있던 남궁세가의 산문이 요란

한 소리를 내며 열렸다.

이어 청색 수실을 검의 손잡이에 단 남궁세가의 제자들이 우르르 몰려 나왔다.

청색 수실을 달았다면 이미 색사연을 두 번 거친 제자들이다. 소위 검강을 발출할 줄 아는 검의 고수들인 것이다. 용봉검객조차 청색 수실이었지 않았는가.

그러나 설리총의 인물은 그런 것 따윈 아랑곳없이 말고삐를 당길 생각조차 없는 듯 조금도 속도를 늦추지 않고 내달리고 있었다.

한데 기이한 것은 남궁세가의 제자들이다.

그들은 나오자마자 산문의 좌우에 길게 늘어서 마치 하나의 통로를 만들듯 도열해 서는 것이 아닌가?

곧이어 남궁세가 안에서 검에 금색 수실을 단 창노한 노인들이 천천히 걸어나왔다.

그 중앙엔 놀랍게도 현 남궁세가의 가주이자 남궁세가가 배출한 검성 남궁호제가 끼어 있지 않은가?

이윽고 설리총이 이들의 앞에 다다르자 마상의 준미한 청년이 고삐를 가볍게 당겼다.

설리총은 그토록 빨리 달려왔음에도 주인의 뜻을 알아듣는 사람처럼 순식간에 걸음을 멈추고는 투레질 한 번 하지 않는다.

참으로 탐나는 명마가 아닐 수 없었다.

가주인 남궁호제의 옆엔 그의 아우이자 남궁세가가 배출한 또 하나의 검성 남궁승제가 나란히 서 있었다.

이 두 사람만으로도 남궁세가의 전체나 다름없다고 얘기해도 과언이 아닌 대단한 신분의 사람들인 것이다.

남궁승제가 마상의 청년을 보며 가볍게 포권을 취했다.

"어서 오시오. 전갈을 받고 이렇게 기다리던 참이었소이다."

아아, 이 무슨 믿을 수 없는 일이란 말인가?

천하의 남궁세가의 이인자요, 역대 남궁세가가 배출한 열다섯 명의 검성에 포함되는 검의 절대 강자 남궁승제가 지금 아직 약관도 채 되지 않아 뵈는 새파란 젊은이에게, 그것도 건방지게 마상에 앉아서 내려다보고 있는 애송이에게 포권지례는 물론이요, 저처럼 공손한 어조로 손님을 맞이하는 말을 늘어놓을 줄은 누가 상상이나 했겠는가?

그런데 마상의 청년은 조금도 놀랍지 않다는 듯 태연한 신색으로 가볍게 고개를 끄덕이지 않는가?

그야말로 일반 강호인이 이 모습을 본다면 두 눈으로 직접 보고도 믿지 못할 것이다.

그뿐이랴.

"기왕의 환우는 차도가 있으신지요?"

이번엔 남궁세가의 가주 남궁호제가 입을 열어 공손하게 안부를 묻지 않는가?

그는 비록 포권지례는 취하지 않았지만 그건 한 가문의 수장으로서의 최소한의 자존심일 뿐, 그의 말투나 행동거지로 보아선 포권지례를 취한 것이나 크게 다를 바가 없어 보였다.

그제야 마상의 청년이 훌쩍 말 위에서 뛰어내렸다.

그러자 도열해 있던 청색 수실의 제자 둘이 빠른 동작으로 튀어나와 고삐를 건네받고, 다른 하나는 안장에서 청년의 검을 떼어내 양손으로 공손히 받쳐 드는 것이 아닌가.

두 제자는 비록 삼십대 초반의 나이로 보였지만 청색 수실을 무려 다섯 개나 달고 있다.

오청검이라는 뜻이다.

그 나이에 오청검이면 강호에 나간다면 어딜 가든 작은 방파의 수장 대우쯤은 받을 수 있는 뛰어난 인재들이었다. 그것도 천하의 검가 남궁세가의 제자이니 더더욱.

청삼의 청년은 으레 그래왔다는 듯 천천히 걸어와 남궁호제와 남궁승제의 앞에 이르러 그제야 가볍게 포권지례를 취했다.

"두 분, 오랜만에 뵙습니다."

말이야 공대하여 올리고 있었고 포권지례도 제대로 하고 있었지만 아무리 눈을 씻고 봐도 남궁가의 두 거물이 마치 모시는 공자를 맞이하는 자세로 보였고, 청년의 자세는 그것을 자연스럽게 받아들이는 모양새였다.
"어서 안으로 드시지요, 혁 공자."
남궁승제와 남궁호제가 자연스럽게 길을 비키며 청색 장삼 청년을 맞이했다.
그야말로 청색 장삼 청년이 주인이요, 나머지는 모두 그를 모시는 수하들과도 같은 광경이었다.
"그럽시다."
청삼의 청년이 가볍게 고개를 끄덕이며 터준 길로 당당하게 걸어 들어갔다.
그러고 보자니 청년에게선 이런 식의 예우나 대접이 너무도 익숙해 마치 몸에 잘 맞는 옷을 입고 있듯 자연스럽게 녹아들고 있었다.
그뿐이랴.
청년이 아무리 오만한 자세를 취하고 아무리 거만한 행보를 보여도 기이하게도 전혀 거부감이 느껴지지 않았다.
그런 기분은 그가 아주 오래전부터 그런 위치에서 그런 일들에 익숙해져 왔으리라는 상상을 가능하게 했다.
기왕… 혁 공자…….
굳이 남궁호제와 남궁승제의 말을 되새겨 보지 않더라도 그가 바로 마교에서 가장 장래가 촉망되는 세 명의 초신성 마

교삼성 중 하나이고, 또한 마교 내에서 가장 방대하고 강력한 세력을 구축하고 있는 청기의 기왕인 혁천린을 조부로 두고 있으며, 그의 뛰어남이 청기 사상 가장 강한 기왕으로 꼽혔던 혁천린을 능가한다 해서 이름의 마지막 자조차 조부의 이름자를 따서 지어준 청년.

바로 혁무린이 아니고 누구겠는가.

혁무린이 남궁세가에 들어서자 전 남궁세가가 오직 혁무린 한 사람을 맞이하는 일에 집중된 듯 모든 이목이 혁무린에게로 집중되었다.

혁무린은 이미 남궁세가의 방문이 처음이 아닌 듯 익숙한 걸음으로 본청의 넓은 취의청으로 들어섰다.

뒤를 따르던 청색 수실의 제자들은 모두 물러가고 소위 남궁세가의 가장 고위 신분인 열 명의 원로들만이 혁무린을 따라 취의청으로 들어갔다.

모두 육십이 넘어 보이는 원로들 속에 유독 아리따우면서도 당차 보이는 십대 후반의 소녀 하나가 눈에 띄었다.

남궁세가의 소가주인 남궁소혜였다.

그녀는 장차 남궁세가의 가주 위를 승계할 제일 순위 후보자이기도 했고, 현재 세 개의 금색 수실을 달고 있는 초절정의 고수이기도 했다.

남궁세가에서 금색 수실을 달 수 있는 사람은 열 손가락을 넘지 못한다.
　가주인 남궁호제와 또 하나의 검성인 남궁승제 두 사람이 다섯 개의 금색 수실을 달고 있다.
　검성만이 달 수 있는 것이다.
　금색 수실 네 개를 달게 되면 그때부터 남궁세가의 대소사에서 제외된다.
　오로지 검공 수련에만 매달리도록 특별히 배려하는 것이다.
　사금검은 바로 검성이 된다는 것을 의미했다.
　남궁소혜가 아직 스무 살도 안 되어 삼금검의 자격을 획득하자 남궁세가는 크게 흥분했다.
　현 가주인 남궁호제조차도 삼금검은 서른이 다 되어서야 획득했던 것이다.
　그러나 삼금검을 단 이후부터 남궁소혜의 검공은 좀체 늘어날 기미를 보이지 않았다.
　계산대로라면 이미 사금검을 달고 연공관으로 들어가 침식을 잊으며 검공 수련에 매진해야 할 때가 지났지만 아직도 삼금검에 머무르고 있는 것이다.
　남궁소혜는 혁무린을 오빠라고 부르며 가깝게 따르고 있었다.

그녀에겐 혁무린만이 세상에서 가장 뛰어난 사람이며 가장 존경하는 사람이고, 또한 가슴 깊이 사모하는 사람이기도 했다.

혁무린이 상좌에 자리를 잡고 앉자 원로들이 긴 탁자의 좌우로 나누어 자리했다.

혁무린이 잠시 원로들을 둘러보았다.

조금도 거리낌이 없고 당당한 수장의 자세가 몸에 밴 그런 모습이었다.

"사마의가의 사마추 일이 생각과는 다르게 진행되었더구려."

남궁호제가 난감한 표정이 되었다.

남궁승제가 가주인 형을 대신해 입을 열었다.

"혁 공자, 반포광이만으로도 충분히 처리할 수 있는 일이었던 것만은 틀림없소이다."

혁무린의 시선이 남궁승제에게 가 멎었다.

질책하는 시선도 아니었고 그렇다고 수긍하는 시선도 아니었다.

무색무취하며, 그의 마음속에 일고 있는 생각이 무엇인지 눈으로는 도저히 가늠할 수 없는 그런 눈빛이었다.

"두 떠돌이 무사가 그처럼 범상치 않은 자들일 줄은 아무도 상상하지 못했지요. 현재 신분 내력에 대한 조사가 진행

중이옵니다만… 곧 밝혀질 것이옵니다."

"그래요."

혁무린이 고개를 끄덕였다.

"곧 밝혀지겠지요."

"그보다 계획에 차질이 생겨 기왕께 심려를 끼쳐 드렸으니 이 송구함을 어찌 말로 표현해야 할지……."

남궁승제가 슬쩍 혁무린의 눈치를 보며 말끝을 흐렸다.

혁무린이 말없이 고개를 돌렸다.

"사마추가 사라졌소이다."

원로들을 둘러보는 혁무린의 시선은 여전히 무색무취했다.

"청기가 모든 역량을 동원해 사마추를 쫓고는 있소이다만 남궁세가에서도 힘을 좀 써주셔야겠소이다."

"이를 말씀이시옵니까? 분부만 하시지요."

남궁승제가 다시 잽싸게 말을 받았다.

선주라면 기실 남궁세가의 세력권 안이다.

그 안에서 말도 안 되는 일들이 벌어진 것이다. 사마의가 하나 제대로 제압을 못하고 사마추를 놓치고 마는 창피를 당한 것이다.

물론 나중에 청기와 녹기까지 개입해서도 낭패를 보았기 때문에 어느 정도 체면은 살릴 수 있었지만 그래도 한심스럽

기는 별반 다르지 않았다.

천하의 남궁세가가 영향력을 발휘하는 지역에서 고작 떠돌이 무사 둘을 어찌하지 못했다면 누가 믿겠는가?

"귀루의 암행자 역시 사라졌소만 우선은 귀루의 문제는 당분간 덮어두기로 하고… 사마추를 찾는 데 전력을 기울이셔야겠소이다."

원로들이 모두 고개를 끄덕였다.

말석에 앉아 있는 남궁소혜는 그저 아까부터 시선을 혁무린에게 고정한 채 꼼짝도 하지 않고 있었다.

그녀는 혁무린이 입을 열어 말 한마디 한마디 내뱉는 것 자체가 감격이었다.

아무리 먼발치에서라도 혁무린을 발견한다면 단박에 알아볼 수 있다. 그런데 이렇게 지척에 두고 마음껏 그의 모습을 감상할 수 있다는 건 그녀에겐 그야말로 축복이었다.

혁무린이 다시 차분한 음성으로 말을 이었다.

"남궁세가가 오대세가를 움직여 주셔야겠소이다. 사마추의 행방을 찾아내기만 하면 나머지는 우리 청기에서 해결할 터이니."

"알겠사옵니다. 청기에 심려를 끼치지 않고 우리 손에서 해결할 수 있기를 바라오이다."

혁무린이 남궁승제를 돌아보았다.

"처리는 우리가 할 테니 찾기나 하세요."

남궁승제가 가볍게 얼굴을 붉혔다.

천하의 검성이다.

검성이면 이기어검술까지도 시전할 줄 안다. 이기어검술을 시전하는 것은 단순히 육체의 단련만으로는 불가능하다.

정신이 그 단계에 올라가지 않으면 아무리 내공과 검공을 단련해도 이기어검술의 경지는 결코 넘볼 수 없는 것이다.

검성에 이른 정신적 경지를 이룬 남궁승제조차 혁무린 앞에서 마치 어른에게 잘 보이려는 어린아이같이 변한다는 것은 실로 놀라운 일이 아닐 수 없었다.

혁무린에게는 기이한 힘이 있다.

마주하는 사람을 절로 복종케 하는 어떤 힘.

그것이 바로 수장의 자질일지도 몰랐다.

"좋은 소식을 기다리고 있겠소."

혁무린이 말을 마치고 몸을 일으켰다.

남궁승제가 빠르게 따라 일어서며 입을 열었다.

"연회가 준비되어 있소이다만… 본가에까지 오셨는데 어찌 그냥 보내드릴 수가……."

혁무린이 말끔한 얼굴로 남궁승제를 돌아보았다.

그 시선은 최초로 감정을 담고 있었다. 시선이 담은 감정은 지금 남궁승제를 엄하게 꾸짖고 있었다.

남궁승제가 그 시선에 마주치자 저절로 고개를 숙였다.

 혁무린이 조용한 어조로 말을 이었다.

 "나중에… 호의는 나중에 받겠소이다."

 말은 참으로 부드러웠다.

 그러나 남궁승제는 자신을 바라보던 혁무린의 시선이 좀체 뇌리에서 사라지지 않았다.

 그것은 마치 스승이 제자를, 아버지가 아들을, 또는 어른이 아이를 꾸짖는 듯한 시선이었다.

 혁무린이 자리를 뜨고 그 뒤를 원로들이 황급히 따라 나갈 때까지도 남궁승제는 혁무린의 시선을 되새기며 멍하니 서 있었다.

 모두들 취의청을 나가고 나서야 홀로 남은 남궁승제는 길게 탄식을 터뜨렸다.

 "아아, 나는 이 나이 먹도록 어찌 이리 부끄러운 모습으로 살아왔단 말인가!"

 남궁승제는 스스로 손을 들어 천령개를 후려치고 싶은 심정이었다.

 설리총이 남궁세가 원로들의 전송을 받으며 황산을 벗어난 것은 그로부터 채 반나절도 지나지 않아서였다.

 혁무린은 설리총을 타고 다시 북쪽으로 방향을 잡고 내달리기 시작했다.

황산을 막 벗어날 무렵, 산기슭에서 흰빛이 나풀거렸다.

혁무린이 그것을 발견하고는 이내 고삐를 낚아챘다.

미리 나와서 기다리고 있던 남궁소혜였다. 그녀는 한 번에 십여 장씩을 날아 쏜살같이 혁무린을 향해 달려왔다.

혁무린의 입가에 빙그레 미소가 걸렸다.

"쯧, 그러다 넘어지려고."

풀쩍!

마지막엔 무려 이십 장 가까이를 뛰어 남궁소혜가 마상의 혁무린 품에 그대로 안겼다.

"오빠!"

"소혜, 이러다 다치려고… 허허."

두 사람은 서로를 꼭 껴안고 눈을 들여다보고 있었다.

마치 다른 곳을 보았다간 무슨 큰일이라도 날 사람들 같았다.

"피이, 천하의 혁무린 오빠가 무슨 일이 있은들 소혜를 다치게 할까 봐서요?"

"하하하하, 하긴 그렇구나."

"나빠요. 어쩜 그렇게 단 한 번도 소혜에게는 눈길조차 주지 않고."

남궁소혜가 혁무린을 예쁘게 흘겨보았다.

혁무린이 남궁소혜를 가볍게 안으며 활짝 웃었다.

가지런한 흰 치열이 햇빛을 받아 청결하게 빛났다.

"그런데… 사금검은 도대체 언제 달려고 이렇게 한가하지?"

"피이, 그게 다 누구 때문인데……."

혁무린이 남궁소혜의 귀여우면서도 당차 보이는 얼굴을 깨물어주고 싶은 듯 바라보다가 문득 안색이 싸늘하게 굳었다.

남궁소혜가 깜짝 놀라 눈을 휘둥그렇게 떴다.

"오빠, 왜 그래요?"

혁무린이 허공 한곳을 응시하며 차가운 냉소를 머금었다.

"소혜, 손님이 찾아왔구나."

남궁소혜가 돌아보자 불과 열 걸음도 떨어지지 않은 곳에 나뭇가지 하나를 타고 한 사람이 박쥐처럼 거꾸로 매달려 있었다.

전신을 검은 경장으로 차려입었고 얼굴 역시 검은빛이었다.

타고난 얼굴색이 그러한지, 아니면 역용을 해서 그러한지 구분하기 어려웠다.

혁무린이 의외라는 듯 차분하게 입을 열었다.

"혼자는 아닌 거 같은데 어찌 나머지는 모습을 보이지 않지?"

혁무린의 말을 들었는가?

얼마 떨어지지 않은 곳의 나뭇가지에서 거짓말처럼 박쥐 하나가 풀썩 거꾸로 매달렸다.

전혀 모습이 보이지 않다가 도대체 어디서 나타났는지 박쥐처럼 대롱대롱 매달리며 흔들리고 있는 것이다.

복장은 처음 나타난 자와 똑같았으며, 심지어 얼굴색조차 똑같았다.

하나가 더 나타나자 기다렸다는 듯 여기저기 나무에서 똑같은 자들이 박쥐처럼 거꾸로 매달렸다.

그 수가 무려 열 명에 이르고 있었다.

남궁소혜가 처음엔 약간 놀란 얼굴이다가 이내 눈을 빛내며 눈꼬리를 치켜떴다.

"이자들이 감히 황산에 와서? 오빠, 소혜에게 맡겨두세요."

남궁소혜가 훌쩍 마상에서 뛰어내리며 그들이 정면으로 보이는 장소에 사뿐하게 내려섰다.

내려서자마자 그녀는 양손을 허리에 얹고 냉소를 머금은 음성으로 외쳤다.

"너희들이 죽고 싶어 환장한 게로구나! 여기가 감히 어딘 줄 알고!"

그때 박쥐 중 하나가 입을 열었다.

"우린 남궁 소가주껜 용건이 없소."

남궁소혜가 그래서 하는 시선으로 입을 연 박쥐를 쳐다보았다.

그러나 박쥐는 남궁소혜에겐 더 이상 할 말이 없다는 듯 입을 꾹 다물고 말이 없었다.

혁무린이 얼굴에 잔잔한 미소를 머금었다.

남궁소혜의 모습이 귀여웠던 것이다.

필경 자신을 노리고 왔을 자객들이다. 신분 내력이 무엇인지, 어느 방파에 속한 자들인지 알 수는 없었지만 적어도 어지간한 자객들은 이렇게 먼저 모습을 드러내 놓고 시비를 걸어오지 않는다.

이들은 싸울 의사가 없이 경고만 하기 위해서 왔든지, 아니면 자신만만하든지 둘 중 하나임에 분명했다.

그러나 천하의 마교삼성의 일원이다.

아무리 숫자가 많다 한들 그 누가 혁무린을 상대로 자신만만하겠는가?

그러므로 혁무린은 상대가 자신에게 경고하기 위해 나타났다고 이미 단정하고 있는 것이다.

그러나 그건 그쪽 사정이다.

혁무린은 얼굴을 차갑게 굳혔다.

경고를 하고 그냥 사라질 수 있다고 생각했다면 큰 오산이다.
어쨌든 난, 어떤 자들인지는 알아야겠으니까.
혁무린의 눈이 이렇게 말하고 있었다.
문득 박쥐 중 하나가 그렁그렁한 음성으로 입을 열었다.
"혁무린, 귀하는 여기 있는 우리를 모두 죽인다 해도 우리의 신분 내력은 알아내지 못할 거요."
음성은 탁하게 쉬어 있었지만 명확하게 들려왔다.
혁무린이 의외라는 표정을 지었다. 생각보다 만만치 않은 자들임을 직감으로 느낀 것이다.
"아울러… 우린 마음만 먹는다면 언제나 당신 주변을 맴돌 수 있는 사람들이오."
그건 어쩌면 맞을지도 몰랐다.
혁무린과 남궁소혜의 이목을 속이고 이만큼이나 가깝게 접근할 수 있었던 것만 보아도 이들이 잠행술이나 혹은 은신술에 있어 타의 추종을 불허하는 자들임을 알 수 있었다.
"우선 용건부터 들어보지."
혁무린이 마상에 느긋하게 앉아 차분하게 입을 열었다.
그의 그런 자세를 보자면 천하에 그를 놀라게 하거나 혹은 경계하게 하거나, 백 번 양보해서 그의 높은 관심을 끌거나 할 일은 없어 보였다.

"탁… 발… 한……."

박쥐 하나가 듣기에도 거북한 탁한 음성으로 천천히 이름 석 자를 말했다.

그 이름을 듣자 혁무린도 아연 관심을 보이기 시작했다.

"귀루의 암행자들인가?"

박쥐들이 혁무린의 질문엔 대답하지 않았다.

"귀루의 암행자들은 모두 단독으로 행동한다 들었는데 내가 잘못 알았나 보군."

혁무린의 말에 또 다른 박쥐 하나가 똑같은 음성으로 말했다.

"틀리지 않은 말이오. 단 한 경우만 빼고."

"그 한 경우가 무엇이지?"

"탁… 발… 한……."

박쥐사내는 또다시 또박또박 음절을 끊어서 이름을 불렀다.

"호오!"

혁무린은 오히려 탁발한에 대한 궁금증이 무럭무럭 이는 것을 느꼈다.

선주에서 탁발한에게 당한 일을 이미 편 노공과 녹기의 접홍에게서 소상하게 듣고 있었다.

그런데 귀루의 암행자일 거라고만 추측한 것이 조금은 틀렸을지도 모른다는 생각이 들고 있는 것이다.

 탁발한으로 인해 귀루가 단독 잠행의 원칙을 깨고 열 명씩이나 되는 암행자를 자신에게 보낸 것이다.

 그것도 감추지 않고 드러내며 직접 경고하기 위해서.

 "탁발한을 뭘 어쩌라는 말이지?"

 혁무린이 흥미를 느끼며 물었다.

 박쥐 하나가 대답했다.

 "그를 잊어주시오. 우리는 청기와 대립하는 것을 원치 않소."

 의외였다.

 혁무린이 고개를 끄덕였다.

 "누구도 귀루와 대립하기를 원치 않지. 그건 청기도 마찬가지지만… 그런데 그러고 보니 더욱 궁금해지는군. 탁발한의 신분이 뭐지? 왜 귀루에서 오랜 원칙까지 깨면서 이렇게 해야 하는지 나는 반드시 알아야겠는걸?"

 혁무린이 여유있게 말하며 말안장에서 예의 가죽 검집에 꽂힌 검을 들었다.

 그러나 박쥐들은 모두 미동도 하지 않고 동요하는 기색조차 없었다.

 박쥐 하나가 다시 탁한 음성으로 말했다.

 "우린 오늘 여기 죽으러 왔소."

검을 잡던 혁무린이 흠칫했다.

"흑림은 누구도 두려워하지 않지. 죽음 따윈 더더욱. 흑림 중에서도 우리 귀루는 그런 원칙을 가장 잘 지키는 사람들이오."

혁무린은 박쥐의 말이 사실임을 느낄 수 있었다.

그들은 이미 죽음을 각오하고 왔다.

"죽음을 각오했는데 무엇이 두려울까. 왜 직접 용건을 말하지 못하는가?"

"탁… 발… 한……."

다른 박쥐가 다시 말했다.

"그분을 건드리지 마시오. 경고요."

혁무린이 쓴웃음을 지어냈다.

이어 조그만 소리로 중얼거렸다.

"나는 그 말을 듣고 갑자기 마음이 바뀌었어. 애초엔 너희들을 곱게 돌려보내려고 했으나 지금은 생각이 달라졌다."

혁무린이 안색을 굳히자 그의 여동생인 소군주와 같은 잔혹함이 얼굴에 피어올랐다.

이제껏 그토록 침착하고 무색무취하던 혁무린의 표정이 그야말로 섬뜩하리만치 살기가 감도는 얼굴로 백팔십도 바뀐 것이다.

"마음대로."

그 말이 채 끝나기도 전에 혁무린의 신형이 설리총의 안장 위에서 사라졌다.

동시에 갑자기 환한 대낮인 하늘이 캄캄해지는 착각을 느껴야 했다.

아아!

혁무린의 가죽 검집에서 뽑혀져 나온 거무튀튀한 물건. 그것은 검이라고 부를 수도 없는 형태를 띠고 있었다.

그러나 그것이 한 번 뽑혀져 허공을 가르자 마치 햇빛이 갈라지듯 찰나의 순간 주위가 어두워지는 듯한 착각을 느낀 것이다.

비명도 없다.

단지 하나의 박쥐가 허리에서부터 양단되어 상체 부분이 바닥에 떨어지고 있었다.

나머지 두 다리는 여전히 나뭇가지에 걸려 있는 채.

남궁소혜가 미간을 찌푸리며 외면했다. 너무도 끔찍한 장면이었기에 비록 수많은 실전을 거친 그녀였지만 끝까지 지켜볼 수가 없었던 것이다.

혁무린은 어느새 마상에 앉아 있었다.

그의 검 역시 거무튀튀한 가죽 검집 안에 이미 고이 모셔져 있었다.

마치 언제 검을 뽑아 휘둘렀으며 언제 마상을 떠났는지, 모

든 것이 그저 착각이었다고 믿을 만큼 혁무린은 아무런 변화도 없이 애초의 자세로 앉아 있었다.
 "경고라······. 왜인지 이유를 설명해 주면 너희들은 모두 무사히 돌아갈 수 있다고 보장하마."
 혁무린이 냉엄하게 말했다.
 박쥐사내들은 동료 하나가 무참히 허리가 잘려 죽었고, 끔찍하게도 나머지 하반신이 아직도 나뭇가지에 매달려 아래로 선혈을 뚝뚝 떨어뜨리고 있음에도 불구하고 그 누구도 동요하거나 시선을 돌리거나 하지 않았다.
 박쥐 하나가 다시 탁하게 입을 열었다.
 "우리 모두를 다 죽여도 그건 변하지 않아."
 "탁… 발… 한······."
 "그분을 건드리지 마라. 이건 경고다."
 박쥐사내들은 마치 앵무새처럼 같은 말만 반복하고 있었다.
 혁무린의 검미가 꿈틀했다.
 모두 다 죽인다 해도 마찬가지일 것 같았다.
 혁무린이 남궁소혜를 불렀다.
 "소혜, 장원으로 돌아가라. 후에 다시 연락하마."
 남궁소혜도 혁무린의 의사를 확인하고는 이내 시무룩한 얼굴로 박쥐사내들을 매섭게 쏘아보았다.

"나도 경고야. 너희들, 다시 황산에 나타나면 이유 여하를 불문하고 본 낭자의 손으로 따끔한 맛을 보여주겠어."

박쥐사내들은 아무도 대답하지 않았다.

남궁세가의 소가주가 이들 박쥐사내들 앞에선 그야말로 지나가는 행인이나 마찬가지 취급을 받고 있었다.

남궁소혜가 발끈 발작하려다가 혁무린의 눈빛을 받고는 이내 단념했다.

"오빠, 소혜 그럼 먼저 들어가요."

못내 아쉬운 듯 혁무린의 모습을 한참이나 쳐다보던 남궁소혜가 훌쩍 몸을 날려 남궁세가를 향해 사라졌다.

그제야 훈훈하고 부드러운 미소를 얼굴 가득 떠올리고 있던 혁무린이 얼굴을 차갑게 굳혔다.

"가능하면 반격하는 게 좋을 것이다. 난 너희들이 감히 본좌에게 경고를 했다는 사실 하나만으로도 너희들을 살려 보낼 수가 없으니 말이다."

말이 채 끝나기도 전에 혁무린의 신형이 다시 마상에서 사라졌다.

허공을 마치 천을 잡아당겨 주름을 잡듯 죽 잡아당기는 기분이 든다는 것은 묘한 일이다.

지금 혁무린의 움직임이 그러했다.

마치 허공을 잡아당겨 순식간에 혁무린과 박쥐들 사이가

좁혀진 것 같은 그런 느낌.

 피가 튀었다.

 거의 동시에 박쥐사내 둘이 허리가 잘리며 피를 쏟았다.

 이번엔 박쥐사내들도 가만히 있지 않았다.

 빙글빙글.

 거꾸로 매달려 있던 사내들이 모두 줄넘기를 하듯 한 바퀴 몸을 돌려 나뭇가지를 밟고 서 있었다.

 동시에 서로 다른 세 군데의 방위에서 은침이 날아들었다.

 은밀하고도 빠른 은침들이었다.

 그것만으로 끝나지 않았다. 그 은침들을 피하기 위해 필시 점해야 할 방위 쪽으로 서너 명의 박쥐사내가 검을 뽑아 들고 덮쳐들고 있었다.

 비쾌하기 이를 데 없이 빨랐으며 숨소리 하나 들려오지 않는 정적 속에서 이루어지는 동작들이었다.

 혁무린의 입가에 냉소가 걸렸다.

 그는 조금도 다급해하지 않으며 한 팔을 가볍게 허공에 저었다.

 그러자 쏟아져 오던 은침들이 마치 상대를 쫓아 날아가는 벌 떼처럼 호선을 그리며 방향을 바꾸어 혁무린의 장삼 소매 속으로 빨려 들어가 사라졌다.

 그와 동시에 혁무린의 거무튀튀한 묵검이 다시 허공을 횡으로 갈랐다.

횡으로 가르는 초식은 어느 무공에나 무수히 많다.

쉬운 것으로는 횡소천군이 있고, 어려운 초식으로는 관령팔계라는 소림 무학이 있다.

모두 횡으로 가르는 단순한 동작을 근간으로 하는 초식이지만 그 위력은 천양지차다.

즉, 횡으로 가른다 해서 다 같은 건 아니라는 뜻이다.

혁무린의 이 초식은 천추대나인(千秋大拏印)이라 부른다.

본래 마교의 독문 무공인 천하대나인의 일식이다.

천하대나인은 오로지 교주만이 익힐 수 있다.

그러나 마교삼성은 이미 차대 교주 후보들이다.

현 교주인 장덕산은 그런 면에서 매우 열린 마음의 소유자였는지도 몰랐다.

마교삼성에게 천하대나인을 전수한 것이다.

혁무린의 묵검이 횡으로 한바탕 쏠자 순식간에 피보라가 일었다.

피하고 자시고 할 것도 없었다.

그저 횡으로 쏠리는 검의 모습을 멍청하게 구경하며 당할 수밖에 없는 상황은 박쥐사내들도 좀체 이해하기 어려웠다.

순식간에 다시 네 명의 박쥐사내가 사라졌다.

이제 단지 세 명의 박쥐사내가 남았을 뿐이다.

돌연 세 명의 박쥐사내가 일제히 몸을 날려 혁무린의 세 방위를 에워싸는 형국으로 땅속을 파고들었다.

푸쉬쉬쉬.

먼지가 일며 세 사내가 순식간에 땅속으로 사라졌다.

그 삼각형의 중앙에 서 있는 혁무린은 그러나 입가에 담담한 미소를 머금고 있었다.

"잠둔술이라……. 후후."

돌연 혁무린 바로 왼쪽의 흙더미가 불쑥 튀어 오르며 검날 하나가 튀어 올라왔다.

혁무린의 무릎을 노리고 찔러온 검이었다.

그러나 검의 동작도 빨랐지만 혁무린이 발을 들어 놀랍게도 발바닥으로 찔러오는 검끝을 내리누르는 동작은 더욱 빨랐다.

천하에 누가 있어 발바닥으로 찔러오는 검끝을 막을 생각을 할까.

그러나 놀랍게도 혁무린의 발바닥을 정확히 찌른 검은 살갗조차 파고들지 못하고 파창 하는 소리와 함께 서너 조각으로 부서져 버렸다.

혁무린의 손가락이 지면을 가리켰다.

무풍지였다.

아무런 음향도 형상도 없었지만 지면이 들썩하며 먼지가

일고, 이내 손가락 구멍으로부터 피가 샘처럼 솟아올라 왔다.

동시에 다시 혁무린의 뒤쪽 지면이 열리며 박쥐사내 하나가 검과 함께 혼연일체가 되어 덮쳐 왔다.

일종의 검신일체이지만 그런 동작은 그야말로 수비 따위는 도외시하고 오로지 상대를 찌르기 위해 모든 역량을 집중하는 그런 동작이었다.

"네가 마지막이다."

혁무린의 손바닥에서 장력이 쏟아졌다.

장력은 마치 돌개바람처럼 스스로 회전하며 쏘아져 갔다.

지금 혁무린은 모든 종류의 무공을 선보이고 있었다.

콰쾅!

온몸이 한 덩어리가 되어 찔러오던 박쥐사내가 장력에 부딪치며 요란한 격타음을 내며 뒤로 날려갔다.

날려가는 박쥐사내는 이미 사람의 형체를 유지하지 못하고 있었다. 한 덩어리의 살덩이.

굳이 표현하자면 그것이 옳았다.

그런데 분명 하나 더 숨어 있는 것을 잘 알고 있는 혁무린이 왜 마지막이라고 했을까?

그 의문은 이내 풀렸다.

혁무린이 손바닥을 들어 지면을 가리키며 뒤로 당기는 시늉을 했다.

"그만 나오너라."

순간 강력한 격공섭물의 강기가 일며 흙더미와 함께 박쥐사내 하나가 끌려 나왔다.

순식간에 혼혈을 점한 혁무린이 박쥐사내의 몸을 들어 말안장 뒤에 실었다.

그리고는 훌쩍 말 위에 올라 박차를 가했다.

"너는 청기에 얼마나 좋은 고문 도구들이 있는지 견식하게 될 것이다."

혁무린의 말은 참으로 악독하여 듣기에 소름이 끼칠 정도였으나 이미 혼혈을 짚여 의식을 잃어버린 박쥐사내는 더 이상 아무 말도 들을 수가 없었다.

그것이 어쩌면 그에겐 다행인지도 몰랐다.

第六章

不良武士
불량무사

북상하는 동안 사마추는 좀체 슬픔에서 헤어 나오지 못하고 있었다.
　옥단풍은 그런 사마추를 보며 가볍게 한숨을 내쉬었다.
　선주에 들어갔다가 사마호가 살해당한 소식을 들었다.
　뿐만 아니라 사마의가의 잡인들까지도 모두 살해당했다는 사실은 사마추에게 아버지를 잃은 슬픔에 미치지는 못하지만 역시 커다란 충격이었다.
　그 모든 것이 다 자신으로부터 비롯되었다는 자책감이 슬픔을 더욱 견디기 어렵게 만들고 있었다.

그 와중에도 사마장천이 탁발한과 함께 탈출에 성공한 것은 천만다행이 아닐 수 없었다.
 두 사람은 그 즉시 선주를 떠나 북쪽으로 방향을 잡고 길고 긴 천산행을 시작한 것이다.

 현궁(賢穹)은 호남성에서도 매우 궁벽진 곳에 위치한 소규모의 도시이다.
 원래 산세가 험악한 지형에 자리하고 있어 인구가 좀체 늘지 않는 곳이지만 호남에서 호북으로, 또 호남에서 절강으로 가자면 어느 길이든 반드시 현궁을 거쳐야 했다.
 그런 이유로 현궁은 비록 작은 규모의 도시이지만 외지인들의 왕래가 잦고 그런 만큼 상업이 발달했다.
 옥단풍은 현궁에 들어서자 먼저 객잔을 찾았다.
 쉬지 않고 사흘을 달려왔으므로 사마추는 매우 피곤한 기색을 보였다.
 부친을 잃은 슬픔이 그녀의 기력을 더욱 쇠잔하게 하였으므로 우선 여장을 풀고 쉬어야 했다.
 찾아든 객잔은 그리 호화롭지는 않았지만 깨끗했다.
 점소이 역시 친절했으며, 손님도 많지 않았으므로 두 사람은 한결 기분이 나아졌다.
 "헤헤… 두 분 내외께선 참으로 출중하십니다요. 너무도

잘 어울리는 한 쌍이십니다."

점소이가 이층으로 오르는 계단을 따라 오르며 너스레를 떨었다.

옥단풍이 사마추의 눈치를 살피며 점소이의 입을 막으려고 막 입을 열려는 순간 사마추가 지친 듯 점소이에게 말했다.

"목욕물은 준비할 수 있겠죠?"

"그러믄입쇼, 부인."

"이보게, 부인 소리는……."

"그럼 어서 준비해 줘요."

사마추가 또 말을 잘랐으므로 옥단풍은 할 수 없이 입을 다물었다.

옥단풍은 객실을 두 개를 얻으려고 했는데 그것도 사마추가 나서서 하나만을 고집했다.

옥단풍으로서는 참으로 난감했다.

점소이가 물러가고서도 옥단풍은 한동안 무슨 말을 해야 할지 몰라 공연히 객실 안을 왔다 갔다 하며 안절부절못했다.

지친 듯 침상에 걸터앉은 사마추가 그런 옥단풍을 보고는 가볍게 핀잔을 주었다.

"소녀까지 불안해지는군요. 좀 가만히 계실 수 없어요?"

"아, 그, 그렇소?"

옥단풍은 머쓱한 얼굴이 되어 움직임을 멈추었다.

사마추가 초점 잃은 시선으로 허공을 응시했다. 아마도 또다시 비참하게 돌아가신 부친을 떠올리는 모양이었다.

그러나 옥단풍은 어떤 말도 도움이 안 된다는 것을 잘 알고 있었다.

위로는 그저 위로하는 사람에게나 필요한 것이다.

위로가 필요한 사람은 몇 마디 말보다는 필요한 것을 해결해 주는 것이 백 번 옳은 일이다.

옥단풍이 장승처럼 뻣뻣하게 서서 물끄러미 사마추를 쳐다보자 사마추가 이번에도 가볍게 미간을 좁혔다.

"왜 그러고 장승처럼 서 계세요? 보는 사람까지 불편하게요."

"어? 아까 낭자가 가만히 있으라고 해서……."

옥단풍은 이제 정말로 어떻게 해야 할지 알 수가 없었다.

"나는 그럼… 잠시 객청에 나가 화주나 한잔해야겠소. 낭자는 푹 쉬시구려."

그러나 사마추는 절대로 옥단풍의 말대로 따르지 않았다.

"좋아요. 우리 화주 마셔요."

함박웃음을 띠며 사마추가 따라 일어서자 옥단풍은 그야말로 죽을 맛이었다.

그러나 객실에서 멀뚱하게 얼굴 마주 보고 있는 것보다는

그쪽이 훨씬 나았으므로 옥단풍은 한결 가벼워진 마음으로 사마추와 함께 객청으로 내려갔다.

그사이 객청엔 제법 손님이 들어 탁자의 반 이상이 손님들로 차 있었다.

두 사람이 계단을 타고 내려오자 그들을 힐긋 보던 객청의 손님들이 모두 멍한 얼굴로 두 사람을 쳐다보았다.

물론 두 사람을 쳐다보기는 했지만 기실은 모두 사마추를 쳐다보는 시선이었다.

사마추의 빼어난 미모가 사람들의 눈길을 끈 것이다.

사마추가 사람들의 시선이 부담스러운 듯 눈길을 내리깔며 옥단풍의 옆에 바싹 붙어 섰다.

"어서 빈자리로 가요."

빈자리를 잡고 앉자 사람들의 시선이 하나둘 거두어졌다.

그러나 여전히 한 번씩 사마추를 힐끔거리는 모습이 두 사람에게도 느껴질 정도였다.

사마추가 옥단풍을 보며 해맑게 웃었다.

"소녀 때문에 불편하시죠? 사람들의 시선을 자꾸 받는 게⋯⋯. 왜들 그러는지 모르겠어요."

사마추는 한결 가벼워진 기분으로 웃고 있었다.

옥단풍이 악동 같은 미소를 지었다.

"누가 그럽디까? 저 사람들이 낭자를 쳐다본다고?"

"네에?"

사마추가 무슨 소리인가 눈을 휘둥그렇게 뜨고 되물었다.

"히히… 다들 나를 쳐다보느라 그러는 게요. 내가 어디 워낙 잘생겼어야지. 험험."

"킥."

사마추가 입을 가리고 웃었다.

그 모습이 앙증맞으리만치 귀여웠기 때문에 여기저기서 탄식 소리가 터져 나왔다.

젊은 사내들은 노골적인 시선을 보내고 있었다.

"허어, 참, 역시 사내는 좀 우락부락하게 생겨야 하는 건데. 쩝, 난 너무 귀공자 같단 말이오."

옥단풍이 내친김에 너스레를 떨었다. 사마추의 기분을 한결 가볍게 해주려는 속셈이었다.

"웃겨, 정말."

사마추가 훨씬 부드러워진 얼굴로 옥단풍을 가볍게 흘겨보았다.

여자란 참으로 알 수 없는 존재다.

그토록 조신하고 또 정숙하며 아름답고 참하던 사마추가 옥단풍과 함께 여행하는 동안 저처럼 스스럼없고 격의없이 대할 때 보면 그때의 사마추가 지금의 사마추 맞는지 의심이 들 정도였다.

'참으로 여자는 요물이라더니… 종잡을 수가 없구나.'

점소이가 다가오자 옥단풍은 구원이라도 받은 듯 몇 가지 음식을 주문했다.

그때 왁자지껄한 소리가 주루의 밖에서부터 들려오더니 이내 일단의 무림인들이 주루 안으로 들어왔다.

일률적으로 비슷한 차림을 한 무림인들은 대략 서른 안팎의 청장년들로, 모두 동료들인 듯 큰 소리로 떠들며 과하다 싶은 농지거리를 주고받고 있었다.

주문을 받던 점소이가 남몰래 미간을 찌푸리며 나직이 중얼거렸다.

"정말 원수가 따로 없다니까. 또 왔어."

옥단풍이 그 소리를 듣고 점소이를 올려다보았다.

"어떤 자들인데 그리 달가워하지 않느냐?"

점소이가 화들짝 놀라며 옥단풍을 돌아보며 멋쩍게 웃었다.

"아이고, 대인, 들으셨사옵니까? 헤헤… 그냥 해본 말씀이옵니다."

"괜찮으니 말해보거라. 무슨 일인데 그리 떫은 감을 씹은 얼굴이냐?"

옥단풍은 기실 이런 작은 주루의 점소이들에게는 보통 이상으로 친근감을 느낀다.

그건 그가 어렸을 때 저잣거리에서 굶어 죽기 일보 직전까지 가봤고, 그때 간혹이나마 남은 음식을 몰래 내준 사람들이 바로 이런 작은 주루의 점소이들이었다.

그런 기억만 아니었다면 옥단풍은 결코 다른 사람들의 행태에 관심조차 가지지 않았을 것이다.

"아, 글쎄, 벌써 열흘째 우리 주루에 와서 온갖 행패를 부리고 있지 뭡니까요."

"행패?"

점소이가 젊은 무사들 쪽을 힐끔거리며 목소리를 낮췄다.

"원래 이 고장 사람들이라면 그러려니 하겠는데, 쳇, 하북(河北) 어디의 무슨 구륜맹(九輪盟)인가 구륜방(九輪幫)인가 하는 데서 왔다고 하더만요."

"구륜맹."

옥단풍이 정정했다.

구륜맹은 옥단풍도 잘 아는 방파다. 하북 일대에선 상당히 알려진 문파로 정파와 사파 어느 쪽에도 기울지 않고 독자적으로 세력을 확장하고 있는 자들이었다.

원래는 그저 그런 문파였지만 최근에 이르러 급속하게 명성을 높이고 있는 방파이기도 했다.

"아무튼 어서 빨리 굉 대인의 혼사가 마무리 지어져야지, 원, 눈꼴시어서 못 보겠습니다요."

"꿩 대인의 혼사란 또 무엇인가?"

옥단풍이 재차 물었다.

하북에서 현궁은 빠른 말을 타고 달려도 족히 한 달은 걸릴 먼 거리다. 그런 먼 거리를 마다 않고 달려왔다면 필경 범상한 일은 아닐 것이었다.

"꿩 대인을 모르십니까요? 허어, 황제 폐하께서도 어사검을 주문해 가는 곳인데……."

"아, 어사검(御賜劍)."

옥단풍이 그제야 생각났다는 듯 뇌까렸다.

"헤헤, 그렇지요. 바로 그 꿩가검방의 꿩 대인 말씀입니다요."

꿩가검방은 소위 검을 만드는 대장간이다.

중원에는 원래 예로부터 명성을 드날리는 검방들이 존재한다.

검을 쓰는 무림의 명가들은 바로 그런 검방들로부터 검을 구입해 사용했다. 화산파에서 중원 최고의 검방이라는 청운검방(靑雲劍房)에서 전량 구입해 쓰는 것은 강호에서 모르는 사람이 없을 정도이니, 유명한 검방은 무림 명가들 못지않게 치열한 경쟁을 통해 명성을 이어가고 있었다.

그러나 꿩가검방은 삼대 전에 이미 쇠락한 검방이었다.

점소이의 말대로 황제의 어사검을 만든 것은 사실이었지

만 그건 삼대 전의 일이었고, 지금은 강호에 굉가검방이 있는 지조차 모르는 사람이 훨씬 많았다. 옥단풍이 여전히 굉가검방을 기억하지 못하는 것도 결코 무리는 아니었다.

"그런데 굉 대인의 혼사라니… 굉 대인이 새 부인이라도 들인단 말인가?"

"에이 참, 공자님도. 굉 대인은 올해로 세수가 여든이 넘었는데 새 부인을 얻은들 뭐에 쓰겠습니까?"

점소이의 말에 사마추가 가볍게 얼굴을 붉혔다.

옥단풍이 쓴웃음을 지어냈다.

"어쨌든 저자들의 행패가 어떠했는지나 말해보거라."

그러나 설명할 필요가 없었다.

그 순간 자리를 잡은 구륜맹의 무사들이 큰 소리로 점소이를 부르고 있었기 때문이다.

점소이가 아버지 제사라도 팽개칠 자세로 황급히 구륜맹의 무사들을 향해 달려갔으므로 옥단풍은 다시 쓴웃음을 지었다.

"구륜맹이 근자에 이르러 세인의 주목의 대상이 된 건 칠요공자(七妖公子) 화운평(華雲枰)이 합류한 때문이에요."

사마추가 조용히 입을 열었다. 그녀의 표정으로 보아 구륜맹에 대해 제법 알고 있는 눈치였다.

"칠요공자가 누구요?"

"구륜맹주인 화요강(華嶢强)의 아들이에요. 어린 나이에 화요강의 슬하를 떠나 무공 수업을 떠났다가 작년에 돌아왔어요."

"……."

"화운평이 누구의 문하에 있었는지는 아직 밝혀진 것이 없어요. 하지만 그는 요즘 신풍십룡(新風十龍)이라고 불리며 한창 무림의 후기지수로 떠오르고 있는 열 명의 신예 고수들에 비해 조금도 뒤지지 않는다고 평가받고 있어요."

옥단풍은 묵묵히 사마추의 얼굴을 바라보았다.

그녀의 설명은 매우 자세하고 막힘이 없었으며, 그럴 때의 그녀 표정은 사마의가에서 의술로 명성을 떨치는 사마추가 아니라 바로 마교의 막강한 정보기관인 합밀사의 조직원으로서의 그것에 가까웠다.

"그런데 구륜맹이 무슨 일로 이 궁벽진 현궁에까지 사람을 보냈는지 알 수가 없군요."

"저녁 식사를 마치면 바로 길을 떠납시다."

옥단풍이 사마추의 앞에 놓인 잔에 화주를 따르며 말했다.

"벌써요?"

사마추가 의외라는 듯 물었다.

"신강까지는 아직 갈 길이 머니 우린 시간을 지체할 여유가 없소."

말은 그렇게 했지만 기실 옥단풍이 아까부터 염려하던 것은 사마추와 함께 밤을 지새야 하는 일이었다. 더군다나 객실조차 하나밖에 얻지 않았으니 더욱 난감한 일인 것이다.

"그래도 하룻밤쯤은 쉬어갈 수 있지 않나요?"

사마추가 애매한 표정으로 조심스럽게 물었다.

그녀의 표정엔 조금 실망한 듯한 기색까지 보여서 옥단풍으로서는 내심 미안한 심사가 되었다. 기실 선주를 떠난 이후 줄곧 길을 재촉했기 때문에 단 하루도 편한 잠자리를 가지지 못했던 것이다.

옥단풍은 조금은 처연한 듯한 사마추의 모습을 보자 가슴이 미어지는 듯한 애처로움을 느꼈다. 까짓 객실 문제라면 사내대장부로서 하룻밤 이슬을 맞으며 처마 밑에서 보낸다 한들 무에 대수로울 게 있으랴.

"할 수 없군. 나중에 시간이 지체되어 일을 그르쳤다 원망이나 하지 마시오."

옥단풍의 말에 사마추의 얼굴이 이내 활짝 개었다.

"걱정 말아요. 소녀는 절대로 결과에 대해 옥 소협을 원망할 생각은 추호도 없으니까요."

활짝 웃는 사마추의 아름다운 얼굴을 대하자 옥단풍의 무거웠던 마음도 한결 밝아졌다.

옥단풍은 내심 쓸쓸한 고소를 지어냈다.

'옥단풍아, 옥단풍아, 네 어찌 한 여인으로 인해 이처럼 오뉴월에 소나기 내리듯 마음이 가볍게 춤춘단 말이냐. 쯧쯧쯧.'

옥단풍은 스스로를 자책했지만 그게 어디 마음대로 되는 일인가.

남녀의 일이란 조물주조차 마음먹은 대로 조화하지 못하는 일인 것이다.

그때 시종 웅성거리며 떠들던 구륜맹의 무사들이 일제히 입을 다물었다.

그러자 파리 떼라도 날아다니는 듯하던 실내가 갑자기 조용해졌다.

옥단풍이 의아한 얼굴로 시선을 들자 마침 주루의 입구를 통해 한 명의 청년이 안으로 들어서고 있는 모습이 보였다.

일신엔 짙푸른 청삼을 걸치고 날카로운 인상을 한 청년은 특이하게도 머리 위에 화려한 금색 사모를 쓰고 있었다.

그와 같은 금색 사모는 일반적으로 강호에서 흔히 볼 수 없는 것으로 통상 북방 지역에서 많이 사용하는 것이었다.

청년은 부리부리한 눈초리에 곧게 뻗은 콧날 하며 한눈에 보아도 제법 준수한 용모였다.

어림으로 보아 대략 서른 살 안팎으로 보였는데, 한 손에는 역시 금색으로 빛나는 하나의 섭선을 쥐고 있었다.

전체적으로 귀티가 흐르는 모습으로 어디 한 군데 흠잡을 곳 없었지만, 왠지 마주 대하는 사람으로 하여금 가능하면 그와 마주하기를 피하고 싶게 하는 묘한 거북함을 풍기고 있었다.

 청년이 들어서자 일제히 입을 다물었던 구륜맹의 무사들이 서둘러 자리에서 일어나 부동자세를 취했다.

 청년이 막 옥단풍과 사마추의 앞을 지나치려다가 문득 걸음을 멈추었다.

 그리고는 날카로운 시선을 돌려 사마추를 유심히 쳐다보았다.

 그와 같은 시선은 기실 매우 무례한 것으로 자칫 화를 불러일으킬 수 있는 행동이었는데, 청년은 조금도 개의치 않는 듯 오만방자해 보이기까지 했다.

 옥단풍이 내심 울화가 치밀었지만 지금은 불필요한 시비에 휘말릴 때가 아니라는 생각에 애써 눌러 참았다.

 '기분 나쁜 자식일세. 쩝. 임마, 오늘 운 좋은 줄 알아라.'

 옥단풍이 속으로 투덜거리며 술잔을 입에 털어 넣고는 탁 하고 소리 내어 탁자 위에 내려놓았다. 일종의 경고인 셈이었지만 청년은 아예 옥단풍은 안중에도 없는 듯 시종 뚫어지게 사마추를 쳐다보고 있었다.

 '이 자식 보게?

옥단풍의 눈꼬리가 치켜졌다.

보통의 경우라면 옥단풍은 이보다는 훨씬 여유로워야 정상이었다.

그러나 청년이 사마추를 뚫어지게 쳐다보고 서 있자 옥단풍 스스로도 알 수 없는 울화가 꾸역꾸역 치밀어 오르고 있는 것이다.

그렇다고 불쑥 먼저 시비를 걸 수도 없었다.

일행의 여자를 쳐다본다고 입에 게거품 물면서 길길이 날뛴다면 그 얼마나 치졸한 모습인가.

'멍게 같은 자식. 꼴에 눈은 제대로 달렸군. 예쁜 건 알아가지고. 어휴!'

옥단풍은 가슴속에서 불덩어리가 지글지글 타오르고 있었지만 겉으로는 표현하지 못하고 끙끙 앓고 있었다.

그런데 정작 청년의 시선을 받고 있는 사마추는 웬일인지 조금도 불쾌한 기색이 아니었다.

아닐 뿐만 아니라 대담하게 청년의 시선을 마주 받으며 눈길을 피하지 않고 있었다.

옥단풍은 사마추의 그런 모습을 보자 더욱 울화가 치밀었다.

그때 청년이 불쑥 입을 열었다.

"실례가 되지 않는다면 낭자를 잠시 모시고 싶소만……."

옥단풍이 막 다시 한 잔의 술을 입에 털어 넣다가 컥, 하고 목에 걸릴 만큼 놀랐다.

'뭐 이런 개차반 같은 자식이 다 있어? 아예 대놓고 수작질일세?'

이런 순간에도 더 참고 앉아서 점잖은 척하고 있을 수만은 없었다.

옥단풍이 막 눈을 부라리며 청년을 향해 한마디 내뱉으려는 순간 사마추의 조용한 음성이 먼저 튀어나왔다.

"용건이 무엇인지 모르오나 소녀는 지금 갈 길이 바쁘옵니다만……."

'엥?'

옥단풍이 어이없는 얼굴이 되어 도로 엉덩이를 주저앉혔다.

대꾸하는 사마추의 기색으로 보아 불쾌하기는커녕 오히려 호감을 느끼고 있다고 여길 정도로 다소곳하기까지 했던 것이다.

옥단풍이 가슴속이 부글부글 끓으면서도 또 한편으론 묘한 배신감에 사로잡혀 있는 동안 청년이 다시 정중하게 말을 건네왔다.

"사람의 목숨이 경각에 달려 있으니 그보다 시급한 일도 없을 것이오."

청년의 말에 사마추가 한동안 말을 끊고 청년을 마주 보았다.

청년의 말로 비추어 그는 사마추의 신분을 잘 알고 있는 것 같았다.

옥단풍은 애써 부글거리는 가슴을 진정하며 사마추를 돌아보았다. 필경 백동기를 구하러 가는 길이 시급하니 당연히 거절하리라 생각했던 것이다.

사마추가 한동안 청년의 시선을 마주 보더니 불쑥 몸을 일으켰다.

"그렇다면 끝까지 거절하는 것도 도리가 아니군요."

옥단풍이 기가 막혀 입을 다물지 못하고 사마추를 뚫어지게 쳐다보았다.

그러나 사마추는 옥단풍에게는 시선조차 돌리지 않고 걸음을 옮겨 청년을 따라가는 것이 아닌가?

옥단풍은 사마추의 의외의 행동에 그저 망연히 그 모습을 쳐다보고 있을 수밖에 없었다.

문득 사마추가 걸음을 멈추고 옥단풍을 돌아보았다.

"안 가요?"

옥단풍은 기가 막혀 말이 안 나올 지경이었다.

괭가검방은 현궁의 중심가라 할 수 있는 선죽로(仙竹路)에 위치해 있었지만 외진 곳에 자리하고 있었다.

 과거 굉가검방이 어사검을 만드는 공방으로 명성을 누릴 때는 그야말로 현궁의 중심지에 위치해 있었지만, 그 후 현궁의 중심가가 조금씩 이동하면서 굉가검방은 쇄락해 가는 검방의 명성처럼 현궁의 중심가에서도 차츰 멀어지게 된 것이었다.

 옥단풍은 굉가검방의 빈객들을 위한 객청에 숙소를 제공받았지만 방을 한차례 둘러봤을 뿐 이내 밖으로 나왔다.

 서산으로 기울고 있는 해가 마지막 붉은빛을 사위에 뿌리고 있었다.

 검방의 저택은 매우 오래된 낡은 건물이었지만 규모는 상당했다. 한때 명성을 휘날리던 검방답게 첩첩으로 이어져 지어진 전각들이 즐비했고, 전각들 사이사이에 넓은 청석 마당이 자리하고 있어 그 규모를 한눈에 짐작하기 어려울 지경이었다.

 그러나 쇄락해 가는 가문의 전형처럼 여기저기 잡초도 자라고 있었고, 하인들의 일손이 모자라 손봐야 할 곳이 한두 군데가 아닌데도 그냥 방치되어 있었다.

 옥단풍은 천천히 걸어 청석 마당을 가로질러 한쪽에 조성된 가산 쪽으로 걸어갔다.

 사마추는 구류맹의 무사들과 함께 어디론가 사라진 후 행

방이 묘연했다.

"참내, 백 랑인가 뭔가를 구해달라고 닭똥 같은 눈물을 뚝뚝 흘릴 땐 당장 천산으로 가지 않으면 세상이 무너지기라도 할 것처럼 굴더니……."

옥단풍은 씁쓸한 표정을 감추지 못했다.

사마추의 행동이 도무지 종잡을 수 없기도 했지만 마음 한구석을 차지하고 있는 설명할 수 없는 섭섭함이 좀체 이해되지 않았다.

무엇인가 전혀 그럴 이유가 없었지만 사마추를 향한 묘한 배신감이 마음 한구석에 여전히 똬리를 틀고 있는 것이다.

"거참."

옥단풍이 입맛을 다시며 고개를 흔들었다.

주루에 나타났던 청년은 바로 구륜맹의 새로이 떠오르는 인물 칠요공자 화운평이었다.

화운평이 이곳 현궁의 굉가검방에까지 온 것은 방주인 굉 대인의 하나밖에 없는 손녀 굉초초와의 혼사 때문이었다.

올해로 스무 살이 되는 굉초초는 굉 대인에게는 유일한 혈육이자 검방의 후계자였다.

이미 팔순이 지난 굉 대인으로서는 좋은 혼처를 찾아 손녀를 출가시키는 것만이 살아 있는 유일한 의미였다.

그러나 쇄락한 검방의 손녀에게 좋은 혼처가 쉽게 찾아질

리 만무했다. 게다가 꿩초초는 지독히도 못생긴 추녀로 소문이 자자했다. 그러니 더더욱 무망한 일이었던 것이다.

그런데 무슨 연유인지 구륜맹의 칠요공자가 꿩가검방을 찾아와 매파를 넣은 것이다.

꿩가검방으로서는 이보다 더 반가운 일이 있을 수 없었다. 구륜맹이 비록 명문 거파는 아니지만 요즘 한창 무림에 명성을 드날리며 욱일승천의 기세를 보이고 있는 데다가 구혼의 당사자인 칠요공자 화운평은 무림의 신예 후기지수로 명성이 자자한 인물이 아니던가.

쇄락해 가는 검방으로서는 불감청일지언정 고소원인 셈이었다.

가산은 그리 큰 규모는 아니었지만 제법 숲이 울창했고 온갖 꽃이 무성하리만치 피어 있었다.

옥단풍은 가산의 입구에 들어서며 심호흡을 했다. 한결 마음이 가벼워지는 느낌이었다.

사마추가 어떤 의도를 가지고 이 일에 끼어들게 되었는지 알 수는 없었지만 기왕 지난 일이었다. 좀 더 추이를 지켜보다 보면 내막은 자연 드러날 것이다.

문득 인기척을 느낀 옥단풍이 걸음을 멈추었다.

인기척은 극히 미세한 것이었지만 옥단풍의 예민한 청력을 피해가지는 못했다.

상대는 결코 인기척을 숨기려는 의도가 없어 보였음에도 그 기척이 극히 미미해서 옥단풍이 아니었다면 결코 감지할 수 없는 그런 것이었다.

필경 인기척의 주인은 범상한 인물이 아님이 분명했다.

옥단풍이 걸음을 멈추자 인기척도 사라졌다.

그러나 결코 멀지 않은 곳에 인기척의 주인이 존재하고 있는 것만은 확실했다.

옥단풍이 눈을 지그시 감으며 청력을 극한으로 끌어올렸다.

설사 숨소리를 죽이는 귀식대법(鬼息大法)을 펼친다 해도 실낱같은 숨소리는 감추지 못하는 법이다. 물론 그와 같은 실낱같은 숨소리는 어지간한 공력으로는 감지하지 못하지만, 지금 옥단풍이 펼치고 있는 수법은 흑림에서 전해지는 특수한 수법이었다.

천리지청술(千里地聽術)에 비해서도 청력에 있어서는 월등 뛰어난 위력을 발휘하는 수법이다.

그러자 옥단풍의 후측방 삼 장 거리에서 실낱같은 숨소리가 느껴졌다.

삼 장 거리라면 일반인들에겐 여덟 걸음 이상이지만 무림인에겐 한 걸음의 거리다. 지극히 위험한 거리인 것이다.

옥단풍은 위험보다는 상대가 그처럼 가까운 거리까지 접

근했음에도 지금까지 모르고 있었다는 사실에 크게 놀라고 있었다.

옥단풍이 눈을 떴다. 한줄기 바람이 가산의 숲을 흔들고 지나가고 있었다. 해는 서산을 완전히 넘어가 사위를 비추는 것은 어스름 별빛뿐이었다.

옥단풍이 태연한 자세로 가산 쪽으로 한 걸음 떼어놓았다.

놓았다 싶은 순간 옥단풍의 신형이 마치 용수철에 튕겨진 것처럼 방향을 선회하며 맹렬한 속도로 후측방을 향해 쏘아갔다.

그야말로 전광석화와도 같은 신법이었다.

펑!

쏘아가는 서슬에 옥단풍이 눈앞을 가로막는 바위를 발길질로 거세게 후려 찼다.

바위가 산산조각 나는 순간 검은 그림자 하나가 쏜살같이 바위 뒤를 떠나 가산의 숲을 향해 쏘아갔다.

간발의 차이로 옥단풍의 발길질을 피해 달아난 것이다.

옥단풍이 입가에 냉소를 머금으며 지체없이 흑영의 뒤를 쫓았다.

흑영이 아름드리 나무 한 그루의 뒤로 돌아 들어갔다.

곧바로 옥단풍이 들이닥쳤지만 흑영의 자취는 흔적도 없이 사라지고 없었다.

옥단풍은 급히 눈을 감으며 예의 청각술을 펼쳤다.

"흑림의 사람이로군."

옥단풍이 다시 한 번 냉소를 머금으며 훌쩍 몸을 날렸다.

잠둔술을 펼쳐 지면으로 파고드는 기척을 감지해 낸 것이다.

옥단풍이 번득 몸을 날리며 지면의 한 지점을 향해 강력하게 일권을 내질렀다.

펑!

흙더미가 사방으로 튀어 오르며 움푹 웅덩이가 파였다.

그 속에서 흙더미와 함께 흑영이 튀어 오르며 한쪽 팔을 옥단풍을 향해 번개같이 휘둘렀다.

그러자 어둠 속에서도 번쩍하며 빛줄기 하나가 번득이고는 이내 서늘한 예기가 옥단풍의 면전을 향해 날아들었다.

"굴비탄영(屈臂彈影)! 과연 흑림이로구나."

굴비탄영은 팔꿈치로 암기를 쏘아내는 수법이다. 근접의 접전 속에서도 펼칠 수 있는 암기 수법으로 흑림에서만 볼 수 있는 수법 중 하나였다.

옥단풍이 건듯 한쪽 다리를 들어 올려 옮기자 상체가 좌우로 흔들리며 잔영을 만들었다.

번득이는 암기가 옥단풍의 머릿결을 스치며 뒤로 날아갔다.

암기 수법이 무산되자 흑영은 옥단풍의 추격을 뿌리치는 것이 불가능함을 깨달은 듯 이내 제자리에 우뚝 서서 옥단풍을 쏘아보았다.
　전신을 검은 야행복으로 감싼 흑영은 조금은 왜소한 체구의 인물이었다.
　얼굴 역시 검은 천으로 칭칭 감고 있어서 오로지 두 눈만 빼꼼하게 드러나 별빛을 받아 반짝이고 있었다.
　옥단풍이 그런 흑영을 쏘아보며 입을 열었다.
　"흑림의 어느 조직에 속하는지는 물어도 아무 소용 없다는 것을 잘 알고 있다."
　흑영은 말없이 옥단풍을 쏘아보고만 있었다.
　"그러나 나를 염탐한 목적이 무엇인지는 반드시 알아야겠다."
　흑영은 여전히 말이 없었다.
　옥단풍은 흑림의 사람들 생리를 누구보다도 잘 알고 있었다.
　그들에겐 그 어떤 말로도 위협을 주지 못한다. 죽음이 결코 두려움의 대상이 아닌 자들이니 목숨을 놓고 위협해 봐야 아무 소용 없는 것이다.
　"내가 알고 있는 몇 가지 수법은 매우 고통스러운 것들이다. 세설추신(細舌抽身) 같은 이름으로 불리더군."

옥단풍의 느릿하면서도 나지막한 음성에 흑영이 한차례 진저리를 쳤다.

세설추신은 흑림에서 사용하는 고문 수법 중 하나다. 혀를 실처럼 가늘게 갈라 머리 다발처럼 만들고 상체에서부터 천천히 몸의 신경 줄을 명주실 뽑듯 뽑아내는 수법이었다.

"물론 말로 해봐야 아무 소용 없겠지."

옥단풍이 냉소를 머금으며 성큼 흑영에게로 다가섰다.

용호권의 투로였다.

흑영이 대경실색하며 빠르게 뒤로 물러섰다. 그러나 옥단풍의 용호권 투로는 보기보다는 매우 복잡하고 빨랐다.

어느새 흑영의 후방에 한쪽 발을 들이밀면서 왼손이 상체를 노리고 오른손은 흑영의 한쪽 팔을 낚아채 가고 있었다.

실로 엉성해 보이면서도, 정교하고 느린 듯하면서도 움직임의 연결 사이를 교묘하게 파고드는 적절한 동작이었다.

흑영이 크게 당황하며 맹렬하게 쌍장을 뻗어왔다.

꽈르릉!

강력한 장력이 지척지간에서 옥단풍의 가슴을 노리고 날아들었다. 이는 수비를 도외시한 수법으로 동귀어진을 노리는 전형적인 수법이었다.

옥단풍이 입가에 냉소를 머금으며 상체를 비틀었다.

흑영의 강력한 쌍장이 옥단풍의 가슴을 스치며 빈 허공을 때리고, 동시에 옥단풍의 왼손이 흑영의 오른쪽 어깨를 강하게 후려쳤다.

펑!

"……."

흑영은 상체가 뒤로 훌쩍 젖혀질 정도로 강한 타격을 받았지만 신음 소리조차 없었다.

그 순간 옥단풍의 오른손이 흑영의 오른 손목을 갈고리처럼 낚아챘다.

옥단풍의 손아귀에 꼼짝없이 완맥을 잡힌 흑영의 두 눈이 옥단풍의 신묘하고도 정확한 수법에 놀라 경악으로 물들었다.

"더 이상 질문은 하지 않겠다. 언제고 하고 싶은 말이 떠오를게야. 너무 늦지 않기를 바란다."

옥단풍이 냉혹한 음성으로 말하며 왼손을 들어 흑영의 상반신 여덟 곳의 혈도를 빠르게 점해갔다.

옥단풍의 손놀림이 끝나자 흑영은 마치 고목처럼 굳어서 더 이상 털끝조차 움직이지 못하게 되었다.

검은 천 사이로 보이는 두 눈에 서서히 공포가 차오르기 시작했다.

뒤이어 인간의 육체가 견뎌낼 수 있는 고통의 한계를 넘어서는 극악한 고통만이 안겨줄 수 있는 눈빛이 떠올랐다.

그러나 옥단풍은 차갑게 굳은 얼굴로 마치 사무적인 업무를 처리하듯 흑영을 다루고 있었다.

그럴 때의 옥단풍은 그야말로 냉혹하기 그지없어 보였다.

그의 표정과 눈빛 어디에서도 일말의 동정심조차 찾아볼 수 없었다. 마치 이제까지의 옥단풍과는 전혀 다른 사람이 그의 탈을 쓰고 있는 듯했다.

흑영의 전신에 가느다란 경련이 일기 시작했다.

그러나 흑영은 입을 굳게 다문 채 미동도 없이 옥단풍을 쏘아보고만 있었다. 다만 그 시선 속엔 적개심과 분노보다는 두려움과 극도의 고통이 남긴 흔적만이 가득했다.

"세설추신의 수법을 쓰기 전에 먼저 이근착골(移筋鑿骨)의 수법을 사용할 것이다."

이근착골이라는 옥단풍의 말에 흑영의 전신이 더욱 세차게 떨렸다.

옥단풍이 지체없이 손을 들어 올려 손가락을 세웠다. 조금도 망설임이 없어 보였고, 과장되게 위협하거나 말로 겁을 주려는 기색도 찾아볼 수가 없었다.

그와 같은 옥단풍의 모습은 보통의 무림인들에게도 공포와 두려움의 대상이 되기에 충분했지만 흑림의 사람이라면 오히려 더욱 큰 두려움을 느끼게 될 그런 것이었다.

전문가만이 전문가를 알아본다.

지금의 옥단풍은 여지없는 흑림의 전문 요원의 모습, 그 자체였던 것이다.
　문득 흑영의 시선이 빠르게 깜박였다. 더 이상 항거할 수 없다는 눈짓이었다.
　옥단풍이 곧추세웠던 손을 멈춘 채 흑영의 두 눈을 들여다보았다.
　"하고 싶은 말이 떠올랐다는 뜻이냐?"
　흑영이 세차게 고개를 끄덕였다.
　흑영의 얼굴을 가린 천과 상반신을 감싼 흑의는 그가 흘린 땀으로 흥건하게 젖어 있었다.
　그러나 옥단풍은 당장 손길을 멈추지 않았다.
　그는 잘 알고 있었던 것이다. 이런 경우, 바로 고통에서 해방되는 순간 흑림의 혹독한 수련을 거친 자들은 이내 마음을 바꿀 가능성이 높다.
　목숨을 버리고라도 지켜야 할 비밀을 끝내 지키는 자들이 흑림의 요원들인 것이다.
　흑영의 눈빛에 인내의 한계가 무엇인지 설명하는 듯한 빛이 가득 차올랐다.
　그제야 옥단풍이 흑영의 혈도 몇 군데를 빠르게 찍었다.
　격렬하게 경련하던 흑영의 전신이 이내 경련을 멈추었다.
　옥단풍이 흑영의 눈을 차갑게 노려보며 입을 열었다.

"말해보거라."

그 순간 소리도 없이 한줄기 예기가 일직선을 그리며 날아들었다.

옥단풍이 흠칫하며 상체를 옆으로 기울여 예기를 피했다. 그와 동시에 흑영의 손목을 잡아당겨 예기가 흑영을 해치는 것을 방비했다.

날카로운 빛이 옥단풍의 뺨을 스치고 지나며 흑영이 서 있던 자리를 지나가 나무 등걸에 깊숙이 꽂혔다.

그 순간 옥단풍이 헛바람을 들이키며 신음성을 토해냈다.

오른손에 끌려오는 흑영의 무게감이 달라져 있었던 것이다.

신속히 흑영을 옆구리에 끼며 훌쩍 몸을 날려 자리를 이동한 옥단풍이 예기가 쏘아온 방향을 향해 내달렸지만 가산의 숲속엔 이리저리 나뭇잎을 흔드는 바람 소리만 오갈 뿐 사람의 기척은 찾아볼 수가 없었다.

예기를 날린 인물은 더 이상 공격할 의사가 없는 듯 아무런 후속 움직임을 보이지 않았다.

옥단풍이 주위를 경계하며 옆구리에 낀 흑영을 돌려세웠다.

그러나 흑영은 실이 끊어져 버린 꼭두각시 인형처럼 제멋대로 팔다리를 흔들며 무너지듯 쓰러졌다.

옥단풍이 황급히 흑영을 일으켜 세웠을 때 옥단풍의 손에 전해지는 감각은 흑영의 근육이 이미 경직을 시작하고 있음을 말해주고 있었다.

"이런 젠장할."

옥단풍이 황급히 흑영의 얼굴을 가린 천을 들추자 흑영의 돌궐혈(突闕穴)에 두 자루의 예리한 비수가 깊숙이 꽂혀 있는 모습이 시야에 들어왔다.

옥단풍을 노렸던 예기는 단지 흑영을 즉사시킬 틈을 벌기 위한 공격이었던 것이다.

옥단풍이 흑영의 얼굴을 가린 검은 천을 벗겨 용모를 확인하려다가 이내 포기했다.

흑림의 요원들은 외모까지 수시로 바꾼다.

그러므로 용모를 가지고 흑림 요원의 정체를 파악하려 한다면 가장 어리석은 일이 되는 것이다.

옥단풍은 황급히 청력을 끌어올렸지만 실낱같은 숨소리조차 들려오지 않았다.

옥단풍을 공격하고 동시에 소리없이 흑영의 생명을 끊어버린 장본인은 이미 사라지고 없었다.

옥단풍은 가산의 숲 속에 서서 생각에 잠겼다.

'수법으로 보자면 흑림에서도 상위 급에 속하는 자의 소행이다. 흐음… 흑림에서 무엇 때문에 쇄락한 검방 따위에 관심

을 가지고 있는가.'

 옥단풍은 꿩가검방과 구륜맹이 단지 겉으로 드러나 보이는 모습 이외에 뭔가 감춰진 진실이 있으리라는 예감을 떨칠 수가 없었다.

 그러자 사마추의 안위가 갑자기 걱정되기 시작했다.

 "이런."

 마음이 조급해진 옥단풍이 즉각 가산을 떠나 검방의 안채로 짐작되는 방향을 향해 내달렸다.

 안채의 앞마당에 이르자 그제야 처마 밑 어둑한 그늘에서 하나의 인영이 튀어나오며 옥단풍의 앞을 가로막았다.

 "정지하시오."

 옥단풍이 상대를 무시하고 훌쩍 도약하며 인영의 머리 위를 뛰어넘자 곧바로 좌우의 전각 그늘 속에서 또다시 무사들이 튀어나왔다. 구륜맹의 무사들이었다.

 "멈추시오!"

 "비켜!"

 옥단풍이 앞을 가로막는 자들을 향해 무차별로 주먹을 휘둘렀다.

 요란한 신음과 함께 두 명의 무사가 나동그라졌다.

 구륜맹의 무사들이 일제히 뛰어나오며 옥단풍을 에워쌌다.

"비키지 않으면 손속이 독하다고 원망하지 말아라."

옥단풍이 노기를 띠며 곧장 앞으로 뛰어들었다.

비록 구류맹이 최근 위세를 떨치고 있다 하지만 구류맹의 무사들이 옥단풍의 적수가 될 리는 만무했다.

또다시 두 명의 무사가 얼굴이 피떡이 되며 나동그라졌다.

그러나 구류맹의 무사들 역시 잘 훈련된 듯 동료들이 형편없이 나동그라지는데도 결코 물러서거나 두려워하는 기색이 없었다.

옥단풍이 앞으로 전진하며 다시 앞을 가로막는 무사의 면상에 주먹을 내지르는 순간 안채로부터 한줄기 암경이 쏘아져 오며 나직한 호통 소리가 들려왔다.

"멈추시오!"

암경은 빠르게 날아들어 옥단풍의 면전을 엄습했다. 필경 화운평일 것이다.

옥단풍이 내지르던 주먹을 회수하며 재차 암경을 향해 일권을 내질렀다.

쾅!

요란한 충돌음이 울려 퍼지며 강력한 충돌의 여파가 주위를 한차례 뒤덮었다.

가까이 있던 구류맹의 무사들은 그 여파에 못 이겨 뒤로 비칠거리며 물러서야 했으며, 안채의 창과 기왓장이 흔들릴 지

경이었다.

 옥단풍은 암경과 부딪치자 한줄기 강한 반탄력이 팔을 타고 전해지는 것을 느꼈다.

 '엇?'

 옥단풍은 상상 이상으로 강한 암경의 충격에 가볍게 놀라며 뒤로 한 걸음 물러설 수밖에 없었다.

 실로 화운평의 내공이 예상한 이상이었던 것이다.

 곧바로 안채에서 화운평이 모습을 드러냈다.

 화운평 역시 옥단풍과의 일합으로 적지 아니 놀란 듯 안색을 딱딱하게 굳히며 매섭게 옥단풍을 쏘아보고 있었다.

 "사마 낭자는 어디 있소?"

 옥단풍이 묻자 화운평이 불쾌한 기색이 역력한 얼굴로 되물었다.

 "무엇 때문에 그러시오?"

 옥단풍은 그 말에 말문이 막히고 말았다.

 사실 특별한 이유가 있는 것은 아니었다. 그렇다고 사마추가 강권에 못 이겨 화운평을 따라간 것도 아니었다.

 옥단풍이 말을 잇지 못하고 머뭇거리자 화운평이 차갑게 웃었다.

 "누가 사마 낭자를 뺏어가기라도 했단 말인가? 후후후… 사마 낭자는 무사히 잘 있으니 소란 피울 거 없소."

화운평의 비아냥거리는 듯한 말에 옥단풍은 울컥 울화가 치밀었지만 달리 대꾸할 말이 쉽사리 떠오르지 않았다.
 무엇보다도 옥단풍 자신에게 사마 낭자의 신상에 대해 간섭할 그 어떤 명분도 없다는 생각이 들자 지금 이렇게 소란을 피운 것조차도 부끄럽기 짝이 없었다.
 옥단풍이 풀이 죽은 얼굴이 되어 어눌하게 입을 열었다.
 "사마 낭자가 무사하다는 것만 확인하고 물러가겠소."
 화운평은 여전히 비웃음을 입가에 머금고 쉽사리 물러설 기색이 아니었다.
 "옥 형에게 사마 낭자의 근황을 설명해야 할 이유라도 있소? 불초가 생각하기엔 꼭 그래야 할 이유는 없을 거 같은데?"
 옥단풍의 말문이 다시 막혔다.
 차라리 그냥 돌아서고 싶었다.
 그러나 흑림의 사람들이 굉가검방에 출몰하는 것을 확인한 이상 사마추의 안위를 걱정하지 않을 수 없었다.
 '젠장, 이게 무슨 꼴인가. 일가의 원수는 아직 그 실마리조차 잡지 못한 채로 아녀자의 휘둘림에 이끌려 이 무슨 쓸데없는 시간낭비란 말인가.'
 옥단풍은 생각할수록 자신이 한심해 견딜 수가 없었다. 애초에 사마추를 따라 백동기를 찾아 나선 것부터가 잘못이

었다.

심정 같아서는 당장 이 자리에서 작별을 고하고 제 갈 길을 떠나고 싶었다.

그러나 잘못된 선택은 선택이고, 이미 사내대장부로 언질을 한 것에 대해 무책임하게 중도에서 일방적으로 되돌릴 수는 없었다.

옥단풍은 한숨을 머금으며 차분하게 입을 열었다.

"소생이 사마 낭자의 안위를 걱정할 자격이 있는 건지는 모르겠소만, 상황이 좋지 않게 흐르고 있으니 반드시 무사함을 내 눈으로 확인해야겠소이다."

"자격도 없다면서 그런 억지를 부린다면 옥 형은 설마 이화 모를 하찮게 여기는 것이오?"

화운평이 곱지 않은 눈초리로 옥단풍을 쏘아보았다.

옥단풍이 쓴웃음을 지었다. 이것저것 가릴 거 없이 당장 두들겨 패주고 싶은 심정이었지만 사마추의 입장을 생각하니 그럴 수도 없는 노릇이었다.

"사마 낭자의 체면을 보아 본 맹의 수하들이 다친 것은 눈감아주겠소만, 차후 또 이런 일이 있다면 그땐……."

화운평이 말을 끊고 차갑게 옥단풍을 노려보았다.

그리고는 옥단풍이 뭐라고 반응하기도 전에 몸을 돌리며 말을 이었다.

"따라오시오."

옥단풍은 가슴에 치밀어 오르는 울화를 간신히 눌러 참으며 화운평의 뒤를 따랐다.

사마추의 안전을 확인하는 것이 무엇보다도 우선이었다.

여인의 규방임이 분명한 방 안으로 들어서자 나무 침상의 앞에 앉아 시침하고 있는 사마추의 모습이 보였다.

침상엔 이십대의 젊은 여인이 죽은 듯이 누워 있었다.

그녀는 가냘픈 몸매에 얇은 나삼만을 걸치고 있어서 전신의 굴곡이 훤히 들여다보였다.

봉긋한 가슴과 가냘픈 허리, 그리고 풍만한 둔부에 이르기까지 매우 아름다운 몸매를 지니고 있었으나 그녀의 얼굴은 오랫동안 마주 보고 있기가 힘겨울 만큼 추했다.

더군다나 안색이 푸른빛을 띠고 있어서 보고 있자면 마치 이야기 속의 야차를 보는 듯한 느낌이었다.

옥단풍은 여인의 민망한 차림새에서 서둘러 시선을 돌려 사마추를 쳐다보았다.

그녀는 매우 진지한 얼굴로 앉아 쉴 새 없이 여인의 전신에 금침을 꽂고 있었다.

여인의 요혈엔 이미 많은 금침들이 꽂혀 있어서 사마추가 시침을 시작한 지 꽤 많은 시간이 흘렀음을 알 수 있었다.

사마추는 시침에 몰두한 나머지 실내에 옥단풍이 들어온

것도 모르는 모양이었다.

옥단풍이 한 걸음 다가서며 입을 열려고 하자 옆에 서 있던 화운평이 황급히 옥단풍의 앞을 가로막았다.

"방해하면 안 되오."

화운평은 한껏 소리를 죽여 말하고 있었지만 눈초리만은 금방이라도 옥단풍을 잡아먹을 듯 험악했다.

옥단풍이 회색빛 시선으로 화운평을 쏘아보았다.

방 안의 상황을 보니 지금 부화를 못 참고 드잡이질을 하는 것은 더욱 안 될 일이었다. 그러나 사마추가 안전하다는 것을 확인한 지금 더 이상 화운평의 같잖은 짓거리에 참고만 있을 수도 없는 노릇이었다.

옥단풍의 시선에 마주친 화운평이 흠칫했다.

옥단풍의 회색빛 시선은 그야말로 늑대의 그것과도 같았던 것이다.

옥단풍이 눈썹 한 번 깜빡이지 않고 빤히 화운평을 노려보며 나직이 입을 열었다.

"이봐, 나한테 이래라저래라 하지 말아."

순간적으로 화운평이 질린 듯한 표정이 되었다. 그만큼 옥단풍의 시선과 나직한 음성이 이루는 기묘한 조화의 분위기가 한 마리의 늑대를 마주친 듯 전신에 소름이 돋을 지경이었기 때문이다.

그러나 화운평이 누구인가?

그 역시 최근 승승장구하며 눈에 뵈는 것이 없을 정도로 잘 나가는 후기지수였다.

짧은 순간이나마 옥단풍의 기세에 당혹감을 보인 것이 참을 수 없이 수치스러워졌다.

그러자 이내 화운평의 기색이 정상을 되찾으며 서릿발 같은 살기가 피어올랐다.

그야말로 손만 뻗으면 서로 맞닿을 근접의 거리에서 살기를 드러내며 서로를 노려보는 형국이 되고 만 것이다.

옥단풍이 입가에 싸늘한 냉소를 머금었다.

"섣부른 짓 하지 마라. 네 말대로 환자의 치료를 방해하고 싶지 않으면 말이다."

"이, 이 자식이……."

화운평이 치미는 부화를 억누르지 못하겠다는 듯 이를 갈아붙였다.

그러나 옥단풍은 차분하기 이를 데 없었다. 차분하다 못해 마치 먹잇감을 앞에 놓고 다소곳이 앉아 노려보고만 있는 한 마리 늑대처럼 섬뜩한 느낌까지 주는 기색이었다.

"시침이 끝날 때까지 조용히 기다리기로 하지. 시침이 끝나면 어디 하고 싶은 대로 한번 해봐."

화운평이 안면 근육을 부르르 떨며 옥단풍을 잡아먹을 듯

노려보았다. 그러나 그 역시 사마추의 시침을 방해하고 싶지 않은 듯 쉽사리 발작하지는 못하고 있었다.
 그런 상태로 잠시 어색한 침묵이 흘렀다.
 사마추의 시침 소리만 간헐적으로 들려올 뿐 방 안엔 죽음 같은 정적이 흘렀다.
 이윽고 사마추가 시침을 마친 듯 손등으로 이마의 땀을 닦으며 상체를 꼿꼿이 세웠다.
 화운평이 먼저 곁으로 다가가 침상의 환자를 살피며 입을 열었다.
 "어떻소이까? 핑 낭자는 온전하게 회복할 수 있겠소이까?"
 사마추가 굳은 얼굴로 화운평을 보며 조심스럽게 답했다.
 "핑 낭자가 중독된 독은 중원에선 쉽게 볼 수 없는 독특한 것이에요. 독문의 해독제가 없다면 완전한 회복은 결코 쉬워 보이지 않네요."
 "그렇기에 사마 낭자께 이렇게 부탁드린 것이 아니오? 하하, 과연 명불허전이시외다."
 화운평이 사내다운 너털웃음을 터뜨리며 사마추를 치켜세웠다.
 그러나 너털웃음이 썩 잘 어울리는 모습은 아니었다.
 사마추가 입가에 미소를 지으며 몸을 일으켰다.
 "일단 시침의 결과를 봐야 알 거 같아요."

"수고 많으셨소이다, 사마 낭자. 소생이 침소로 안내해 드리겠소. 좀 쉬시지요."

"수고랄 것이 뭐 있겠어요? 다른 사람도 아니고 화 공자의 일인데 소녀가 어찌 소홀할 수 있겠어요."

사마추가 부드럽게 말하다가 그제야 시선을 돌려 옥단풍을 쳐다보았다.

그녀는 옥단풍이 들어온 사실도 미처 알지 못했던 듯 깜짝 놀라는 얼굴이 되었다.

"옥 소협께서도 와 계셨군요."

옥단풍이 쓴웃음을 지으며 가볍게 고개를 끄덕였다.

돌아가는 정황으로 보아 사마추는 자발적으로 환자의 치료에 나선 것이 분명했고, 또한 화운평과는 이미 면식이 있는 사이인 듯 보였기 때문에 뭐라 딱히 할 말이 없었던 것이다.

화운평이 못마땅한 시선으로 옥단풍을 한차례 노려보고는 사마추를 향해 부드럽게 웃었다.

"가시지요, 사마 낭자. 소생이 침소까지 안내해 드리겠소이다."

사마추가 옥단풍을 보며 잠시 머뭇거리다가 마지못한 듯 화운평을 따라 나섰다.

옥단풍은 사마추에게 하고 싶은 말이 많았지만 사마추가 방을 나가자 이러지도 저러지도 못하는 어정쩡한 상태가 되

고 말았다.

"허어, 참······."

옥단풍은 탄식을 터뜨리는 것 외에 달리 어찌할 방도가 없었으므로 그저 방 안에 남아 기다릴 수밖에 없었다.

그제야 옥단풍은 방 안을 차분하게 둘러볼 수 있었다.

여인의 규방임은 분명했지만 사방의 벽엔 각양의 검들이 가지런하게 걸려 있었다.

족히 수십 자루는 됨 직했는데도 검마다 검집의 문양이라든가 검의 형태가 같은 것이 하나도 없었다. 모두 독특하면서도 장인의 솜씨를 느낄 수 있는 정교함과 단단함이 느껴지는 것들이었다.

"굉가검방에서 만든 검들인 모양이군."

옥단풍은 호기심을 느끼며 벽으로 다가가 검 한 자루를 두 손으로 조심스럽게 쥐었다.

가죽으로 만들어진 검집에서 느껴지는 손아귀의 감촉이나 정교하게 용마상(龍馬象)이 음각된 손잡이가 전해주는 감촉이 편안했다.

검이란 몸과 하나가 되어야 진실로 최상의 경지에 오를 수 있는 법이다.

그런 의미에서 검집이나 손잡이가 손아귀에 잘 맞지 않는다면 아무리 검날이 예리하고 검봉이 단단하다 해도 진실로 명검이라 칭할 수가 없는 것이다.

옥단풍은 흥미가 일어 천천히 검을 뽑아보았다.

거무튀튀한 가죽 검집과는 달리 검집에서 뽑혀져 나오는 검봉은 그야말로 투명하리만치 맑은 빛을 발하고 있었다.

"호오!"

옥단풍은 예사롭지 않은 검봉의 빛이나, 또 보기만 해도 눈이 베일 것 같은 검날의 예리함에 절로 탄성을 토해냈다.

옥단풍도 검을 사용한다.

비록 용호권을 익혔기 때문에 검을 즐겨 사용하진 않지만 옥단풍의 뇌리엔 언제고 온통 붉은빛을 발하는 그 검의 빛이 떠나지 않는다. 그렇기에 검에 대해 남다른 관심을 가지고 있었고, 또한 몇 가지 검법을 수련하기도 했다. 다만 용호권과 같은 경지에 오르지 못했을 뿐이다.

옥단풍이 가볍게 검을 휘둘러 보았다.

허공을 베는 데도 바람 소리조차 일지 않았다.

"정말 훌륭한 검이로군."

옥단풍은 감탄에 감탄을 거듭하며 조심스럽게 검을 검집에 꽂아 제자리에 걸었다.

그때 힘없는 젊은 여인의 음성이 옥단풍의 귓전을 파고들었다.

"용마기(龍馬器)라는 검이에요."

음성은 비록 힘이 없고 병약했지만 지극히 고운 음색을 가지고 있었다.

화들짝 놀라 돌아본 옥단풍의 시야에 침상에서 상체를 일으켜 세운 예의 젊은 여인이 쏘아져 들어왔다.

속이 환히 비치는 얇은 망사 옷 덕분에 그녀의 수줍은 듯한 처녀의 가슴이 고스란히 옥단풍의 시선에 들어왔다.

옥단풍이 황급히 고개를 돌리며 더듬거렸다.

"아, 깨어나셨소이다."

여인은 바로 굉가검방의 후계자이며 굉 대인의 손녀인 굉초초였다.

굉초초는 옥단풍의 어색한 태도를 보고서야 자신의 옷차림이 민망하기 짝이 없다는 사실을 깨달았다. 그러나 여전히 전신에 금침을 꽂고 있는 중이었기 때문에 섣불리 어찌할 수도 없었다.

굉초초가 얼굴을 가볍게 붉히며 그나마 옷매무새를 가다듬어 가릴 수 있는 건 최대한 가렸다.

"본의 아니게 공자께 큰 실례를 범했군요, 용서하시기를……"

"아, 아니외다. 규방을 침범한 불초의 잘못이외다."

"그런데… 뉘시온지요?"

옥단풍은 그녀가 외모와는 달리 매우 방정하고 높은 교양을 쌓은 요조숙녀임을 어렴풋이나마 느낄 수 있었다.

"불초는 옥가 성을 쓰는 떠돌이 무사외다."

옥단풍이 미소를 머금고 굉초초를 돌아보았다.

사마추의 시침으로 해독이 되어서 그런지 그녀의 안색에 돌던 푸른빛은 완전히 가시고 제 안색을 되찾고 있었다. 그러나 푸른빛이 사라진 후에도 그녀의 추한 용모는 조금도 달라지지 않았다.

옥단풍은 그와 같은 느낌을 내색하지 않으려고 애써 시선을 돌리지 않으며 말을 이었다.

"사마의가에 고용되어 사마추 낭자를 호위하고 이곳을 지나는 길이었소이다만……."

"아, 선주의 사마의가 말씀이신가요?"

"그렇소이다."

"그럼 소녀의 중독을 해소하신 분도 바로……."

굉초초는 매우 영민한 두뇌의 소유자인 듯 몇 마디 나누지 않아 금방 사태를 파악하고 있었다.

"큰 은혜를 입었군요. 소녀 굉초초, 삼가 은공께 머리 숙여 감사드리옵니다."

굉초초가 다소곳한 자세로 옥단풍을 향해 머리를 숙였다.

옥단풍이 당황하여 양손을 휘저었다.

"그 무슨 당치않은 말씀이시오. 조금이나마 도움을 드렸다

면 사마 낭자이지, 불초는 그저 수행한 떠돌이 무사에 불과하외다."

굉초초가 고개를 들며 배시시 웃었다.

"겸손하신 분이군요."

그녀가 배시시 웃자 그것은 웃음이라기보다는 고통에 오만상을 찌푸리는 것처럼 보였다.

옥단풍이 서둘러 화제를 돌렸다.

"용마기라고 하셨지요? 대단히 훌륭한 솜씨외다. 혹시 영조부께서 직접 제련하신 건지……."

"아!"

굉초초가 가볍게 탄성을 터뜨리고는 수줍게 웃었다.

"부끄럽지만 소녀가 만든 검이옵니다."

"아, 그렇소이까?"

옥단풍은 다시 한 번 놀라지 않을 수 없었다.

이제 갓 스무 살이 된 처자가 만든 검이라고 한다면 그 누가 믿을 것인가?

"그럼 이 방에 걸린 모든 검이 다 낭자께서……?"

옥단풍이 반신반의하는 심정으로 물었다.

"부끄럽습니다."

"오오!"

굉초초는 옥단풍을 물끄러미 응시했다.

비록 추한 용모였지만 흑백이 분명한 두 눈은 한없이 맑고도 깊었다.

"용마기의 진가를 알아보는 분은 매우 드뭅니다."

"어째서 그렇소이까? 불초 같은 문외한이 봐도 한눈에 뛰어난 보검임을 알아볼 수 있겠던데."

굉초초가 다시 미소를 머금었다.

옥단풍은 그런 굉초초의 모습을 보며 속으로 쓴웃음을 지었다. 어찌 조물주는 이리 불공평하단 말인가?

사마추에게는 아름다움이라는 단어에 해당하는 것은 단 하나도 빼놓지 않고 다 주었으면서 어찌 이 낭자에겐 온갖 추함을 주었단 말인가?

그러나 굉초초의 추한 용모도 한동안 보고 있자니 차츰 익숙해져서 더 이상 거북하지만은 않았다.

굉초초가 그런 옥단풍의 심사를 아는지 모르는지 정갈한 음성으로 말을 이었다.

"검봉의 빛이 너무 맑아 검으로서의 살기가 부족하고, 날은 비록 예리하지만 진정한 예리함은 원래 뭉툭함과 통하는 법, 지나치게 예리한 것은 예리하지 않은 것과 같지요."

옥단풍은 굉초초의 말을 알 듯도 하고 모를 듯도 했다.

어찌 예리한 것이 단점이란 말인가?

"그런데 옥 공자께서 아까 검을 휘두르시는 모양을 볼 때

참으로 용마기와는 잘 어울린다 생각했사옵니다."

"과분한 말씀이시오."

"소녀가 용마기를 감사의 뜻으로 공자께 드리고 싶은데…
부디 받아주시옵소서."

굉초초가 행여 오해를 사는 것을 경계하는 자세로 조심스
럽게 말을 이었다.

옥단풍이 펄쩍 뛰었다.

"안 될 말씀이오. 저와 같은 훌륭한 검은 제 주인을 만나야
빛을 발하는 법, 불초에겐 과분한 물건이외다. 더군다나 감사
의 뜻이라면 더더군다나 불초에겐 해당 사항이 없소."

옥단풍이 일부러 밝은 얼굴을 지어내며 사양했다.

굉초초와 대화를 주고받고 있지만 기실 옥단풍의 뇌리엔
사마추의 생각이 떠나지 않고 있었다. 침소로 안내만 하겠다
던 화운평은 벌써 꽤 오랜 시간이 지났는데도 나타날 생각도
하지 않는 것이다.

"소녀가 뵙기엔 옥 공자야말로 용마기의 제 주인이 되시기
에 충분한 품격을 지니셨사옵니다."

"허허허… 떠돌이 무사에게 품격이란 당치도 않소."

옥단풍이 끝내 사양하자 굉초초가 잠시 말을 끊고 물끄러
미 옥단풍을 바라보았다.

추한 용모 탓에 그렇게 바라보는 시선은 자칫 원망하는 듯

보이기도 했다.

"만약 옥 공자께서 용마기를 받아주시지 않으면 용마기는 사악한 자의 손에 들어가게 될 것이옵니다."

옥단풍은 조금 의아한 기분이 되었다. 굉초초의 표정에서 왠지 수심이 가득한 느낌을 감지했기 때문이다.

"만약 옥 공자께서 받아주시지 않으면 나머지 검들과 함께 하루라도 빨리 폐기해야 하옵니다."

"폐기라니, 그 무슨 말씀을……?"

"휴우, 소녀의 중독은 이미 그럴 시간적 여유가 많지 않다는 걸 증명하고 있지요."

옥단풍이 정색을 했다.

"용독한 자가 누구인지 아신단 말씀이오?"

굉초초가 옥단풍을 물끄러미 쳐다보았다. 처음 보는 사내였지만 몇 마디 나눠보고 이내 알 수 있었다. 사악한 사람은 아니다.

"공자께선 혹시 흑림이라는 이름을 들어보신 적 있으신지요?"

옥단풍이 깜짝 놀랐다.

비록 무림인 중 흑림에 대해 아는 사람이 전혀 없지는 않았지만 일반인들은 전혀 모른다.

굉가검방의 손녀가 흑림에 대해 알고 있으리라고는 전혀

상상도 하지 못했던 것이다.

그러나 정작 놀란 건 굉초초였다.

옥단풍의 순간적인 반응을 보고 이미 그가 흑림에 대해 알고 있다는 사실을 눈치 챈 것이다.

"그럼 낭자에게 용독한 자들이 흑림의 사람들이란 말이오?"

"그렇사옵니다. 흑림에서도 가장 세력이 방대하다는 귀루의 암행자이옵니다."

"아!"

옥단풍은 일시 할 말을 잃었다.

흑림은 어찌어찌 알 수 있다. 그러나 굉초초 같은 일반인은 죽었다 깨어나도 귀루라는 이름을 알고 있을 수 없다. 만약 어딘가에 가서 귀루라는 이름을 사흘 동안만 떠들고 다닌다면 그는 나흘째에는 더 이상 살아 있는 사람이 아니게 될 터였다.

"그걸 낭자가 어찌 단언하시오?"

"귀루도 알고 계신가요?"

굉초초도 놀란 얼굴이 되어 옥단풍을 쳐다보았다.

"우연히 얻어들은 듯하오이다."

옥단풍이 둘러댔다. 그러나 굉초초는 곧이곧대로 믿지 않는 눈치였다.

"귀루를 사주한 자가 누구인지는 알 수 없사오나 소녀를 원하는 곳은 귀루가 분명하옵니다."

옥단풍은 아까 가산에서 만났던 흑영에 대해 기억을 더듬었다.

흑영이 펼친 수법 하나하나를 되짚어보았지만 귀루라고 단정지을 만한 확실한 증거는 기억나지 않았다.

"귀루에서 어찌 무림인도 아닌 낭자를……."

"명죽검(明竹劍) 때문이지요."

굉초초의 말에 옥단풍은 그야말로 더 이상 놀랄 수 없을 정도로 놀랐다.

명죽검.

이 이름은 강호무림에서 칼밥을 먹고사는 자라면 그 누구라도 모르는 자가 없을 것이다.

아니, 꿈에라도 명죽검을 손에 넣고 싶어 하지 않을 자란 단 한 사람도 없을 것이다.

"그, 그럼 낭자께서… 명죽검을 만든다는 말씀이시오?"

옥단풍의 음성이 가늘게 떨려 나왔다.

명죽검은 전설의 검이다.

실제로 존재하는지조차 누구도 확언할 수 없는, 그저 전설처럼 떠도는 이야기 속의 검이다.

굉초초가 한동안 옥단풍을 쳐다보았다.

그때 밖으로부터 날카로운 비명 소리가 울려 퍼졌다.

순간 옥단풍이 번쩍 몸을 날려 굉초초의 앞을 가로막아 섰다. 순간적인 반응이었고 비호처럼 빨랐으므로 굉초초는 그저 눈앞에서 뭐가 번쩍하는 듯하더니 어느새 옥단풍이 자신의 앞을 가로막고 서 있는 모습을 볼 수 있었을 뿐이다.

옥단풍의 긴박한 음성이 건너왔다.

"안채의 출구는 모두 몇 개요?"

"네?"

"출구 말이오."

굉초초는 가슴이 세차게 뛰놀며 호흡이 가빠지자 쇠약해진 몸을 제대로 가누지 못하고 옆으로 거의 쓰러질 듯 휘청거렸다.

옥단풍이 주위를 경계하다가 굉초초로부터 답이 없자 돌아보았다.

"낭자, 괜찮으시겠소?"

옥단풍이 서둘러 굉초초를 부축하며 물었다.

굉초초는 전신에 금침을 꽂고 있었기 때문에 부축하는 것도 결코 쉬운 일이 아니었다.

그녀의 몸에서 금침이 꽂혀 있지 않은 곳을 찾자면 양 겨드랑이 안쪽과 아랫배 깊숙한 부분뿐이었다.

지금도 옥단풍은 어쩔 수 없이 굉초초의 겨드랑이 아래 손을 넣고 그녀를 부축했던 것이다.

굉초초가 길게 한숨을 내쉬며 입을 열었다.

"잠시 기운이 빠졌을 뿐입니다. 출구라고 하셨지요? 으음."

그때 또다시 참혹한 비명이 들려왔다.

필경 구륜맹 무사가 변고를 당한 모양이었다.

"일단 이곳에 계속 머무는 것은 매우 위험하오. 낭자의 처소는 이미 공개된 것이나 마찬가지이니 이곳을 빠져나가야겠소."

"소녀가 너무 큰 부담을 드리는 건 아닌지……."

굉초초의 말이 채 끝나기도 전에 옥단풍이 덥석 굉초초의 겨드랑이에 손을 넣었다.

"용서하시오, 낭자. 부득이한 일이니."

"괘, 괜찮… 아요……."

굉초초가 얼굴을 붉히며 말을 더듬었다. 그녀의 대답이 끝나기도 전에 그녀는 이미 옥단풍의 품에 단단하게 안기게 되었다.

옥단풍은 그녀의 몸에 꽂혀 있는 금침을 다치지 않아야 했기에 전에 사마추를 안고 움직였을 때보다도 훨씬 더 어려움을 겪어야 했다.

"우선 방을 나가고 봅시다. 방향을 좀 알려주시오."

"아, 공자… 저 용마기……."

꿩초초가 옥단풍을 올려다보며 조심스럽게 말했다.

옥단풍도 더 이상 사양하고 있을 수만은 없게 되었다.

운신이 불편한 데다 어쩌면 근접 거리에서 혼전을 벌여야 할지도 몰랐다. 그러자면 용마기 같은 예리한 검이 크게 도움이 될 것이다.

"그렇다면 일단 용마기를 좀 빌리겠소이다."

옥단풍이 훌쩍 몸을 날려 벽에 걸린 용마기를 잡으며 재차 발길로 벽을 찼다.

옥단풍의 신형이 그대로 반대 방향으로 날아 팔각창을 부수며 밖으로 튕겨 나갔다.

어디선가 매캐한 연기 냄새가 났다.

안채의 복잡한 복도를 달리며 옥단풍은 그것이 누군가가 꿩가검방의 장원에 불을 놓았기 때문이라는 것을 직감했다.

흑림이다.

이런 수법을 쓰는 자는 흑림밖에 없다.

어쩌면 길목마다 이미 매복이 기다리고 있을지도 몰랐다.

흑림에서도 만약 상대가 귀루라면…….

옥단풍은 한 손으로 꿩초초를 단단하게 잡고 다른 한 손으론 용마기를 뽑아 들었다.

험악한 싸움이 될 것이다.

"크아악!"
"흐윽!"
어둠 속에서 날아드는 암기는 환한 대낮에 비해 배는 더 위력적이다.
구류맹의 무사들은 우왕좌왕하고 있었다.
소리도 없고 형체도 없는 적이었다. 간헐적으로 동료들이 참혹한 비명을 내지르며 쓰러지고 있지만 도대체 어디서 어떻게 날아온 암기인지조차 분간할 수 없었다.
"소공자를 찾아라!"
"이봐, 흩어지지 말고 뭉쳐! 적은 보이지 않는 곳에 있다!"
여기저기서 구류맹의 무사들이 소리치고 있었지만 그건 두려움을 표시하는 또 다른 방법일 뿐이었다.
"크윽!"
무사 하나가 목젖을 뒤로 젖히며 고목처럼 넘어갔다.
무사의 목엔 예리한 비수 한 자루가 깊숙이 박혀 있었다.
구류맹의 무사들이 일제히 전각의 한 모퉁이 쪽으로 모여들었다.
암기를 피하는 방법은 없다. 다만 조금 더 시야가 좁은 곳으로 이동하는 것이 유일한 보완책일 뿐이었다.

옥단풍은 네 번째 창을 부수며 뛰어나와서야 안채의 건물 밖에 설 수 있었다.

사방에서 매캐한 연기와 함께 화광이 밤하늘을 향해 불씨를 날리고 있었다.

적의 인원이 얼마나 되는지 알 수가 없다.

옥단풍이 품 안의 굉초초를 향해 다급하게 물었다.

"사마 낭자의 침소가……."

그러다가 이내 말을 바꿨다. 침상에 누워만 있던 굉초초가 알 리가 없을 것이기 때문이었다.

"여인 객이 들면 주로 매죽헌에 모셔요. 여기서 북쪽으로 다섯 개 정도의 전각을 지나면 매죽헌이에요."

굉초초는 이미 옥단풍의 질문이 무엇을 말하는지 알고 있었다.

옥단풍이 속으로 탄성을 터뜨렸다. 정말 총명한 여자였다.

옥단풍의 신형이 어둠 속에서도 전각의 그림자들이 유독 짙은 곳만을 밟으며 이동하기 시작했다.

이와 같은 상황에서 음영이 짙게 드리운 곳만을 통과해 이동하는 것은 매우 안전한 방법이지만, 또한 가장 위험한 방법이기도 했다.

적의 매복이 있다면 바로 그런 장소일 것이기 때문이다.

옥단풍이 용마기의 검봉에서 발해지는 맑은 빛을 차단하기 위해 검봉을 장삼 자락 안으로 넣어 감추며 소리없이 이동했다.

세 번째 전각의 처마 그늘을 통해 지붕으로 올라서던 순간 예리한 파공성이 좌측에서 날아들었다.

파공성이 일었을 때는 이미 피할 수 없는 거리까지 암기가 날아든 다음이었다.

옥단풍은 그대로 지붕 위에서 뇌려타곤의 신법을 펼쳐 지붕을 뒹굴었다.

굉초초의 금침을 건드리지 않아야 했기에 평소의 뇌려타곤에 비해 세 배는 힘들었다.

지붕을 뒹굴던 옥단풍의 신형이 돌연 푹 하고 꺼지듯 지붕 아래로 사라졌다.

옥단풍도 흑림에 몸을 담았었으며, 흑림에서도 손꼽히는 유능한 요원이었다.

지붕에서 사라진 옥단풍의 신형은 한동안 어디에서도 보이지 않았다.

기실 옥단풍은 지붕 바로 밑 처마에 매미처럼 거꾸로 붙어 있었다.

그처럼 하는 이유는 일단 급작스러운 적의 공격이 집중되는 것을 차단하기 위해서이기도 했지만 적의 대응을 파악하

고 적의 숫자를 알아내는 데 매우 유용한 방법이었다.

아니나 다를까, 사방의 전각 그늘에서 검은 그림자들이 일제히 움직였다.

소리도 없다.

그저 연기처럼 스멀스멀 이동하는 흑영은 모두 십여 명이 넘어 보였다.

전각과 전각 사이의 한 지점에서 십여 명이 넘는 흑영이 기다리고 있었다면, 지금 장원을 뒤덮고 있는 전 인원이 얼마나 될지는 상상을 초월하는 것이었다.

옥단풍은 조급한 마음이 되었다.

적은 이미 만반의 준비를 갖추고 움직이기 시작한 것이다.

화운평이 사마추와 함께 있는지 알 수는 없었지만 믿을 수 없는 작자인 것은 확실했다.

처마의 그늘에서 소리없이 옥단풍이 빠져나왔다.

그 역시 연기처럼 짙은 음영들을 따라 소리없이 이동했다.

옥단풍이 다시 전각 하나를 지나칠 때 뒤에서 날카로운 쇳소리가 울려왔다.

소리가 이르기도 전에 어느새 예리한 한기가 등줄기를 노리고 위에서 떨어져 내리고 있었다.

옥단풍이 용호권의 투로를 밟으며 몸을 회전했다.

어깨를 스칠 듯 검 한 자루가 종으로 밤공기를 가르고 지나갔다.

옥단풍의 용미과호가 펼쳐지며 발길질이 횡으로 상대를 휩쓸었다.

퍽, 하는 소리와 함께 둔중한 체중이 나가떨어지는 소리가 울려 퍼졌지만 상대는 심각한 상처를 입은 상태에서도 물이 땅속으로 스며들듯 사라졌다.

옥단풍이 뒤돌아볼 것도 없이 몸을 날려 전각의 난간을 타고 뒹굴며 벽 쪽으로 붙자 옥단풍이 서 있던 자리에 우박처럼 비수가 쏟아져 내렸다.

옥단풍이 자세를 바로하고 몸을 일으켰을 때 머리 위 처마에서 두 줄기 바람이 날아들었다.

옥단풍은 황급히 한쪽으로 이동해 한줄기 바람을 피하며 쏟아지는 나머지 바람을 향해 검을 휘둘렀다.

장력이 검풍에 의해 좌우로 갈라지며 검끝에 예리하게 살갗과 뼈가 잘리는 감촉이 전해졌다.

우박처럼 피가 쏟아져 옥단풍과 굉초초의 전신을 물들였다.

굉초초는 거의 실신지경에 빠져 있었다.

그녀는 눈을 꼭 감고 있었는데, 오로지 옥단풍의 가슴을 양팔로 꼭 안고 생명줄처럼 매달려 있었다.

옥단풍이 그 순간 도약하며 방금 장력으로 허공을 갈긴 주

인공을 사선으로 베며 지붕을 타고 올랐다.
 전각의 벽에 한줄기 선혈이 일필휘지의 한 획처럼 그어지며 잘린 시체 하나가 바닥으로 뒹굴었다.
 다람쥐처럼 지붕을 내달린 옥단풍이 드디어 매죽헌의 지붕 위에 당도했다.
 옥단풍은 지붕에 한쪽 귀를 대고 청력을 끌어올렸다.
 기척이 들리지 않았다. 그렇다면 사마추는 화운평이 데리고 이곳을 떠났을 것이다.
 옥단풍이 고개를 들자 바로 옆 전각에서 불길이 치솟으며 화염에 휩싸였다.
 더 이상 참혹한 비명 소리는 들려오지 않았다. 구륜맹의 무사들은 이미 모두 전멸했을지도 몰랐다.
 옥단풍은 잠시 호흡을 가다듬고 주위를 둘러보았다.
 장원의 곳곳에서 감출 수 없는 예기가 느껴지고 있었다.
 겹겹이 에워싸인 셈이었다.
 "매, 매죽헌은 장원의 서북쪽에 위치한 곳이에요. 그러므로 가장 빨리 장원을 벗어나는 길은 서북쪽으로 방향을 잡는 거죠. 담장과 가장 가까운 쪽이 서북쪽이에요."
 굉초초가 처음으로 입을 열었다.
 옥단풍이 고개를 끄덕였지만 정작 눈길은 그 반대인 동남쪽을 응시하고 있었다.

화운평이 장원의 지리를 잘 알고 있었다면 필경 서북쪽이 가장 빠른 방향임을 알고 있었을 것이고, 그가 멍청한 자가 아니라면 그쪽에 가장 많은 매복이 집중되어 있을 것이라는 사실을 모르지 않을 것이다.

그렇다면 동남쪽으로 갔을 것이다.

옥단풍은 동남쪽으로 방향을 잡았다. 그는 지금 장원을 빠져나가려는 것이 아니라 사마추를 찾으려는 것이었다.

화운평은 사마추를 옆구리에 끼고 전각의 모퉁이에 몸을 숨기고 있었다.

화운평도 사마추도 모두 전신에 피 칠갑을 하고 있었다.

화운평은 많은 흑영을 쓰러뜨렸지만 자신도 이미 여러 군데 자상을 입고 있었다.

사마추가 사이사이 금창약을 뿌리며 응급조치를 취하지 않았다면, 어쩌면 많은 출혈로 이미 벌써 기력이 고갈해 쓰러졌을지도 모를 일이었다.

화운평은 지금 정체도 알 수 없고 형체도 없는 그림자들과 싸우는 기분이었다.

뭔가, 도대체 이자들의 정체는?

"교주께서 직접 하달하신 명인가요?"

사마추가 나직이 물었다.

화운평이 고개를 끄덕였다.

"굉초초와의 혼인은 교주의 명에 따른 것이었소이다."

사마추가 말이 없자 화운평이 씁쓸하게 웃었다.

"합밀사는 모든 활동이 정지되었소. 도대체 무슨 일이 있는 겁니까?"

"……."

사마추는 대답하지 않았다.

합밀사에 관한 사항은 모든 것이 기밀이다. 그건 교 내의 다른 교도들에게도 예외가 아니었다.

"백사령이 행방이 묘연하다는 풍문은 들은 것 같소만……."

화운평이 초조한 기색을 감추지 못하고 주위를 살피며 나직이 말했다.

합밀사의 일이 모두 기밀 사항이지만 교 내에 떠돌고 있는 풍문까지는 어쩌지 못하는 법이다.

"굉초초를 구하러 가야 하지 않겠어요? 교주의 명령인데……."

사마추는 화운평이 왜 굉초초와 혼인을 해야 하는지는 묻지 않았다. 교주의 명령에 대해 내용을 꼬치꼬치 캐묻는 것은 바로 합밀사가 단속할 대상 중 하나였다.

"어쩌면 굉 낭자는 이미 적의 수중으로 들어갔을지 모르겠소이다."

화운평이 자신없는 음성으로 말했다.

"절대로 그럴 리 없어요."

사마추가 완강하게 말하자 화운평이 사마추를 내려다보았다.

사마추가 멋쩍게 웃었다.

"옥 소협이 함께 있는 한 절대로……."

화운평의 안색이 가볍게 굳었다.

"그 옥가는 우리 교도가 아니지 않소. 어째서 동행하는 거요?"

"사정이 있으니 일일이 설명하지 못함을 용서하세요."

사마추가 냉정하게 잘라 말했다.

화운평은 마교오기 중 황기(黃旗)의 부기령이다. 황기의 부기령이면 기령의 바로 밑에 위치한 다섯 명에 속한다. 적어도 황기에서 서열 육위에 해당한다는 뜻이었다.

비록 사마추가 합밀사의 일원이었지만 화운평에게 함부로 하지 못하는 이유다.

물론 화운평 역시 합밀사의 요원에게 함부로 대할 수 없다.

적어도 청기처럼 독자적으로도 충분히 그 위세를 드러낼 수 있는 세력이 아니라면 말이다.

"만약 굉초초를 놓치고 만다면 교주의 추궁에 사마 낭자께

서 소생을 위해 변명해 주서야겠소."

사마추는 대답하지 않았다. 그녀의 입가에 냉랭한 비웃음이 걸려 있을 뿐이었다.

옥단풍에 비한다면 화운평은 황기 서열 육위에 드는 인물치고 치졸하기까지 해 보였다.

사마추는 새삼 옥단풍이 그리웠다.

그때 처마 위에서 미세한 소음이 들려왔다.

순간 화운평이 몸을 날려 바닥을 뒹굴었다.

파파파!

화운평이 서 있던 자리가 요란한 폭음과 함께 뒤집어지며 사방으로 청석 파편이 튀어 올랐다.

화운평은 사마추를 안고 뒹굴었는데, 옥단풍과는 달리 화운평이 사마추를 위해 전혀 배려하지 않았으므로 사마추는 전신의 뼈마디가 끊어지는 듯한 아픔을 느껴야 했다.

"일단 장원을 빠져나가야겠소."

화운평이 다급하게 말하고는 그대로 지면을 차고 허공으로 솟구쳤다.

그것이 얼마나 큰 실수인지는 화운평이 염라대왕 앞에 가고 나서야 알 수 있을 것이다.

화운평의 신형이 허공으로 떠오르자 이내 사방에서 소리 없이 예기들이 날아들었다.

스무 자루도 넘는 비수가 오직 한 점을 향해 사방에서 동시에 쏘아오는 모습은 가히 장관이 아닐 수 없었다.

"헉!"

화운평이 신룡출해라는 경신술을 펼쳐 허공에서 재차 위로 용수철처럼 튀어 올랐지만 비수 두 자루가 화운평의 왼 발목을 꿰뚫고 지나갔다.

화운평의 몸이 화살 맞은 새처럼 아래로 떨어져 내렸다.

바닥에선 마치 연기처럼 검은 인영들이 소리없이 움직이고 있었다.

화운평이 비칠거리며 바닥에 내려섰을 때 바로 등 뒤에서 먼저 일검이 날아들었다.

화운평이 자세를 낮추어 머리 위로 검을 흘리며 섭선을 휘둘러 상대의 허리를 후려치자 흑영 하나가 저만큼 나가떨어졌다.

만약 흑영들과 일 대 일로 싸운다면 화운평은 결코 지지 않을 자신이 있었다. 실제로 무공의 수위 차이도 확연했지만 흑영들은 반드시 연수합공을 하고 있었으며, 무엇보다도 매복과 암습에 감탄스러울 정도로 능숙한 자들이었다.

화운평이 절룩이며 다시 방향을 잡은 순간 한꺼번에 세 자루의 검이 세 방향에서 날아들었다.

두 자루는 화운평의 요혈을 노리고 있었고, 나머지 한 자루

는 바로 사마추를 노리고 있었다.

화운평이 황급히 사마추를 돌려 안으며 어깨로 사마추를 노리는 검을 받았다.

다행히 자신의 요혈을 노리는 두 자루의 검은 섭선으로 황급히 쳐낼 수 있었기에 사마추를 노렸던 검날에 어깨가 한 뼘 이상 잘려 나가는 것 이외엔 무사히 공격을 막아낸 셈이었다.

사마추는 그 모습을 모두 지켜보면서 내심 미안한 마음을 금할 수가 없었다.

화운평이 비록 치졸한 자인 듯해도 그 순간 자신의 어깨를 내주며 사마추를 보호한 것은 결코 치졸한 자의 행동이 아니었다.

"고, 고마워요……."

사마추가 기어들어 가는 소리로 말했다.

"본능이었을 뿐이오. 후후후."

화운평이 자조 섞인 웃음소리를 흘렸다.

그는 어쩌면 오늘 이곳에서 벗어나는 것이 불가능하다는 것을 직감하고 있는지도 몰랐다.

그때 눈앞에서 검은 그림자들이 어른거리는 듯하더니 이내 날카롭게 공기를 가르고 검날들이 날아들었다.

이번엔 모두 일곱 자루의 합공이었다.

화운평이 호기롭게 일갈했다.

"차앗ㅡ! 더러운 놈들! 모두 한꺼번에 덤벼라!"

동시에 섭선을 활짝 펴면서 자신의 독문 무공인 팔쾌선을 펼치기 시작했다.

캉캉캉!

검과 섭선이 부딪치며 불꽃이 튀었다.

화운평이 호기롭게 절기를 펼치자 한꺼번에 공격해 왔던 검들이 모두 허탕을 치고 튕겨져 나갔지만 마지막 검 한 자루가 화운편의 허리를 긋고 지나갔다.

피가 분수처럼 밖으로 뿜어졌다.

사마추가 황급히 옷자락을 찢어 지혈에 나섰다.

화운평이 호기롭게 외쳤다.

"그럴 필요 없소, 낭자. 나 화 모는 오늘 황기의 부기령답게 장렬히 싸우겠소. 크하하하하! 이놈들, 어서 덤비거라!"

화운평이 현란한 동작으로 섭선을 휘둘렀다.

섭선의 그림자가 밤하늘에 수많은 날벌레처럼 환영을 남기며 비산했다.

캉캉캉!

검과 섭선이 부딪치는 꽹음과 함께 세 명의 흑영이 피를 뿌리며 나가떨어졌지만 화운평은 또다시 옆구리에 일검을 맞고 말았다.

이제 그의 전신은 아예 시뻘건 선혈로 물들어 혈인처럼 보

였다.

비칠.

화운평이 중심을 잃고 비틀거린 순간 사방에서 기다렸다는 듯 검날이 날아들었다.

화운평은 이번이 마지막이 될 거라는 예감을 느끼고 있었다.

이번엔 치명적인 요혈을 피하지 못할 듯했다. 기력도 이미 많이 고갈되었고 상대의 숫자는 좀체 줄어들지 않고 있었다.

"낭자, 끝까지 지켜주지 못해 미안하외다."

화운평이 비장한 음성을 토해내고는 그대로 몸을 날려 섭선을 미친 듯이 휘둘렀다.

수비는 도외시한 채 한 놈이라도 더 상대를 죽이겠다는 의지가 담긴 공격이었다.

비명도 없이 세 명의 흑영이 화운평의 섭선에 의해 피를 뿌리며 쓰러져 갔다.

그러나 네 자루의 검이 화운평의 사대요혈을 노리고 날아들고 있는데 화운평으로서는 도저히 그것을 피할 재간이 없었다.

"크하하하! 화운평이 결국 이렇게 죽는구나!"

그러나 화운평의 그 말은 끝내 실현되지 못했다.

바로 백척간두의 순간 허공에서 그림자 하나가 번득이며

날아들어서는 네 자루의 검을 모두 쳐내고 벼락처럼 화운평의 뒷덜미를 낚아채 전각의 그림자 사이로 스며들듯 모습을 감추어 버렸기 때문이다.

화운평을 공격하던 흑영들이 일시 종적을 잃고 모두 우왕좌왕하다가 어둠 속에서 날아온 금침에 의해 우수수 쓰러져 갔다.

살아남은 흑영들이 서둘러 서방으로 연기처럼 흩어졌고, 이내 음영 속으로 사라졌다.

장내엔 이내 정적이 찾아들었다.

전각의 한쪽 구석 짙은 그늘 속에 옥단풍이 한 손엔 꿩초초를 안고 다른 한 손으론 화운평의 뒷덜미를 꽉 움켜쥔 채 어둠 속을 노려보고 있었다.

화운평이 얼굴이 하얗게 질려서 뭐라고 입을 열려는 순간 옥단풍이 나직이 말했다.

"소란 피우지 마라."

화운평이 끽소리도 하지 못하고 입을 다물었다.

사마추가 마치 피난길에 헤어졌던 부모를 다시 만난 시선으로 옥단풍을 쳐다보았다.

옥단풍이 애써 사마추의 시선을 피하며 나직이 중얼거렸다.

"우린 아직 완전히 위기를 벗어난 게 아니야."

옥단풍은 자신도 모르게 반말로 지껄이고 있었고, 나머지 세 사람은 당연하다는 듯 듣고 있었다.

그때 다시 화광이 충천하며 한쪽 전각이 화염에 휩싸였다.

차츰 음영들이 사라지고 있었다.

사방이 점점 밝아지고, 만약 몸을 숨길 곳이 점점 줄어들면 불리한 건 옥단풍 쪽일 것이다.

옥단풍이 나직이 중얼거렸다.

"어느 놈이 지휘하는지 매우 뛰어난 놈이다."

화운평은 꿀 먹은 벙어리처럼 아무 말도 못했다.

문득 옥단풍의 안색이 하얗게 질렸다.

새로이 불이 붙은 전각의 화염이 만들어낸 빛줄기 속에 얼핏 드러난 한 사람이 전각의 모퉁이를 돌아 사라지는 모습이 눈에 들어왔던 것이다.

"탁발한……!"

옥단풍이 신음처럼 중얼거렸다.

『불량무사』 3권에 계속…

고검추산

허담 新무협 판타지 소설
FANTASTIC ORIENTAL HEROES

두 사형제가 난세(亂世)를 헤치며 만들어 나가는
기이막측(奇異莫測)한 강호(江湖) 이야기!

천하가 사패(四覇)의 대립으로 혼란스러운 시기,
세상이 혼탁해지자 강호(江湖)에는 온갖 은원(恩怨)이 넘쳐난다.
그러자 금전을 받고 은원을 해결해주는 돈벌레[黃金蟲]가 나타난다.
그런데… 비천한 황금충(黃金蟲) 무리 가운데 천하팔대고수(天下八大高手)가
나타나니…

**천검(天劍) 능운백(陵雲白)!
천하팔대고수이자 강호제일 청부사의 이름이다.**

그리고… 그가 두 제자를 들이니, 고검(孤劍)과 추산(秋山)이 그들이었다.
훗날 강호제일의 해결사가 되어 무림을 진동시킬 이들이었다.

유행이 아닌 자유추구 -
WWW.chungeoram.com

Book Publishing CHUNGEORAM

BOOK Publishing CHUNGEORAM

fly me to the moon
플라이 미 투 더 문

새로운 느낌의 로맨스가 다가온다!

판타지의 대가 이수영 작가의 신작!
드디어 판매 카운트다운!

플라이 미 투 더 문 | 이수영 지음

**판타지의 대가, 이수영. 그녀가 선보이는 첫 번째 사랑이야기.
사랑, 질투, 음모, 욕망……
상상한 것 이상의 절애(切愛), 그 잔혹한 사랑이 시작된다.**

온전히, 그의 손에 떨어진 꽃. 잡았다.
짐승의 왕은 즐거웠다.

인간, 그리고 인간이 아닌 자.
절대로 이어질 수 없는 두 운명이 만났다!
사랑 혹은 숙명.
너일 수밖에 없는 愛.

1998년 〈귀환병 이야기〉
2000년 〈암흑 제국의 패리어드〉
2002년 〈쿠베린〉
2005년 〈사나운 새벽〉

그리고 2007년,
『FLY ME TO THE MOON』

BOOK Publishing CHUNGEORAM

BOOK Publishing CHUNGEORAM

눈길발길 쏙쏙 끄는 **비법이 가득!**
왕성한 가게 만드는

잘나가는
가게 노하우
151 가지

고다 유조 지음
김진연 옮김
가격 9,800원

물건이 팔리지 않는 시대!
왕성한 가게 만드는 비법이 가득!

가게 안에 웅덩이를 만들어라
조명만 조금 바꿔도 매출이 팍 늘어난다
보기 쉽고, 집기 쉬운 가게 배치는 '경기장 형'이 최고 등등
가게에 실제로 적용했을 때 매출이 오른 노하우만 알차게 수록
외관, 입구, 배치, 내장, 조명, 디스플레이에서 사원교육까지

도움이 되는 '발견'이 가득가득.
당신 가게를 회생시키기 위한 소중한 책!

 유행이 아닌 자유추구 -
www.chungeoram.com

BOOK Publishing CHUNGEORAM

입소문을 통해 아는 분은 다 알고 계십니다!
올 한해 공인중개사 최고의 화제작!

1~2권 합본 | 이용훈 지음
3~4권 합본 | 이용훈 지음
5~6권 합본 | 이용훈 지음
용어해설 | 이용훈 지음

수험생 기본 필독서
만화 공인중개사

제목 : 만화공인중개사 쓰신 분에게 감사드립니다.

학원을 두 달 다녔어요. 근데 과연 그 숫자 외우기 그런 게 몇 문제나 나올까 생각을 했어요.
아니라는 생각이 드네요. 학원강의를 뒤로하고 서점을 갔어요. 내 머리에 가장 이해될 수 있는
책이 없나 하구요. 거기서 만화를 발견했어요. 무조건 세 번 봤어요. 3개월 걸렸어요. 문제집을 보라고
했는데 그건 시행을 못했어요. 근데 합격을 했네요.
어떻게 감사의 말을 해야 될지…….
도서관에서 만화책 들고 다니니까 사람들이 비웃더라구요. 만화책으로 공인중개사를 공부한다고
미친 사람처럼 보더라구요. 근데 그거 다 감수하고 했던 내가 자랑스럽습니다.
어떻게 감사의 말을 해야 할지… 정말 감사합니다.
부디 행복하세요. 제 나이 41살에 좋은 스승을 만난 것 같습니다.
엎드려 감사드립니다.

-본사 홈페이지에 독자분이 올린 메일 中 에서 발췌-

세상을 보는 또 하나의 창!
열린세상, 열린지식
INTB 인더북
www.INTHEBOOK.net

당당하게 글을 쓰는 사람, 멋있게 포장하는 사람,
감동적으로 읽어주는 사람이 있다면
언제든 어디든 인더북이 함께 하겠습니다.

2008년 봄 그들이 온다!!

권왕무적의 초우, 궁귀검신의 조돈형, 삼류무사의 김석진, 태극검해의 한성수, 프라우슈 폰 진의 김광수, 흑사자의 김운영, 송백의 백준 등

총 20여 명에 이르는 호화군단의 인더북 이북 연재 확정!!
그 외에도 많은 정상급 작가들의 이북 연재 런칭 예정!!

포도밭 그 사나이, 새빨간 여우 등의 로맨스 정상급 작가 김랑의 작품을 이북 연재로 만나다!!

오직 인더북에서만 독점 연재!!

아쉬움을 남기고 1부에서 막을 내린 **권왕무적 시리즈의 2부** 등 인기 작가들의 수준 높은 미공개 작품들이 시중에 책으로 출간되지 않고, 오직 인더북에서만 연재됩니다.

COMING SOON! INTHEBOOK.NET

1. 인더북의 이북 유료연재는 2008년 1월 말 ~ 2월 중순경 오픈
2. 인더북에 연재되는 작품들은 시중에 출판되지 않은 작품들로 엄선

이북 유료연재의 새로운 도전! 그리고 새로운 시작! 인더북!!
곧 새로운 모습의 이북 연재 사이트로 여러분께 다가가겠습니다.